사르비아총서 · 502

삼국지(상)

― 영웅들 편 ―

나관중 / 최 현 옮김

범우사

차 례

□ 이 책을 읽는 분에게 · 5

□ 주요 인물 · 7

1. 삼형제의 맹세 · 21

2. 황건적의 난 · 27

3. 현덕의 벼슬살이 · 36

4. 혼란과 암투의 궁중 · 41

5. 동탁과 조조의 다툼 · 46

6. 동탁과 연합군의 싸움 · 58

7. 동탁의 최후와 초선 · 71

8. 산동의 실력자 조조 · 85

9. 때를 기다리는 유비 · 100

10. 손책의 강동 평정 · 113

11. 조조의 지모 · 130

12. 여포의 몰락 · 144

13. 조조와 유비 · 164

14. 충신과 역적 · 181

15. 흩어진 삼형제 · 201

16. 삼형제의 만남 · 220

17. 강동의 새 실력자 손권 · 250

18. 관도 · 창정 싸움 · 265

19. 영웅과 천우 신조 · 282

20. 유비, 제갈공명을 얻다 · 303

이 책의 원제목은 '삼국지연의(三國志演義)'로, 나관중〔羅貫中, 본명 본(本)〕이 중국 명나라 때 지은 장편 역사 소설이다. 그러므로 진나라 때 진수(陳壽, 232~297)가 지은 정사(正史)《삼국지》와 구별해야 한다. 정사《삼국지》는 총 65권으로 된 역사책으로 위나라를 정통으로 삼았다.

그러나 역사 소설《삼국지》는 정사《삼국지》를 바탕으로 하였기 때문에 이야기 줄거리는 거의 같으나, 세 나라 중 촉한을 정통으로 삼았고 민간 설화가 많이 들어갔다. 그러므로 실제 사실과 다른 부분도 일부 있다(예로, 적벽 대전은 제갈량과 관계가 없으나 작품에서는 그의 공으로 돌려 그를 신격화했다). 또한 인물들의 모습과 성격, 행동 등이 구체적으로 묘사되었고, 지모와 변화 무쌍한 싸움 장면들이 흥미 진진하게 전개된다. 그래서 중국의 4대 기서(奇書)인 삼국지·수호지·서유기·금병매 중에서도 으뜸으로 꼽히며 동양 최고의 역사 소설로 이제까지 수많은 사람들에게 애독되었다.

또한 이 책의 뛰어남은 그 내용에 있어서 중국의 전통적인 유교 사상인 충성·효도·지조·의리 등이 높이 찬양되었기 때문이다. 유비·관우·장비의 의리와 지조, 유비에 대한 두

형제와 제갈량의 충성은 이 작품의 근본이 되었다. 그리고 손책과 손권·서서·태사자·강유 등은 효성이 뛰어나다. 그러므로 충·효·절·의에 어긋난 행위를 한 인물은 철저히 비난받거나 벌을 받는다. 이는 곧 권선징악(勸善懲惡)의 윤리가 바탕이 된 것으로, 명나라 때에 유교 사상이 확립된 것과 일치한다.

이 작품은 후한 말(169년)에서 진나라 통일(280년)까지 약 백여 년 간의 중국 역사를 다룬 것으로, 대단히 방대한 규모와 무수한 인물이 등장하는 작품이면서도 사실(史實)을 바탕으로 하여 종횡으로 긴밀한 구성을 함으로써 읽는 사람으로 하여금 끝까지 손에서 책을 놓지 못하게 하는 마력을 가지고 있다.

그리하여 중국의 문학가 후스(胡適)는, "《삼국지연의》야말로 가장 많은 사람들에게 읽히고 환영 받아온 역사 소설로서, 교육사상적인 면에서 이바지한 바가 이 책보다 더한 것이 없다"라고 극찬하였다.

이 책은 원작품의 줄거리와 내용을 그대로 살리면서 읽기 좋도록 분량을 줄인 것이다. 전 3권으로, 1권을 '영웅들 편', 2권을 '삼국의 싸움 편', 3권을 '천하통일 편'으로 하였다.

시대와 장소가 다르지만, 이 《삼국지》를 읽으면 인물들의 다양한 성격과 충·효·절·의의 근본 사상 및 역사적 교훈 등에서 많은 감동과 교훈을 받을 것이다.

옮긴이

□ 주요 인물

촉(蜀)

유 비(劉備)　자는 현덕(玄德). 한(漢) 왕실의 혈통을 이어받아 유 황숙(劉皇叔)이라고 일컫는다. 의형제인 관우(關羽)·장비(張飛)와 명참모 제갈량(諸葛亮)의 도움을 받아 군웅들 사이에서 세력을 확장하여, 장강의 중류와 상류 지역을 통치하였다. 한중왕(漢中王)이 되었다가 촉의 황제가 되었으나, 천하 통일과 한 왕실 부흥의 뜻을 이루지 못하고 죽는다.

관 우(關羽)　자는 운장(雲長). 현덕에게 가장 충실한 의동생. 천하 무적의 호걸로 의리가 강하나 인정에 약하다. 죽은 뒤에도 혼이 되어 유비를 돕는다.

장 비(張飛)　자는 익덕(翼德). 현덕·운장과 의형제로 호탕한 인물. 언제나 긴 쌍날칼을 갖고 있다. 성급하고 화를 잘 낸다. 결국 부하에 의해 죽는다.

조 운(趙雲)　자는 자룡(子龍). 공손찬(公孫瓚)을 섬겼으나 주인이 죽은 후 현덕의 참모가 된다. 현덕을 위기에서 여러 번 구한다.

손 건(孫乾)　현덕의 보좌역이며 연락관으로 활약한다.

제갈량(諸葛亮)　자는 공명(孔明). 촉의 군사(軍師). 와룡

강(臥龍岡)에 은거해 있었으나 현덕의 삼고(三顧)의 예(禮)에 감격하여 천하 삼분의 책략을 세운다. 천문·지리·작전에 정통하고, 지모(智謀)는 초인적이다. 전투가 벌어질 때마다 기발한 계략과 스스로 발명한 무기를 사용한다. 현덕이 제위(帝位)에 오르자 재상이 된다. 현덕이 죽은 후에 다음 임금 유선(劉禪)을 섬겨 남만(南蠻)을 평정하고, 또 북으로 쳐올라가 위와 싸운다. 모두 여섯 번 출정하나 결국 오장원의 진중에서 죽는다.

유 선(劉禪) 현덕의 아들. 아명(兒名)은 아두(阿斗). 현덕이 죽은 후에 제위에 오르지만 내시 황호(黃皓)에게 미혹되어 정사를 소홀히 하고 위에 항복한다.

방 통(龐統) 자는 사원(士元). 호는 봉추(鳳雛). 처음에는 강동(江東)에서 살았으며, 적벽(赤壁)의 싸움 때, 연환(連環)의 작전으로 조조를 대패케 했다. 나중에 손권(孫權)에게 버림을 받자, 현덕한테 와서 부군사가 된다. 낙성을 치다 36세로 죽는다.

황 충(黃忠) 오호 대장의 하나로 활쏘기의 명수. 장사(長沙)의 한현(韓玄)에게 충성하다가 현덕에게 귀순하여 여러 차례 전투에서 분전한다. 75세에 동오와 싸우다 죽는다.

위 연(魏延) 한현에게 충성하다가 현덕에게 귀순하여 참모가 된다. 그러나 야심이 많은 사람으로 제갈량이 죽자 반역한다.

마 초(馬超) 서량(西凉) 태수 마등(馬騰)의 아들. 부친이 조조에게 죽임을 당하자 원수를 갚으려고 조조를 추격하지만 뜻을 이루지 못하고 후에 현덕에게 항복한다. 오호 대장의 하나로 활약한다.

강 유(姜維) 본래 위의 무장(武將). 제갈공명에게 항복하
고 공명의 뒤를 이어 위와 싸운다.

위(魏)

조 조(曹操) 자는 맹덕(孟德). 난세의 교활한 영웅. 멀리
산동(山東) 일대까지 평정, 허창(許昌)에 도읍을 정하고 천
자(天子)를 받들어 재상이 되어 조정의 실권을 장악한다. 후
에 하북의 원소(袁紹)를 멸망시켜 황하 유역을 완전히 장악
하고 장강 유역까지 세력을 확장하여 촉(蜀) · 오(吳)와 싸
운다. 위나라 왕이 된다.

조 비(曹조) 조조의 장남. 부친 사후에 위나라 왕위에 오
르고, 이어서 헌제(獻帝)로부터 황제의 자리를 이어받는다.
시호 문제(文帝).

조 식(曹植) 조조의 3남. 시인. 형과 사이가 좋지 않다.

하후돈(夏侯惇) 무장. 조조의 일족. 전투에서 화살에 맞은
자기의 눈알을 먹는다. 조조를 위해 활약한다.

하후연(夏侯淵) 무장. 하후돈의 사촌 동생이다.

조 인(曹仁) 무장. 조조의 사촌 동생. 여러 번 공을 세운다.

조 홍(曹洪) 무장. 조인의 동생. 조조의 위기를 여러 번
구한다.

이 전(李典) 무장. 공부를 많이 했고, 파로 장군에 이른다.

악 진(樂進) 무장. 오와 싸워 공을 세운다.

우 금(于禁) 무장. 처음부터 조조를 따라 전투에 참가한다.

순 욱(荀彧) 참모. 조조의 노여움을 사자 자살한다.

곽 가(郭嘉) 참모. 오환(烏丸) 정벌에서 젊은 나이에 전사한다.

허 저(許楮) 조조를 위기에서 구하고 신변을 보호한다.

서 황(徐晃) 무장. 본래 양봉(楊奉)의 참모였는데, 설득되어 조조의 부하가 된다.

정 욱(程昱) 참모. 원소 토벌에 공을 세운다.

가 후(賈珝) 참모. 처음에 장수(張繡)의 참모로 조조와 싸웠으나 뒤에 조조에게 항복한다.

장 요(張遼) 무장. 여포(呂布)의 부하였으나 여포와 함께 붙잡혔을 때 충성심이 인정되어 조조의 부하가 된다.

장 합(張郃) 무장. 원소의 부하였으나 조조에게 항복한다.

사마의(司馬懿) 자는 중달(仲達). 위의 장군 중에서 가장 지모가 뛰어난 인물. 제갈량과 대결하며, 후에 위의 정권을 잡는다. 시호 선제(宣帝).

사마사(司馬師) 사마의의 장남. 부친이 죽은 후 동생 소(昭)와 함께 정권을 잡는다. 시호 경제(景帝).

사마소(司馬昭) 사마의의 차남. 형이 죽자 정권을 인수한다. 촉을 멸한 후 진의 왕위에 오른다. 시호 문제(文帝).

사마염(司馬炎) 사마소의 장남. 부친 사후에 진의 왕위를 잇는다. 위의 왕 조환(曹奐)에게서 왕위를 빼앗아 국호를 대진(大晋)이라고 칭한다. 오를 멸하여 천하를 통일한다.

등 애(鄧艾) 무장. 아들 등충(鄧忠)과 함께 마천령(魔天嶺)을 넘어 촉의 성도를 습격한다.

종 회(鍾會) 무장. 촉을 공략할 때 등애와 공을 다툰다.

오(吳)

손 견(孫堅) 자는 문대(文臺). 강동의 호랑이라고 불린다. 동탁(董卓) 타도의 선봉에 서서 활약한다.

손 책(孫策) 손견의 장남. 부친 사후에 강동 지방을 평정. 선인(仙人)을 죽인 뒤 환영에 시달리다 26세에 죽는다.

손 권(孫權) 자는 중모(仲謀). 손책의 동생. 부친과 형의 유업(遺業)을 이어받아 강동 일대를 차지하고 위·촉과 대항한다. 후에 위와 화의를 맺고 오의 왕이 되며 다시 황제의 자리에 오른다. 시호 대제(大帝).

손부인(孫夫人) 손권의 여동생. 오빠의 책략으로 촉의 유비와 결혼했으나 나중에 강동으로 돌아와서 자살한다.

정 보(程普) 무장. 손견 때부터 충성을 바친다.

황 개(黃蓋) 무장. 적벽 싸움에서 고육지계를 사용하여 승리한다.

한 당(韓當) 무장. 옛 신하.

태사자(太史慈) 무장. 처음에 유요(劉繇)의 부하였으나 손책에게 항복한다.

장 소(張昭) 참모. 손권을 도와 공을 세운다.

주 유(周瑜) 자는 공근(公瑾). 젊은 장군 손책의 친구로 재지(才智)가 뛰어나다. 적벽 싸움에서 조조의 해군을 대파한다. 언제나 제갈공명의 존재를 의식한다. 조조 군에 패해

36세에 죽는다.

노　숙(魯肅)　주유를 도왔으며 주유의 사후에는 오군(吳軍)을 지휘한다.

제갈근(諸葛瑾)　외교관. 제갈량의 형이지만 동생과 달리 오에 충성을 바친다.

감　녕(甘寧)　참모. 본래 장강의 해적. 황조(黃祖)의 부하를 거쳐 손권에게 항복한다.

여　몽(呂蒙)　참모. 형주를 공격하여 관우를 죽이지만 그의 망령에 시달리다가 미쳐서 죽는다.

육　손(陸遜)　젊은 장군. 오의 군사를 이끌고 촉의 군사와 싸운다.

기　타

영　제(靈帝)　후한의 천자(天子). 재위 168~189.

헌　제(獻帝)　협 황자(協皇子), 진류왕(陳留王). 잠시 재위한 소제(少帝 : 변 황자, 홍농왕)의 뒤를 이어 9세에 천자가 된다. 재위 189~220.

동　탁(董卓)　황건적의 반란과 궁정 안팎의 세력 분쟁에 편승하여 조정의 권력을 잡았으나, 왕윤의 계략으로 심복 부하인 여포에게 배신을 당하여 죽는다.

원　소(袁紹)　명문 출신으로 동탁을 타도하는 연합군의 맹주(盟主)가 된다. 동탁의 사후에 하북에 세력을 펴고 조조와 대립한다.

원 술(袁術) 원소의 사촌 동생. 회남(淮南) 일대에 세력을 확장했으나 백성의 지지를 받지 못한다.

여 포(呂布) 검술이 뛰어난 호걸. 처음에는 정원(丁原)의 양자였다가 그 뒤 동탁의 양자가 되었으나, 잇따라 양부를 살해한다. 후에 서주(徐州)를 점령했지만 조조·현덕의 연합군에 의해 죽는다.

유 표(劉表) 형주 자사로 한 왕실의 후손. 자기를 의지하려는 현덕의 인품에 감동하여 형주를 넘겨주려고 하나 받아들여지지 않는다.

복 완(伏完) 복 황후(伏皇后)의 부친.

동 승(董承) 충신. 천자로부터 비밀 특명을 받고 조조의 암살을 기도했으나 실패한다.

유 장(劉璋) 촉의 국주(國主)로 한 왕실의 후손이다.

맹 획(孟獲) 남만왕(南蠻王). 촉의 제갈공명에게 일곱 번째 잡혀서야 복종한다.

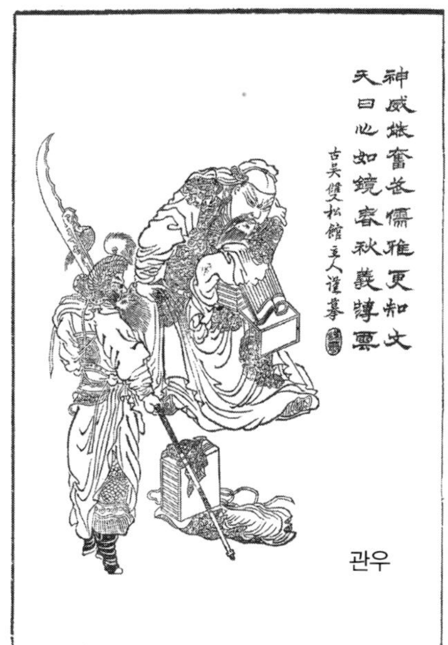

관우

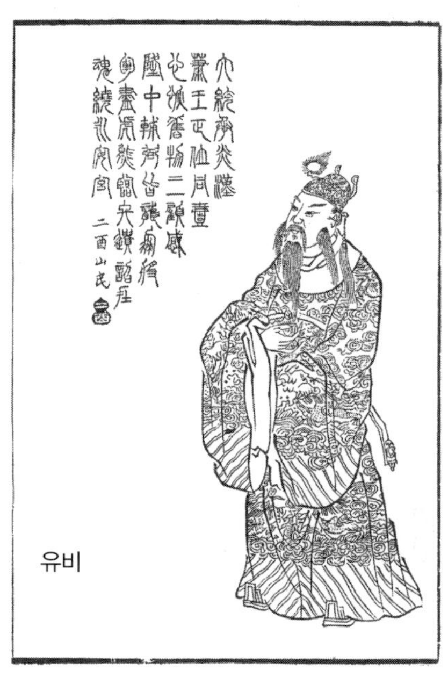

유비

조운

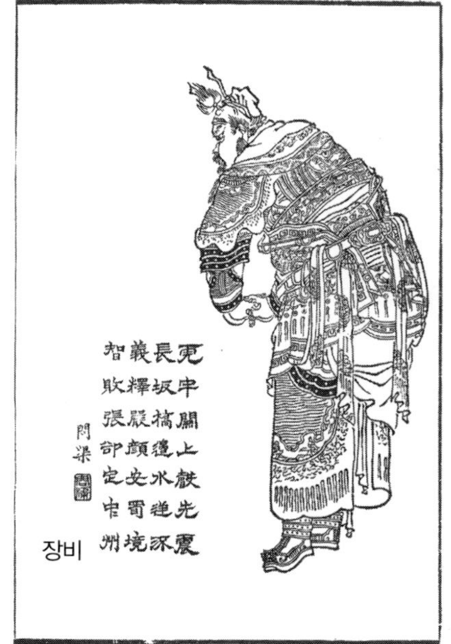

장비

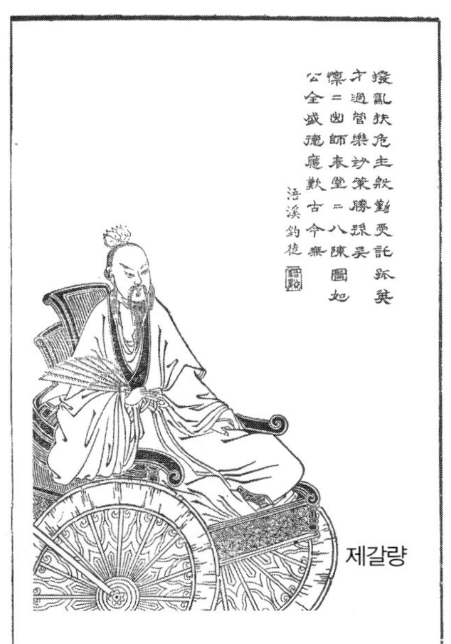

제갈량

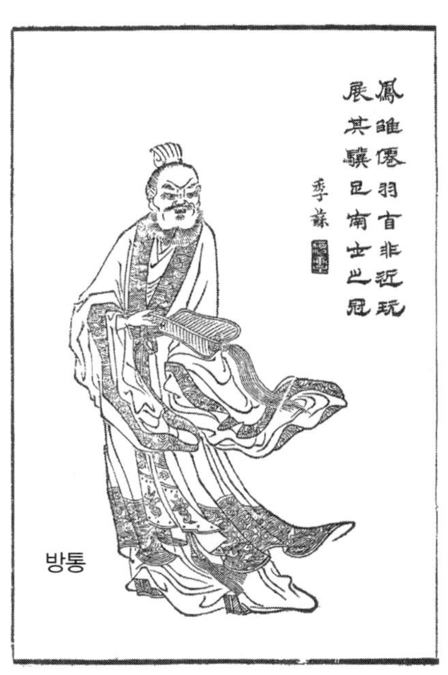

방통

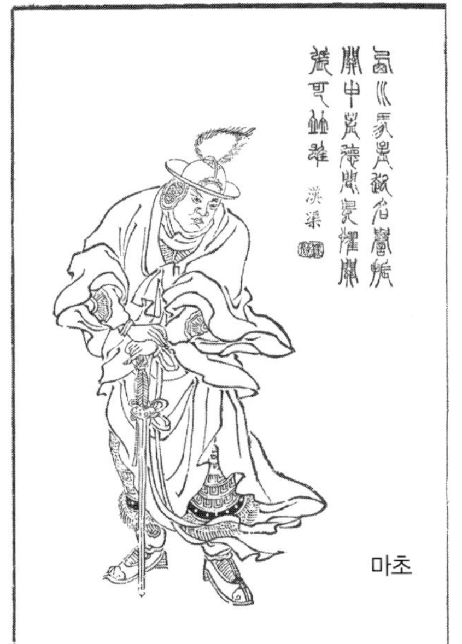

마초

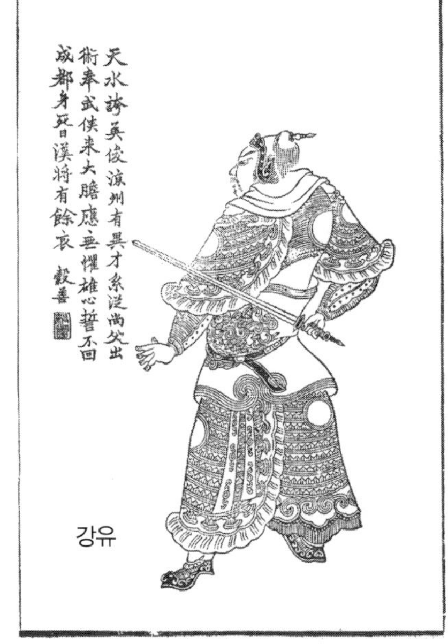

강유

開言崇聖典用武若通神三國英雄士四
朝經濟臣屯兵驅罴豹養子得麒麐諸
葛常稱家能迴天地春
養麻室主

사마의

固此世之雄也而
今安在哉
讀未見書齋主

조조

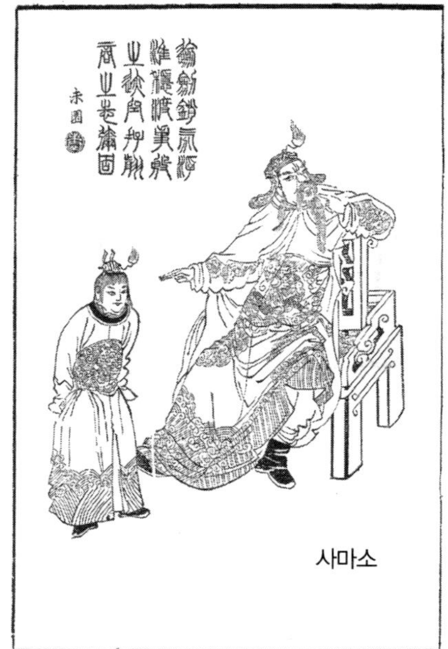

사마소

鐘裏陰山雪鋒
銷劍閣雲功成呼
貞貞顯戮報珠勳
苔衰

등애

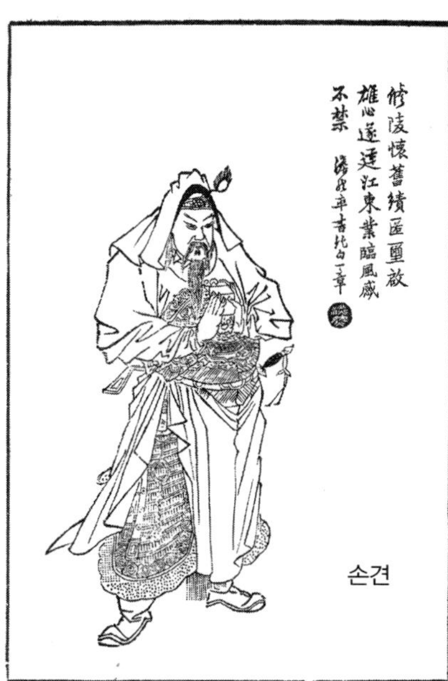

修陵懷舊績匡區重啟
雄心遙逞江東業臨風感
不禁　湘君半古托白二章

손견

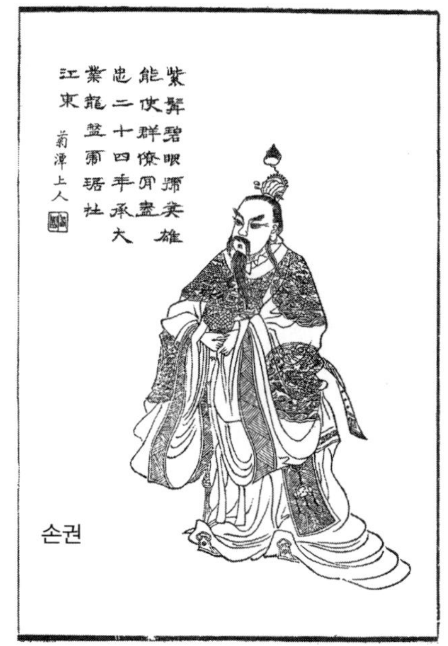

紫髯碧眼擁英雄
能使群僚用盡
忠二十四年承大
業龍盤虎踞壯
江東
菊潭上人

손권

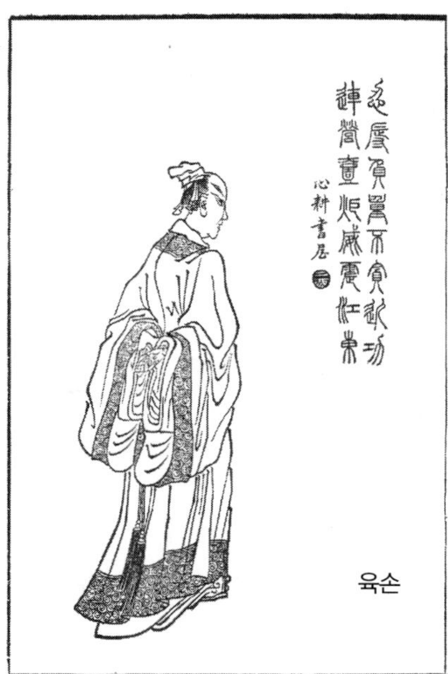

心耕書屋

육손

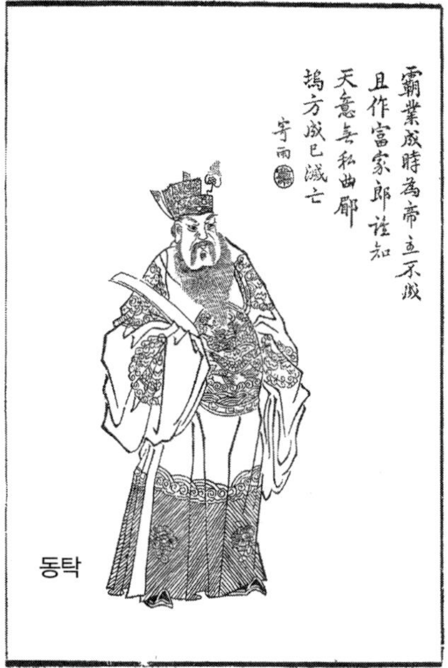

霸業成時為帝立不成
且作富家郎誰知
天意無私曲郿
塢方成已滅亡
守雨

동탁

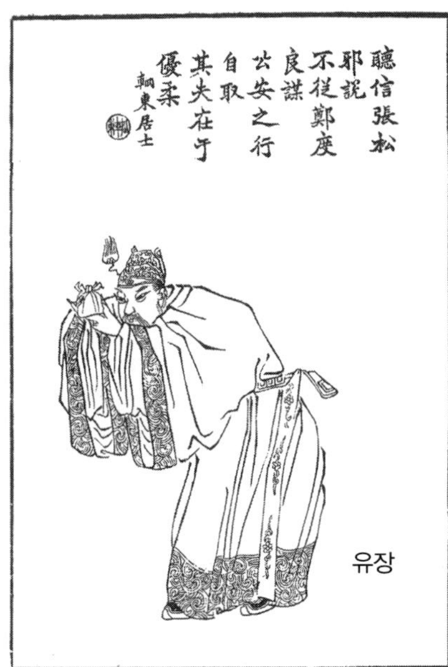

聽信張松
邪說
不從鄭度
良謀
公安之行
自取
其失在于
優柔
飆東居士

유장

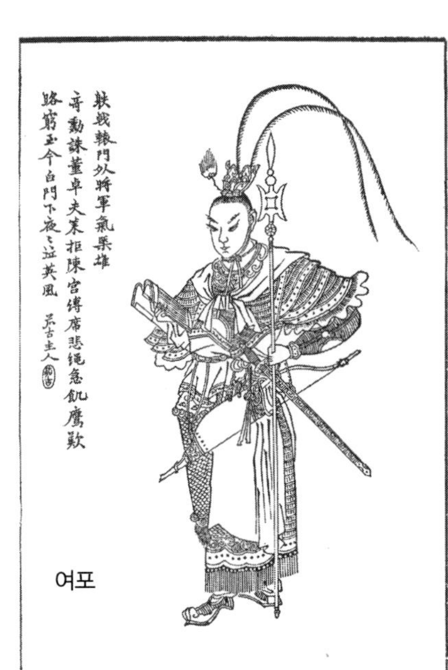

狀貌轅門外將軍氣梟雄
奇勳誅董卓夫末拒陳宮縛席悲繩急飢鷹猷
路窮至今白門下夜三泣英風
呂古生人

여포

鼎峙三分定功成一炬
中君臣同骨月兒女自
英雄
青城仙侶

주유

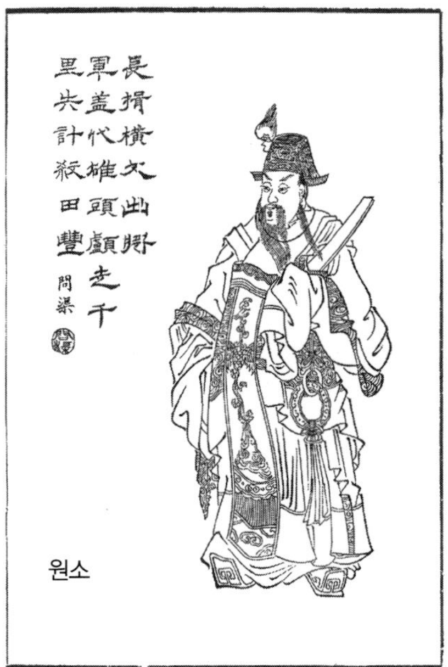

長揖橫戈出山脚
軍蓋代雄頭顱走千
黑矢計殺田豐
問渠

원소

삼국지(상)

1. 삼형제의 맹세

어지러운 정세

지금부터 약 1800년 전, 중국 후한(後漢)의 영제(靈帝) 때에 불길한 사건이 자주 일어났다.

어느 날 천자가 있는 대궐 한구석에서 갑자기 이상한 바람이 불더니, 푸른 뱀 한 마리가 대들보에서 떨어져 옥좌(玉座)에 똬리를 틀었다. 깜짝 놀라 기절한 천자를 좌우의 시종들이 안채로 모셔 옮기자 뱀이 자취를 감추고, 이어 요란한 천둥 소리가 들리고 우박이 섞인 소나기가 퍼붓기 시작했다. 비는 밤중까지 계속 내려 백성들의 집이 많이 무너지고 물에 떠내려갔다.

당시에 궁중에서는 천자의 측근에 있는 장양(張讓) · 조충(趙忠) 등 10명의 내시가 힘을 합쳐 권력을 쥐고 있었다. 당시 이들을 '십상시(十常侍)'라고 불렀다. 한 신하가 천자에게 상소문을 올려 궁중에 상서롭지 못한 사건이 일어나는 것은 이들이 정사에 관여하기 때문이라고 아뢰었으나, 오히려 추방당하고 말았다. 십상시의 횡포는 점점 더해갔다.

　정치는 날로 어지러워져서 백성들은 차라리 난리가 나기를 바라게 되었으며, 벌집을 쑤셔놓은 것처럼 도적 떼들이 사방에서 일어났다.

　하북(河北)의 거록군(鉅鹿郡)에 장각(張角)·장보(張寶)·장량(張梁)이라는 삼형제가 살고 있었다. 형 장각은 관리가 되기를 원하며 이리저리 떠돌아다니고 있었다. 어느 날 그는 산 속에서 만난 남화노선(南華老仙)이라는 노인으로부터 '태평요술(太平要術)'이라는 두루마리를 받고, 바람을 일으켜 비를 내리게 하는 신기한 술법을 배웠다. 때마침 전염병이 나돌자 그가 병자에게 주술(呪術)을 부린 물을 마시게 하여 병을 고쳤더니, 그 소문이 널리 퍼져 수많은 군중이 떼를 지어 몰려들었다.

　이들 삼형제는 천하를 손에 넣으려는 야심을 품고 군사를 모아 반란을 일으켰으며, 이를 진압하려는 관군(官軍)을 격파하여 그 기세가 등등했다. 이들 반란군 병사들은 머리에 노란 두건을 쓰고 있었기 때문에 사람들은 그들을 '황건적(黃巾賊)'이라고 불렀다. 그 무리 가운데 일부가 하북의 유주(幽州)에 침입했다.

　유주의 자사 유언(劉焉)은 반란군을 진압하기 위해 의용군(義勇軍)을 모집하기로 했다. 이 모집 공고가 탁현(涿縣)에도 나붙었는데 거기에 한 청년이 그것을 보고 서 있었다.

누상촌의 유비

그는 희로 애락의 감정을 얼굴에 나타내지 않고, 말이 없이 과묵하였으며, 평소에 학문은 별로 좋아하지 않았으나 천하의 호걸(豪傑)과 어울리려는 대망을 품고 있었다. 그의 키는 7척 5치, 팔이 길어 무릎 아래까지 닿았으며, 귀는 어깨까지 처져 자기 눈으로 볼 수 있었다. 얼굴은 희고 입술은 연지를 바른 것 같았다. 중산(中山)의 정왕(靖王) 유승(劉勝)의 후손으로, 한(漢) 경제(景帝)의 현손이었다. 성은 유(劉), 이름은 비(備), 자(字)를 현덕(玄德)이라고 하였다.

그는 귀족의 피를 이어받았으나 부친이 일찍 세상을 떠났기 때문에 집이 가난했다. 현덕은 짚신을 만들어 팔거나 가마니를 짜서 어머니를 모시고 탁군(涿郡)의 누상촌(樓桑村)에 살고 있었다.

그의 집 동남쪽에 커다란 뽕나무가 한 그루 자라고 있었는데, 멀리서 보면 마차 덮개처럼 보였다. 점쟁이가 그것을 보고,

"이 집에 반드시 귀인(貴人)이 태어날 것이다."
라고 예언했다.

현덕은 소년 시절에 이웃에 사는 아이들과 이 뽕나무 밑에서 놀면서,

"내가 임금이 되면 이 마차를 탈 거야."
하고 말을 한 적도 있었다.

형제의 의를 맺다

어느덧 현덕은 28세가 되었다. 그는 포고문을 보고 난세(亂世)에 격분한 나머지 절로 한숨을 쉬었다. 그러자 뒤에서,

"사내 대장부가 나라를 위해 일하려 하지 않고 한숨만 쉬다니 딱한 일이군!"

하고 우레 같은 소리로 호통을 치는 사람이 있었다.

뒤돌아보니 키가 8척에다 머리는 표범 같고 눈은 둥글며 제비처럼 턱이 뽀족하고 얼굴에는 온통 수염투성이였고 난폭한 말처럼 위세가 등등한 사나이였다. 현덕이 이름을 물었다.

"나는 성은 장(張)이고 이름은 비(飛), 자는 익덕(翼德)이라 부르오. 조상 대대로 이 탁군에 살고 있고 전답도 꽤 있소만, 술과 고기를 팔면서 천하의 호걸들과 사귀고 있소."

그러자 현덕도 자기 이름을 대고 나서 말했다.

"나는 역적을 평정하여 백성이 평온히 살게 하려는 뜻을 품고 있지만 힘이 모자라는 것이 유감이오. 그래서 한탄하고 있었소."

"내게는 재산이 좀 있소. 그것으로 의용병을 모아 함께 거사(擧事)하지 않겠소?"

장비의 이 말을 듣고 현덕은 크게 기뻐했다. 마을 주점에 가서 두 사람이 술을 마시고 있을 때 몸집이 큰 사나이가 하나 들어와서,

복사꽃 핀 동산에서 유비·관우·장비가 형제 결의를 하다.

"술 좀 빨리 가져오시오. 얼른 한 잔 하고 거리에 나가 의용대에 들어가야 하니까."

라고 주인에게 말했다. 그는 키가 9척이고 수염 길이는 2척, 얼굴은 익은 대추처럼 검붉고 입술은 주사(朱砂)처럼 빨갛고 봉황새의 눈과 누에 같은 눈썹 등 위엄이 넘쳐 있었다. 현덕이 자기 자리로 그를 맞아들이며 이름을 물었다.

"성은 관(關), 이름은 우(羽), 자는 처음에 장생(長生)이라고 했다가 뒤에 운장(雲長)이라 고쳤소. 하동의 해량현(解良縣) 사람이오. 이 고장 호족(豪族) 하나가 건방지게 굴어 죽여버린 후 5,6년 동안 사방을 두루 돌아다녔소. 역적을 무찌르는 의용대가 생겼다기에 달려왔소."

현덕이 그에게도 자기 마음을 털어놓자 운장은 크게 기뻐했다. 그것을 보고 장비가 말했다.

"우리 집 뒤뜰에 복숭아 밭이 있소. 지금 꽃이 만발했으니 내일 그곳에서 우리 셋이 형제의 언약을 맺는 게 어떻겠소?"

이에 현덕과 관우는 모두 찬성했다.

이튿날 복숭아 밭에서 검은 소와 흰 말을 제물로 준비하고 향을 피운 다음, 세 사람은 굳게 맹세했다.

"여기 유비·관우·장비 세 사람은 성은 다르지만 형제의 의를 맺고 마음이 하나가 되어 힘을 합쳐 난세에 허덕이는 백성들을 건지며, 위로는 나라의 은덕에 보답하고 아래로는 백성을 평안히 살게 하려고 하나이다. 같은 해, 같은 달, 같은 날에 태어나지 못한 것은 할 수 없지만, 원컨대 같은 해, 같은 달, 같은 날에 죽고자 합니다. 하늘과 땅의 신이시여, 이 맹세를 들어주소서."

이리하여 현덕을 맏형, 관우를 작은형, 장비를 막내로 정했다. 언약을 맺은 다음 소를 잡고 술을 받아 마을의 장사들을 불러 복숭아 밭에서 마음껏 마시고 취했다.

2. 황건적의 난

대흥산 싸움

이튿날 무기를 갖추고 있을 때 마침 지나가던 상인이 말 50필, 금은 500냥, 철 1천 근을 주고 갔다. 관우는 곧 무게가 82근이나 나가는 커다란 칼을, 장비는 길이 8척의 창을 만들게 했다.

그리하여 현덕은 500여 명의 의용병을 이끌고 유주의 자사인 유언에게 달려갔다. 유언은 크게 기뻐하며 이들을 맞아들이고, 성이 같은 유비를 자기의 조카로 삼았다.

며칠이 못 되어 황건적이 5만의 병력을 이끌고 탁군에 쳐들어왔다. 현덕은 의용군을 거느리고 대흥산(大興山) 기슭에서 황건적을 맞아 용감히 싸웠다. 장비의 창이 황건적의 부장(副將)의 가슴을 찌르고 관우의 긴 칼은 황건적 대장을 두 동강 냈다. 이어서 청주(青州)성을 포위하고 있는 적을 격파하여, 성 안의 관군을 구해냈다.

이때 현덕은, 중랑장(中郎將)인 노식(盧植)이 황건적의 두목 장각과 광종현(廣宗縣)에서 싸우고 있다는 소식을 전

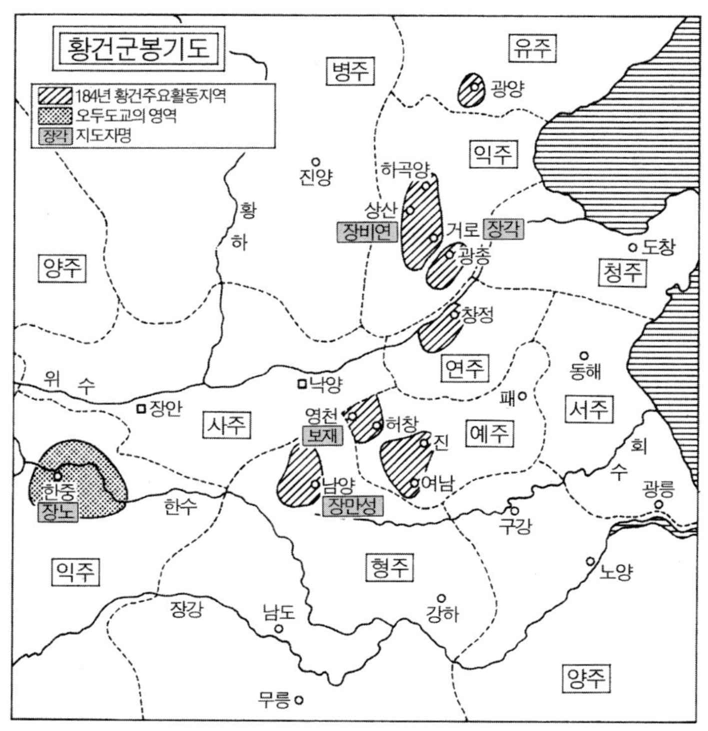

해 들었다. 현덕은 오래 전에 노식에게서 가르침을 받은 적
이 있었으므로 곧 구원병을 이끌고 달려갔다.

장각의 군사는 15만 명이었고 노식의 군사는 5만 명이었
으나 승부는 아직 나지 않았다. 노식은 현덕에게,

"이곳은 내가 맡겠네. 황건적 대장의 동생인 장량·장보
가 영천군(潁川郡)에서 우리 편인 황보숭(皇甫嵩)·주전(朱
雋)과 대치하고 있네. 그대의 병력에 관군 천 명을 더 보태
줄 테니, 영천군에 원병으로 가서 적을 무찌르게."

라고 말했다.

조조의 활약

그 무렵 장량과 장보의 황건적은 장두현(長杜縣)까지 퇴각하여 초원에 진을 치고 있었다. 황보숭은 주전과 의논하여 병사마다 풀 한 단씩 들게 하고 밤중에 바람이 세게 불 때 일제히 불을 붙이고 적을 공격했다. 적은 허둥지둥하여 말에 안장을 얹을 새도 없고 투구를 쓸 틈도 없이 뿔뿔이 흩어져 도망치기 시작했다. 장량·장보는 겨우 혈로(血路)를 열어 도망쳤으나, 갑자기 한 떼의 인마(人馬)가 한의 표지인 붉은 깃발을 앞세우고 길을 막았다.

선두에 나타난 대장은 키가 7척, 눈은 가늘고 수염이 긴 근위교위로 성은 조(曹), 이름은 조(操), 자는 맹덕(孟德)이었다.

조조는 패국(沛國) 초현(譙縣) 사람으로 부친은 내시의 양자였다. 그는 어렸을 때부터 사냥을 하거나 노래부르고 춤추기를 즐겼으며, 모략에 뛰어나고 기지(機智)도 풍부했다.

소년 시절에 조조가 너무 장난이 심하므로, 숙부가 부친에게 주의를 주라고 말한 적이 있었다. 부친에게서 야단을 맞은 조조는 한 가지 꾀를 생각해냈다. 그는 숙부가 오는 것을 보고 일부러 땅바닥에 쓰러져 간질 흉내를 냈다. 숙부가 즉시 부친에게 알려서 부친이 달려왔으나 그는 아무렇지도 않았다. 부친이 이상하게 생각하여 그 까닭을 물었더니,

"숙부는 제가 마음에 들지 않아 없는 일을 고해바쳐요."
하고 말했다.

그 후로 부친은 숙부의 말을 믿지 않게 되었고 조조는 더욱 심한 장난을 치게 되었다. 또 어떤 사람에게서,

"너는 난세의 교활한 영웅이 될 거야."

라는 평을 들어도 그는 오히려 흐뭇해 하였다.

그는 20세에 과거 시험에 합격하여 수도 낙양의 북도위(北都尉)에 임명되었다. 그는 다섯 가지 색깔의 막대기를 수도의 사방 성문에 준비해놓고 법을 어기는 자는 지위나 신분의 고하(高下)를 막론하고 가차없이 처벌했으므로, 법을 어기는 자가 없어지고 조조의 이름이 널리 알려지게 되었다.

황건적이 난리를 일으키자 기도위(騎都尉)에 임명되어 영천군에 구원을 왔다가, 패하여 도망치던 장량·장보와 마주쳤던 것이다.

조조는 적이 도망가는 길을 가로막고 들이쳐서 만 명 이상의 적을 죽이고, 기(旗), 대고(大鼓), 군마(軍馬) 등을 빼앗았다.

잡혀가는 노식

한편 현덕이 관우·장비와 함께 영천 가까이에 이르러보니 하늘을 붉게 물들이고 있는 불길이 보였다. 그들이 성에 다다랐을 때는, 적이 이미 도망친 후였다. 성 안의 황보숭과 주전을 만나자 황보숭은,

"장량·장보는 겨우 목숨만 붙어 도망쳤소. 아마도 광종현에 있는 형 장각을 찾아갔을 것이오. 현덕은 급히 노식을

도우러 가는 게 좋겠소."

현덕은 그 말을 듣고 되돌아가는 길에 한 떼의 인마가 죄수를 태운 수레를 호송하고 가는 것을 보았다. 자세히 보니 수레 속에 잡혀 있는 사람은 바로 노식이었다. 현덕이 깜짝 놀라 말에서 곤두박질치듯이 내려와 그 까닭을 물으니, 노식은 이렇게 말했다.

"나는 장각을 포위하여 거의 전멸시킬 참이었으나 장각이 술수(術數)를 부렸기 때문에 이기지 못했네. 그때 조정에서 내시 좌풍(左豊)이 시찰을 왔는데, 나더러 뇌물을 바치라고 요구했다네. 군량도 모자라는데 칙사(勅使)에게 줄 돈이 어디 있나. 내가 거절하자 좌풍은 수도에 가서 내가 전투에 참가하지 않고 사기를 떨어뜨린다고 천자에게 보고했다네. 그래서 천자께서 노하여 중랑장 동탁(董卓)을 파견하여 나 대신 군사를 지휘케 하고, 나는 수도에 소환되어 벌을 받게 되었네."

장비는 이 말을 듣고 크게 화가 나서 호송하는 병사의 목을 자르고 노식을 구하려 했다. 이때 현덕이 얼른 그를 가로막으며,

"조정에도 공정한 인물이 없지는 않을 테니, 함부로 행동하지 말게."
하고 말했다.

병사들이 노식을 데리고 가자 관우가 말했다.

"노식이 잡히고 다른 대장이 왔으니 우리는 의지할 데가 없습니다. 우선 탁군으로 돌아가는 게 어떻겠습니까?"

현덕은 이 말에 따라 군사를 이끌고 북으로 향하였다.

교만한 동탁

　그로부터 이틀이 지났을 때 갑자기 산 너머에서 환성이 들려왔다. 언덕 위에 올라가 보니 관군은 크게 패하고, 그 뒤로 산과 들에 황건적이 물밀듯이 밀려왔다. 깃발에는 큰 글씨로 '천공장군(天公將軍)'이라고 씌어 있었다.
　"저것이 바로 장각이다. 자, 나가 싸우자."
　현덕 등 세 사람이 말을 몰아 군사를 이끌고 돌격하자 장각의 군사는 갑자기 허를 찔려 뿔뿔이 흩어져 도망쳤다. 세 사람이 노식의 후임으로 온 지휘관 동탁을 구해내어 본진으로 돌아오자, 동탁이 현덕에게 물었다.
　"그대의 관직이 무엇이오?"
　"아무런 지위와 벼슬이 없소."
라고 대답하자 그때부터 동탁은 인사도 제대로 하지 않았다. 그래서 장비가 몹시 화가 나서,
　"우리가 저 자를 위기에서 구해줬는데, 그 태도가 돼먹지 않았어. 저 자를 처치하지 않고서는 직성이 풀리지 않아."
라고 외치면서 일어나 칼을 뽑아 들었다.
　동탁은 본래 교만한 사나이였다. 이날 현덕을 무시하는 태도를 취하여 장비가 분통을 터뜨린 것도 무리는 아니었다. 그러나 현덕과 관우가 그를 말렸다.
　"그는 조정의 명령을 받은 관군의 대장이네. 함부로 죽여서는 안 돼."
　그래도 장비는 화가 풀리지 않았다.

"이따위 자식을 죽여버리지 않고 거꾸로 부하가 되어 복종하라니 참을 수 없어요. 형들은 이곳에 계속 눌러 있을 거유? 나는 딴 데로 가겠소."

"우리 셋은 죽을 때 함께 죽기로 맹세한 사이가 아닌가. 차라리 함께 딴 데로 가세."

황건적을 물리치다

현덕은 겨우 장비를 달래 그날 밤 병사를 이끌고 주전에게로 갔다. 장보를 토벌중이던 주전은 그들을 기꺼이 맞아들였다.

그때 장보는 8, 9만의 도적 떼를 모아 산 너머에 진을 치고 있었다. 적의 장수가 말을 타고 먼저 도전해 왔으므로, 장비가 창을 휘둘러 그를 말에서 떨어뜨렸다. 현덕은 군사를 지휘하여 정면으로 적군을 향해 쳐들어갔다. 장보는 말 위에서 머리를 헝클어뜨리고 칼을 옆에 낀 채 주문(呪文)을 외기 시작했다. 그러자 바람이 불고 천둥이 치며 한 줄기 검은 구름이 하늘에서 내려오더니 그 속에서 수많은 인마가 쏟아져 나왔다. 현덕의 군사는 당황하여 뒤로 물러났다. 진지로 돌아와 의논한즉 주전이,

"적이 이상한 술수를 사용한다면 이쪽에도 생각이 있다." 하고 하나의 비책을 말했다.

이튿날 장보는 깃발을 들고 북을 치면서 쳐들어왔다. 현덕은 적을 맞아 싸웠으나 장보가 또 주문을 외자 바람이 일어

나고 우레가 치며, 모래와 돌이 날고 검은 구름이 하늘을 덮
더니, 하늘에서 인마가 줄을 이어 내려왔다.

현덕은 도망치기 시작했다. 장보는 군사를 몰아 뒤쫓아왔
다. 산모퉁이를 지나가려는 순간, 낭떠러지 위에서 기다리고
있던 관우와 장비의 군사 천 명이 돌쇠뇌(砲 : 한번에 여러
개의 돌을 쏘도록 만든 무기) 소리를 신호로 해서 돼지·양·
개 등의 피와 내장을 일제히 쏟아 부었다.

그러자 공중에서 종이 인형과 짚으로 만든 말 등이 땅 위
로 잇달아 떨어지더니 바람과 우레도 멎고 모래와 돌도 날아
오지 않게 되었다.

장보는 주술이 듣지 않는 것을 알고 서둘러 군사를 후퇴시
키려고 했으나 왼쪽에는 관우, 오른쪽에는 장비의 양군이 쳐
들어오고 뒤에서는 현덕·주전의 군사가 일제히 합세했다.
현덕이 '지공장군(地公將軍)'이라고 쓴 깃발을 발견하고 쫓
아가서 활을 쏘아 장보의 무릎에 명중시켰다. 장보는 걸음아
날 살려라 하고 양성현(陽城縣)으로 도망쳤다. 주전은 이곳
을 포위하고 쳐들어가는 한편, 사람을 보내어 황보숭의 소식
을 알아보게 했더니, 황건적의 두목 장각은 이미 죽고, 동생
장량이 군사를 이끌고 계속 저항하고 있었다. 동탁 대신에
관군의 지휘관이 된 황보숭은 일곱 번의 전투에서 내리 이겨
장량을 죽였던 것이다.

황보숭은 그 공적에 의해 대장군이 되어 기주 목사(冀州牧
使)로 임명되었다.

노식도 황보숭의 상주(上奏)에 의해 죄가 없음이 밝혀지
고 복직되었다. 그리고 조조는 제남(濟南)의 태수(太守)에

임명되었다.

주전이 이러한 소식을 전해 듣고 전력을 다해 양성현을 공격하니, 마침내 적의 장수가 장보를 죽이고 항복했다.

황건적의 잔당(殘黨)은 수만의 병력을 완성(宛城)에 집결시켜 저항했다. 조정의 명령을 받은 주전은 현덕 등과 합세하여 이를 공격했는데, 이때 동쪽에서 수많은 군사가 몰려왔다.

선두의 대장은 이마가 넓고 얼굴이 크며 몸집은 호랑이 같고 허리는 곰과 같았다. 오군(吳郡)의 부춘현(富春縣) 사람으로 성은 손(孫), 이름은 견(堅), 자는 문대(文臺)이며, 병법(兵法)으로 유명한 손자(孫子)의 후손이었다.

손견은 젊었을 때부터 용기와 기지가 뛰어나 해적을 진압하기도 했고, 주술을 부리는 적을 쳐부수기도 했었다. 황건적이 일어나자 고향의 젊은이들과 상인들을 불러 모아, 회수(淮水)·사수(泗水) 방면의 군사를 합쳐 1,500여 명을 거느리고 도우러 왔던 것이다.

주전은 크게 기뻐하며 손견에게 남문(南門)을 공격하게 하고 현덕에게 북문(北門)을 공격하게 한 다음, 자신은 서문(西門)을 공격했다.

"사방을 물샐틈없이 포위하면 적은 반드시 결사적으로 도전해 올 것입니다."

라는 현덕의 의견에 따라 동문만은 일부러 적에게 도망칠 길로 남겨놓고 삼면에서 공격하자 적은 와르르 무너져, 도망치는 자들을 쫓아가 베어낸 목의 수가 수만이고, 항복한 자가 무수하여 황건적은 전멸하였다.

3. 현덕의 벼슬살이

안희현에 부임하다

주전이 낙양(洛陽)에 개선하자 전에 장량을 멸한 황보숭과 마찬가지로 대장군이 되고, 낙양의 하남윤(河南尹)에 임명되었다. 그런데 현덕에게는 아무리 기다려도 벼슬을 내리지 않았다. 이것은 궁중의 십상시가 불공평한 인사(人事)를 했기 때문이었다. 그 후 현덕은 중산부(中山府) 안희현(安喜縣)의 현위(縣尉)라는 낮은 벼슬을 맡게 되었다.

현덕이 임지에 당도하자 그 고장 사람들은 곧 그의 인덕을 존경하게 되었다. 그런데 4개월도 되지 않아 조정에서 조서(詔書)가 내려, 황건적을 토벌한 공로로 벼슬을 한 자는 재심사하여 적합하다고 인정되지 않을 경우에는 관직에서 물러나게 한다는 것이었다.

고약한 감독관

　그리하여 곧 군(郡)의 감독관이 심사를 하러 왔다. 현덕은 성 밖까지 나가 공손히 인사를 하였으나, 감독관은 말 위에서 채찍을 약간 움직여 응답할 뿐이었다. 관우와 장비는 버럭 화를 냈다.

　숙소에 이르자 감독관은 정면 상좌(上座)에 앉고 현덕은 단 아래 뜰에 서 있었다. 감독관이 이렇게 물었다.

　"현덕은 어디 출신인고?"

　"본인은 중산 정왕의 후손입니다. 탁군에서 황건적을 멸한 다음, 크고 작은 30여 회의 싸움에서 얼마간 전과(戰果)를 올려 이 관직에 오르게 되었습니다."

라고 현덕이 대답하자, 감독관은 갑자기 큰소리로 호통을 쳤다.

　"이놈, 외람되게 황족(皇族)의 이름을 들먹여 있지도 않은 공적을 내세우는구나. 이번에 조정에서 조서를 내린 것은 바로 네놈과 같은 엉터리 관리를 골라내기 위해서다."

　이에 현덕은 아무 말도 하지 않고 물러나와 현의 청사에 돌아와 부하에게 물었더니,

　"감독관이 호통을 치는 것은 뇌물을 탐내기 때문입니다."

라고 귀띔을 하는 것이었다. 물론 현덕은 뇌물을 바칠 생각이 조금도 없었다. 그러자 감독관은 현의 관리를 한 명 붙잡아 현덕이 백성을 괴롭힌다는 가짜 조서를 만들게 하려고 했다. 현덕은 감독관의 숙소에 가서 부하의 석방을 요청하려고

했으나, 문지기가 가로막는 바람에 면회도 하지 못했다.

감독관을 혼내주다

한편 장비는 홧김에 술을 마시고 말을 몰아 감독관 숙소 앞을 지나가다가 5, 60명의 노인들이 문 앞에서 큰소리로 울고 있는 것을 보았다. 그 이유를 물었더니,

"감독관이 현의 관리를 붙잡아다가 억지로 현덕님에게 죄를 뒤집어씌우려고 하므로, 우리가 진정(陳情)하러 왔는데, 문지기에게 쫓겨나 안으로 들어가지도 못했습니다."
하고 말하는 것이었다.

장비는 이 말을 듣고 크게 분개하여, 둥근 눈을 부릅뜨고 빠드득 이를 갈며 곤두박질치듯이 말에서 내려 뚜벅뚜벅 숙소로 들어갔다. 문지기가 미처 제지할 사이도 없었다.

감독관은 안채의 정면에 도사리고 앉아 있고, 현의 관리는 묶인 채 땅바닥에 뒹굴고 있었다. 이것을 본 장비는 큰소리로 외쳤다.

"백성을 괴롭히는 이 도둑놈아, 나를 모르겠느냐?"

감독관이 입을 열 기회도 주지 않고 장비는 그의 머리카락을 움켜쥐고 그 길로 현의 청사 앞까지 끌고 나와 말을 매어두는 말뚝에 동여매놓았다. 그리고 버드나무 가지를 꺾어 감독관의 양쪽 넓적다리를 힘껏 후려갈기는데, 한꺼번에 버드나무 가지가 열 개나 부러졌다.

현덕이 청사 앞이 소란하여 나가 보니 장비가 큰소리를 고

장비가 노하여 감독관을 두들겨 패다.

래고래 지르면서 감독관을 후려치고 있었다.

"백성을 괴롭히는 이놈, 너같은 놈은 때려 죽이는 수밖에 없다!"

결박당한 감독관이,

"현덕님, 목숨만 살려주십시오!"

하고 애원하니, 현덕은 역시 인정이 많은 사람이라 장비를 말렸다. 그러자 관우가 앞에 나서서 이렇게 말했다.

"형님, 수많은 공로를 세웠는데도 겨우 현위같은 자리밖에 얻지 못하고 군의 감독관에게 모욕을 당하고 있습니까? 생각해 보니, 가시밭 속은 봉황이 살 곳이 못 됩니다. 차라리 관직에서 물러나 고향으로 돌아가 원대한 계획을 다시 세우는 것이 상책인가 합니다.”

　현덕은 관우의 말에 따르기로 했다. 그는 관직을 상징하는 관인(官印)을 꺼내 감독관의 목에 걸어주고,

　“네놈과 같은 백성의 적은 죽여버리는 것이 옳지만, 목숨만은 살려주기로 한다. 관직은 천자께 돌려드리겠다. 그럼 잘 있거라.”

하고 현덕 일행은 그날 밤 탁군으로 돌아갔다.

　감독관은 백성들이 밧줄을 풀어주자 관가에 돌아가 상관에게 보고하고, 곧 졸개를 풀어 현덕 일행을 뒤쫓게 했다. 그러나 현덕 일행은 가족을 수레에 태우고 대주(代州)의 유회(劉恢)라는 사람을 찾아가서 그 집에 한동안 묵었다.

4. 혼란과 암투의 궁중

십상시의 횡포

궁중에서 권력을 잡고 있는 십상시는 이와 같이 자기들을 거역하는 자를 벌했다. 황건적을 격파한 장군들에게도 돈과 옷감 등의 뇌물을 요구하여 사리 사욕을 채웠다. 황보숭과 주전은 돈을 바치지 않았기 때문에 면직(免職)이 되었다. 십상시들이 대장군이 되거나 제후(諸侯)가 되었으므로 나라의 정치는 극도로 문란하여 다시 각처에서 반란이 일어났다. 그러나 이 사실을 십상시는 쉬쉬 하고 천자에게 보고하지 않았다. 그리하여 천자는 태평성세인 줄 알고 궁중 뜰에서 날마다 연회로 세월을 보냈다.

"나라가 문란하여 그 위기가 눈앞에 다가오고 있습니다. 그런데도 폐하는 내시들과 술만 마시고 계십니까!"

하고 한 고문관이 간(諫)하면, 십상시에게 에워싸인 천자는,

"나라 일은 오래 전부터 잘 되어가고 있지 않은가? 무슨 위기가 다가왔다는 겐가?"

하고 태평스러워했으며, 오히려 그 사람을 옥에 가둬버렸다.

두 태후의 암투

중평(中平) 6년 4월, 영제의 병이 위독하여 제위(帝位)를 잇는 문제로 회의가 열리고, 대장군 하진(何進)이 급히 궁중에 불려 들어갔다.

하진은 본래 돼지를 잡는 것을 업(業)으로 해온 사나이였다. 그러나 여동생이 후궁(後宮)으로 뽑혀 귀인(貴人)이 된 후 황자(皇子) 변(辨)을 낳고 황후가 되어 하 황후(何皇后)라고 칭하는 바람에 그도 황자의 외삼촌이라 하여 높은 벼슬을 하게 되었던 것이다.

그런데 영제에게는 이 밖에도 왕미인(王美人)이라는 사랑하는 후궁이 있어 황자 협(協)을 낳았다. 하 황후가 이것을 질투하여 왕미인을 독살했기 때문에, 협 황자(協皇子)는 동 태후(董太后)의 궁중에서 기르고 있었다. 동 태후는 영제의 모친으로 황자의 할머니였다.

동 태후는 전부터 협 황자를 황태자로 삼으려고 생각하고 있었다. 한편 하 황후나 하진은 변 황자를 황태자로 삼으려고 했기 때문에 영제가 위독해지자 십상시의 한 사람이 하진을 궁중에 불러들여 암살해버릴 음모를 꾸미고 있었다. 이 음모를 알아차린 하진은, 반대로 내시들을 몰살하려고 했는데 이때 마침 영제가 세상을 떠났다. 하진은 무장한 근위병 5천을 부하인 원소(袁紹)에게 거느리게 하고, 자기는 대신 30여 명을 이끌고 궁중에 들어가 영제의 영구(靈柩) 앞에서 변 황자를 천자의 지위에 오르게 했다.

동 태후는 십상시들과 짜고, 협 황자를 진류왕(陳留王)의 자리에 오르게 하여 한동안 권력을 잡고 있었으나, 하 태후와의 사이가 점점 악화되어 드디어 하진에 의해 독살되고 말았다.

십상시의 몰락

원소는 하진에게,

"이 기회를 놓치지 말고 십상시를 처치해야 합니다."

하고 말했다. 결단력이 없는 하진이 망설이자 원소가 다시 말했다.

"여러 곳의 호걸들을 불러 모아 군사를 이끌고 상경하면 내시들을 무찌를 수 있습니다."

조조가 반대했으나 하진은 원소의 의견에 찬성했다.

이것을 전해 듣고 기뻐한 것은 동탁이었다. 그는 황건적의 토벌(討伐)에 번번이 패하기만 했으나, 십상시에게 뇌물을 바쳐 죄에서 벗어났다. 후에 중신(重臣)이 되고 대장군이 되어 서량(西凉)의 자사(刺史)로서 서북 지방의 대군 20만을 거느리고 야심을 키우고 있었다.

그는 즉시 병사를 이끌고 낙양으로 떠났다.

"동탁은 개 같은 놈입니다. 그놈이 수도에 들어오게 되면 사람을 해칠 것이 뻔합니다."

하고 충고하는 시어사(侍御史)가 있었다. 그리고 전부터 동탁의 인간됨을 알고 있는 노식도 그의 상경에 반대했다. 그러나 하진은 이를 받아들이지 않았다.

한편 십상시들은 선수(先手)를 쳐서 하진을 궁중에 불러들여 죽여버렸다. 하진이 죽임을 당했다는 소식을 전해 듣고, 대궐 문 밖에서 대기하고 있던 원소와 조조는 부하를 이끌고 궁중에 쳐들어가 불을 지르고 십상시는 물론, 다른 내시들까지 모조리 죽여버렸다.

십상시의 우두머리인 장양은 어린 천자와 진류왕을 협박하여 데리고 불길 속을 빠져 나와 밤새 도망쳐서 북망산(北邙山)까지 갔으나, 뒤쫓아간 추격자가 함성을 지르자 운명이 다한 줄 알고 강물에 몸을 던져 죽어버렸다.

동탁의 속셈

뒤에 남은 두 소년, 천자와 진류왕은 갈팡질팡하다가 겨우 당도한 어느 농가의 주인에게 구조되어, 뒤따라 온 원소와 함께 낙양으로 돌아왔다. 오는 도중에 동탁이 이끄는 군사와 마주치게 되자, 동탁은 천자를 수호하여 수도로 향하였다. 이때 겁에 질린 천자와는 달리 씩씩하고 의젓한 진류왕의 태도에 감탄한 동탁은, 진류왕을 천자와 교체하려고 속으로 생각했다.

수도에 온 동탁은 하진의 부하들을 설득하여 자기 편에 서게 하고 또 연회를 열어 대신들을 초대하고 그 자리에서 진류왕을 천자로 세워야 한다고 주장했다. 그러자 대신들은 아무도 입을 열려고 하지 않았는데, 이때 한 사람이 앞으로 나

와 큰소리로,

"안 되오. 도대체 무슨 소리를 하고 있는 거요? 지금의 천자는 선제(先帝)의 장남으로 이렇다 할 과실도 없는데, 어째서 폐위(廢位)시켜야 한단 말이오? 보아 하니 당신은 딴 생각을 품고 있구려!"

하고 말했다. 그는 형주(荊州)의 자사 정원(丁原)이었다. 동탁은 화가 나서,

"나에게 거역하는 자는 죽음을 각오하라!"

하고 호령을 하면서 칼을 뽑아 정원의 목을 베려고 했다.

그때 정원의 뒤에는 위엄이 당당한 사나이가 손에 창을 들고 눈을 번뜩이며 서 있었다. 동탁의 부하인 이유(李儒)가 이 사나이를 보고, 동탁에게 훗날 다시 의논하도록 권했다. 논의가 끝난 후 동탁이 문간에 서 있는데, 말을 타고 창을 든 그 사나이가 문 밖에서 서성거리고 있었다. 동탁이 이유에게,

"웬 놈이냐?"

하고 묻자 이유가 대답했다.

"저 자는 정원의 양자로, 성은 여(呂), 이름은 포(布), 자는 봉선(奉先)이라고 합니다."

동탁은 두려워 후원 숲속에 몸을 숨겼다.

5. 동탁과 조조의 다툼

여포의 변신

이튿날 정원이 군대를 이끌고 동탁에게 도전해 왔다. 동탁의 군사는 성 밖에서 이를 격퇴하려고 했으나, 말을 몰고 쏜살같이 달려든 여포의 기세에 눌려 동탁의 군사는 뿔뿔이 흩어졌다. 도망친 동탁은 측근들을 모아놓고 의논했다.

"저 여포라는 놈은 보통 인간이 아니다. 저놈을 우리 편으로 만들 수만 있다면 천하에 두려울 게 없을 것이다."

그러자 한 사람이 말했다.

"걱정 마십시오. 본인은 여포와 같은 고향이므로 잘 알고 있는데, 그는 용기는 있지만 지혜가 없고, 이익을 위해서는 의리도 저버리는 사나이입니다. 제가 설득하겠습니다."

그는 근위 중랑장인 이숙(李肅)이었다.

"자네가 어떻게 설득하려고 하는가?"

"장군님께는 적토(赤兎)라는 명마(名馬)가 있습니다. 그 말은 하루에 천 리를 달린다고 들었는데, 그 말과 황금과 진주를 주면 그는 반드시 우리 편이 될 것입니다."

(동탁은) 이숙에게 값진 금은보화로 여포를 꾀게 하다.

적토마는 하루에 천 리를 달리고 강을 건너거나 산을 오를 때에도 평지를 가는 것과 마찬가지였다. 전신이 숯불처럼 빨갛고 머리에서 꼬리까지 길이가 1장(丈), 발굽에서 갈기까지 높이가 8척, 한번 울면 하늘이 쩌렁쩌렁 울리고 바다도 뛰어넘을 것 같았다. 천하를 얻기 위해서는 말 한 필쯤 아까워해서는 안 된다고 생각한 동탁은 이숙에게 말과 선물을 여포의 진지에 가져가게 했다.

여포는 전부터 정원을 군주로 섬기기에는 부족한 인물이라고 생각하고 있었다. 이숙은 동탁이야말로 영웅이라고 추켜세우며, 황금 · 진주 · 구슬띠를 여포에게 내놓았다.

"이건 동탁 영주님이 전부터 들어온 그대의 용명(勇名)을 사모하여 그대에게 특별히 주는 것이오. 적토마도 마찬가지요."

여포가 말했다.

"동탁 영주께서 나에게 이처럼 호의를 베푸니 나는 무엇으로 답례를 해야 하오?"

"나같은 사람도 근위 중랑장이 되었소. 그대가 온다면 출세는 정해놓은 것이오."

"찾아뵈려고 해도 세운 공로가 없어 유감이오."

"공로같은 건 손바닥 뒤집기보다도 쉬운 일이오. 다만 장군께서 그럴 의향만 있다면 말이오."

여포는 한참 생각하다가,

"정원을 죽여버리고 군대를 이끌고 동탁 영주에게로 가고 싶소. 그대는 어떻게 생각하오?"

"그대가 그렇게만 한다면 그 이상의 공로는 없소. 그러나 일은 지체없이 서둘러야 하오."

이숙이 돌아간 후, 그날 밤으로 여포는 칼을 들고 곧바로 정원의 막사(幕舍)에 들어가 눈 깜짝할 사이에 정원의 목을 베어버렸다. 그리고 이튿날 그 목을 가지고 동탁에게 가서, 그 앞에 엎드렸다.

동탁의 세상

여포가 항복했으므로 동탁의 세력은 더욱 커졌다. 그는 천자를 폐위시켜 홍농왕(弘農王)이라 하고, 진류왕을 천자로 추대하였다.

　진류왕은 천자로 즉위하여 헌제(獻帝)가 되었다. 이때 그의 나이는 9세였으며, 연호를 초평(初平)으로 고쳤다.

　전의 천자인 홍농왕은 어머니 하 태후와 황후 당비(唐妃)와 함께 영안궁(永安宮)이라는 궁전에 갇혀 있었다. 그러나 동탁은 이 세 사람을 살려두면 후에 귀찮은 일이 일어날 우려가 있다고 생각했다. 그래서 부하에게 명하여 홍농왕을 독살하고 하 태후를 정자 아래로 떨어뜨려 죽인 다음 당비를 목졸라 죽이게 했다. 동탁은 스스로 재상이 되어 궁중을 자기 집처럼 드나들었다.

　기병 중랑장인 오부(伍孚)는 잔인하고 난폭한 동탁의 행동에 분개하여, 언제나 품속에 단도를 몰래 숨기고 다니며 기회를 노리다가, 어느 날 동탁이 궁중에 들어오는 것을 보고 단도를 빼들고 동탁을 찌르려 했지만 동탁은 힘이 세어 오부의 손을 가로막았다. 그때 여포가 뛰어와 오부를 붙잡았다. 동탁이 오부에게 물었다.

　"누가 너에게 이렇게 시키더냐?"

　오부는 눈을 부릅뜨고 큰소리로 대꾸했다.

　"너의 죄악은 하늘 끝까지 이르러 누구나 벼르고 있다. 너를 두 동강을 내어 천하의 구경거리로 삼지 못하는 것이 유감이다."

　동탁은 화가 나서 그를 토막내어 죽이게 했으나, 오부는 목숨이 끊어질 때까지 욕설을 그치지 않았다. 동탁은 그 후부터는 조심하여 궁중에 출입할 때에는 언제나 무장한 군사로 하여금 호위하게 했다.

동탁을 물리칠 모의

전에 천자를 폐위시키는 데 반대하여 낙양을 떠났던 원소는, 그 후 발해(渤海)에서 동탁이 권력을 남용한다는 말을 듣고 대신 왕윤(王允)에게 몰래 편지를 보내어 기회를 노려 거사하도록 권고했다.

왕윤은 좋은 계략이 생각나지 않아 망설이던 중에, 어느 날 궁중 시종(侍從)의 방에 충성심이 두터운 대신들만 모여 있었으므로,

"오늘이 내 생일인데 여러분을 저녁 식사에 초대하고 싶소."

라고 말했다.

그날 밤 왕윤의 집에 대신들이 모두 모이자 술잔을 몇 차례 돌린 후, 왕윤은 갑자기 얼굴을 두 손으로 가리고 큰소리로 엉엉 울기 시작했다. 대신들이 깜짝 놀라,

"오늘은 당신의 생일인데 뭐가 그렇게 슬프오?"

하고 물었다. 이에 왕윤이 대답했다.

"오늘은 실은 내 생일이 아니오. 여러분과 의논할 일이 있는데, 동탁에게 의심을 사게 해서는 안 되겠기에, 그런 명목으로 모이자고 했소. 동탁은 천자를 무시하고 권력을 남용하여 나라의 운명이 오늘내일 하는 형편이오. 오래 전에 한(漢)의 고조(高祖)가 진(秦)을 치고 초(楚)를 멸망시켜 천하를 평정한 후 오늘에 이르기까지 번성해온 이 나라가, 이제 동탁에 의해 멸망하려고 하지 않소. 이 일을 생각하니 눈물

이 앞을 가리오."

이 말에 대신들은 모두 소리를 내어 울었다. 그때 자리에 앉아 있던 한 사람이 손뼉을 치고 크게 웃으면서 말했다.

"조정의 대신들이 밤을 새워 운다고 해서 동탁을 눈물 속에 빠뜨려 죽일 수 있겠소?"

그는 근위교위 조조였다. 왕윤이 화가 나서 소리쳤다.

"당신도 조상 대대로 한나라의 녹(祿)을 먹고 살아온 처지에, 무엇이 우스워 웃고 있는 게요?"

"내가 웃는 것은 다름이 아니라 여러분은 동탁을 죽이려는 계획을 전혀 세우지 못하고 있기 때문이오. 나는 지금 당장이라도 동탁의 목을 잘라 성문에 내걸 수 있소."

왕윤이 그 계획을 묻자 조조가 말했다.

"지금 내가 동탁을 섬기고 있는 것은 기회를 노려 동탁의 목을 베기 위해서요. 지금은 동탁이 나를 신용하고 있으니 그를 더 가까이 할 수 있게 되었소. 왕윤께서는 훌륭한 보검을 갖고 계시니까, 그것을 내게 빌려주신다면 내 기어이 그의 목을 베어 오고 말겠소."

왕윤은 보검을 꺼내어 조조에게 건네주었다.

조조의 실패

이튿날 조조는 칼을 허리에 차고 동탁의 거처를 찾아갔다. 안방에 들어가니 동탁은 침대 위에 앉아 있고, 여포가 그 옆에 서 있었다. 동탁이,

"맹덕, 어찌하여 이렇게 늦었소?"

하고 묻자 조조는,

"말이 약하여 걸음을 잘 걷지 못해 그만 늦었습니다."

하고 대답했다. 동탁은 여포를 돌아보고,

"서량에서 가져온 말이 있었지? 그 중 한 필을 골라 맹덕에게 주도록 하라."

하고 말하자 여포는 즉시 밖으로 나갔다.

조조는 마음속으로 '이놈을 죽여야 할 때는 바로 지금이다!' 라고 생각하고 칼을 빼내어 찌르려고 하다가, '아니다, 동탁은 힘이 세다. 함부로 덤벼들어서는 안 된다' 는 생각이 들어 기회를 더 엿보았다.

동탁은 몸집이 뚱뚱하여 오래 앉아 있지 못하고, 옆으로 누워 얼굴을 벽 쪽으로 향하였다. 조조는 '때는 이때다' 하고 생각하면서 급히 칼을 빼었다. 그러자 동탁은 옆의 거울 속에서 조조가 자기의 등 뒤에서 칼을 빼는 것을 보고 재빨리 몸을 돌리며,

"맹덕, 무슨 짓이냐!"

하고 말했다. 그때 여포는 이미 말을 끌고 문 밖에 와 있었다. 조조는 당황했으나 칼을 손에 잡은 채 무릎을 꿇고,

"제가 보검 한 자루를 얻었는데 승상께 드리려고 합니다."

하고 말했다. 동탁은 칼을 받았다. 길이가 한 자 남짓 되고, 칠보(七寶)로 장식되어 있으며 날이 예리했다. 조조는 칼집을 여포에게 넘겨주고 동탁의 거처를 나오며,

"재상께서 주신 것이니 시험삼아 한번 타보겠습니다."

하고 말한 후 말을 타고 동남쪽을 향해 쏜살같이 달렸다.

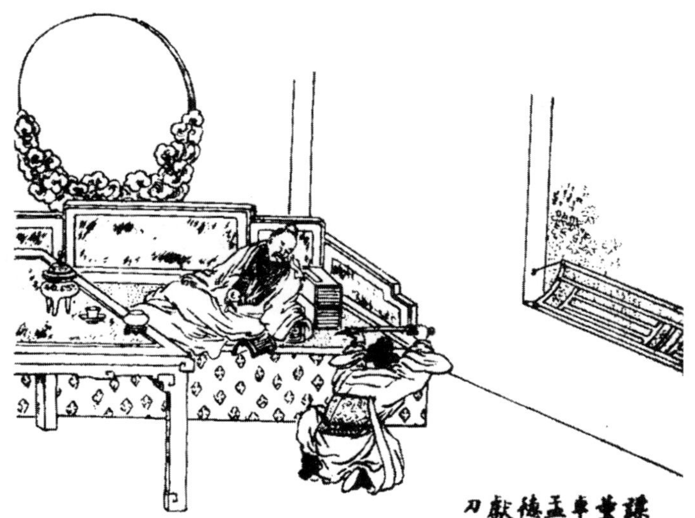

계책을 꾸민 조조가 동탁을 죽이려다 칼을 바치다.

동탁은 어쩐지 수상쩍다고 생각했으나 자기를 죽이려고 한 것을 깨달았을 때는 이미 때가 늦었다. 동탁은 조조를 체포하라는 방문(榜文)을 돌리고 그의 얼굴 모습을 그려 각처에 돌렸다.

진궁과의 만남

한편 조조는 나는 듯이 고향을 향해 도망쳤으나 도중에 중모현(中牟縣)에서 초소의 파수병에게 붙잡혀 현령(縣令) 앞에 끌려갔다. 조조는,

"저는 행상을 하는 사람으로 성은 황보(皇甫)라고 합니다."

라고 말했으나 그는 조조를 노려보더니 부하에게 명령했다.

"낙양에서 그대를 본 적이 있다. 그대는 조조가 아닌가? 이 자를 옥에 가둬라."

밤이 깊자 현령은 조조를 뒤뜰로 끌어내어 심문했다.

"너는 동탁에게 중용(重用)되어 있다고 들었는데, 어찌하여 스스로 재난을 불러들일 짓을 했느냐?"

"제비나 참새들이 어찌 봉황의 뜻을 알겠는가! 너는 어서 나를 낙양에 호송하여 상이나 타거라. 쓸데없는 말은 물을 것도 없다."

그러자 현령은 좌우의 부하를 물러가게 하고 조조에게 나직한 목소리로 말했다.

"나를 잘못 보지 마시오. 세상 벼슬아치들과는 다르오. 나는 지금까지 훌륭한 군주(君主)를 만나지 못해 이러고 있소."

그리하여 조조가 한나라를 위해 동탁을 죽이려고 했다는 말을 하자 현령은 손수 조조를 풀어주어 상석에 앉히고 큰절을 하면서,

"그대의 충성은 천하에 둘도 없는 줄 아오."
하고 말했다. 조조가 이름을 물으니,

"성은 진(陳)이고 이름은 궁(宮), 자는 공대(公臺)요. 늙은 어머니와 처자는 동군(東郡)에 살고 있소. 그대의 충성심에 감동했소. 관직을 버리고 그대와 함께 도망치려 하오."
하고 말했다. 조조는 크게 기뻐했다.

두 사람이 사흘 동안 계속 말을 몰아 성고(成皐)라는 곳에 도착했을 때 날이 저물었다. 조조는 채찍을 들어 숲속을 가

리키면서 말했다.

"이 근처에 여백사(呂伯奢)라는 분이 있소. 나의 부친과 의형제를 맺은 분이라오. 오늘 밤에는 그 집에서 묵어 가도록 합시다."

두 사람이 집 앞에서 말을 내려 안으로 들어가니, 백사는 놀라며 말했다.

"조정에서 방문을 돌려 너를 잡으려 하고 있다. 너의 아버지도 진류(陳留)로 피난을 갔는데 어떻게 여기까지 왔느냐?"

조조가 내력(內歷)을 상세히 말하자 백사는 진궁과 인사를 나누고,

"당신이 아니었더라면 이 조카는 물론이고 조씨 일족이 몰살을 당했을 겁니다. 집이 누추하지만 천천히 묵어 가시오." 하고 안으로 들어갔다가 얼마 후에 나오더니,

"잠깐만 기다리십시오. 서촌(西村)에 가서 맛좋은 술을 사 오겠습니다." 하고 당나귀를 타고 집을 나섰다.

조조와 진궁이 한참 기다리고 있는데, 갑자기 집 뒤쪽에서 칼을 가는 소리가 들려왔다. 조조는 진궁에게 나직한 목소리로 말했다.

"여백사는 나의 진짜 숙부가 아니오. 밖으로 나간 것이 수상하오."

두 사람은 가만가만 방 뒤로 돌아가 엿들었다.

"묶어서 죽이는 게 어떨까?" 하고 말하는 사람의 목소리가 들려왔다.

"그게 좋겠어."

이 말을 들은 조조는 진궁과 함께 칼을 휘둘러 남녀를 불
문하고 닥치는 대로 목을 베어 순식간에 여덟 명을 죽였다.
그런데 부엌에 들어가 보니 돼지 한 마리가 묶여 있었다.

"맹덕, 의심이 많아 죄없는 사람들을 죽였구려."
하고 진궁은 후회했다. 두 사람은 급히 그 집을 나와 말을 타
고 떠났다.

얼마 후 여백사가 나귀에다 술통을 얹고, 손에는 과일과
야채 등을 들고 오는 것이 보였다.

"왜 그렇게 빨리 떠나는 거야?"
하고 백사가 말하며 붙잡았다. 조조가 말했다.

"쫓기는 몸이 한 곳에 오래 머물 수는 없지요."

"집안 사람에게 돼지를 한 마리 잡아서 대접하라고 일러
두었다. 하룻밤 묵어 가는 게 어때서 이렇게 서두르는 거야.
말 머리를 돌리게."

조조는 그의 만류를 뿌리치고 말을 몰아 길을 재촉하다가,
무슨 생각을 했던지 갑자기 칼을 빼들고 되돌아가 백사를 불
러 세우고,

"저기 오는 건 누구지요?"
하고 말했다. 백사가 뒤를 돌아보자 조조는 칼을 휘둘러 그
를 죽여버렸다. 진궁은 깜짝 놀라 외쳤다.

"아까는 실수로 사람들을 죽였지만 이번엔 어떻게 된 거
요?"

"백사가 집에 돌아가 사람들이 죽어 있는 것을 보면 그냥
둘 리가 없소. 만일 많은 무리를 이끌고 뒤쫓아오면 반드시

큰 변을 당하게 될 거요."

"그렇지만 죄없은 사람을 죽이는 건 도리에 어긋나는 일이 아니오?"

"한 사람 때문에 천하의 사람들이 나에게 반기(叛旗)를 들게 할 수는 없는 일이오."

하는 조조의 말에 진궁은 잠자코 있었다.

그날 밤, 몇십 리를 간 후 달빛을 받으면서 객사(客舍) 문을 두드리고 묵어 가기로 했다. 말에 먹이를 주고 조조는 먼저 잠들었다.

진궁은 생각에 잠겨 있다가, '나는 조조를 훌륭한 인물이라고 믿었기 때문에 관직을 버리고 따라왔는데, 이 얼마나 잔인 무도한 사람인가. 살려둔다면 세상에 재앙이 될 것이다'라고 생각하고 칼을 뽑아 죽이려 했다.

그러나 문득 다시 생각하기를, '나는 나라를 위해 그를 따라 이곳까지 왔다. 지금 그를 죽이는 것은 도리에 어긋난다. 내버려두고 다른 데로 가는 것이 낫겠다' 하고 칼을 꽂고 날이 밝기를 기다리지 않고 혼자 동군을 향해 떠났다.

6. 동탁과 연합군의 싸움

연합군의 결성

조조는 고향인 진류에 돌아와, 아버지 조숭(曹嵩)에게 낙양에서의 일을 이야기한 후에 아버지의 도움을 받아 의용병을 모집했다. 그는 가짜 조서를 써서 사방에 보내고 '충의(忠義)'라는 글자를 쓴 흰 깃발을 내세웠다. 며칠이 안 되어 하후돈(夏侯惇)과 그의 사촌 동생 하후연(夏侯淵), 조인(曹仁)·조홍(曹洪) 형제들이 각각 천 명의 젊은이를 이끌고 왔다. 조조는 크게 기뻐하여 마을에서 군사를 훈련하고, 갑옷과 깃발 등을 마련하며 군량을 모았다.

발해(渤海)에 있던 원소는, 조조가 보낸 가짜 조서를 받고 3만의 군사를 이끌고 찾아왔다. 조조는 다시 동탁 토벌의 격문(檄文)을 써서 여러 고을에 보내고, 남양(南陽)의 원술(袁術), 기주(冀州)의 한복(韓馥), 제북(濟北)의 포신(鮑信), 북해(北海)의 공융(孔融), 서주(徐州)의 도겸(陶謙), 서량(西涼)의 마등(馬騰), 북평(北平)의 공손찬(公孫瓚), 장사(長沙)의 손견(孫堅) 등 각처의 인물들이 저마다 군사를 일

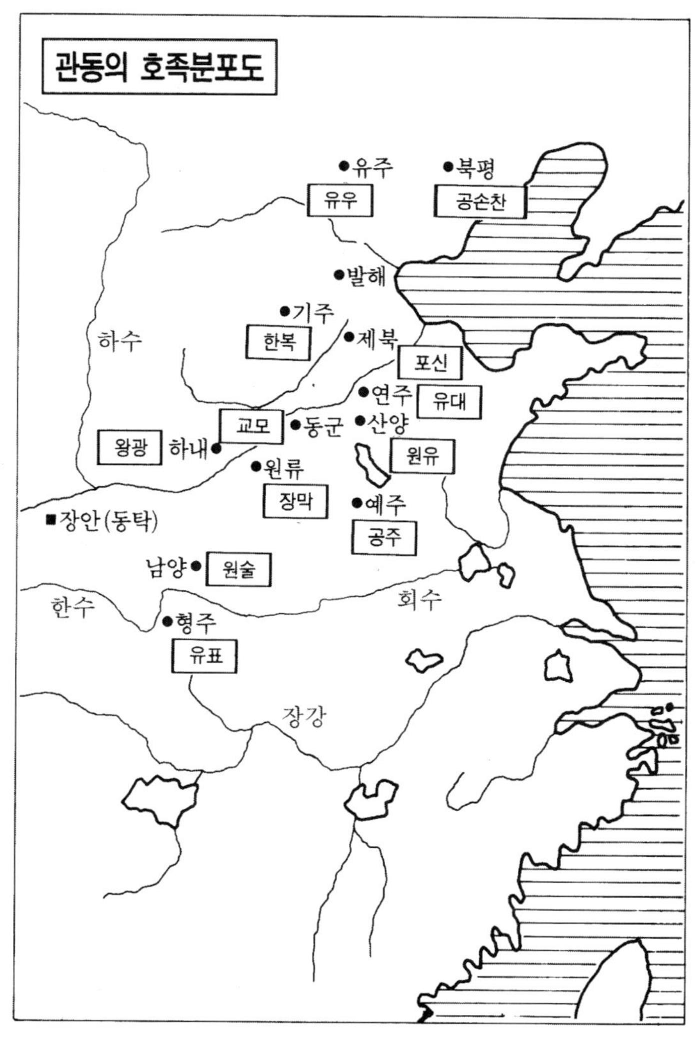

관동의 호족분포도
유주
북평
유우
공손찬
발해
기주
제북
한복
포신
연주
유대
교모
동군
산양
왕광
하내
원유
원류
예주
장막
공주
장안(동탁)
남양
원술
회수
한수
형주
유표
장강
하수

황제의 밀조를 꾸며 돌린 격문으로 모든 제후들이 조조에게 모이다.

으켜 혹은 1, 2만 혹은 3만의 병력을 이끌고 낙양으로 몰려들었다.

이 중에서 북평의 공손찬이 군사 1만 5천을 이끌고 덕주(德州)의 평원현(平原縣)에 이르렀을 때, 멀리 뽕나무 숲속에 노란 깃발을 세운 몇몇 기병(騎兵)이 보였다. 이들은 유현덕과 관우·장비의 의형제들이었다.

현덕은 장비가 감독관을 때린 후, 한동안 몸을 감추고 있었으나, 어양(漁陽) 방면에서 반란이 일어났을 때, 토벌에 참가하여 공로를 세우고 공손찬 등의 추천에 의해 관리가 되어 평원현을 다스리고 있었다.

공손찬은 영웅이 지방의 관리가 되어 묻혀 있는 것을 한탄하여, 동탁을 정벌하는 일에 참가할 것을 권했다. 현덕은 선뜻 대답했다.

"참가하겠소."

"그때 내가 그놈을 해치웠더라면 이런 귀찮은 일이 일어나지 않았을 텐데……."
하고 장비가 투덜거리는 것을 관우가 가로막고 말했다.
"이렇게 된 이상 빨리 나서야 해."
이윽고 모두 17 제후(諸侯)의 군대가 모이게 되었다. 조조는 소와 말을 잡고 술을 준비한 다음 회의를 열어, 명문 출신인 원소를 연합군의 맹주(盟主)로 추대했다. 토벌에 앞장설 것을 자청하고 나선 장사의 손견은 낙양 동쪽에 있는 사수관(汜水關)을 공격하기 시작했다.
낙양에서 매일같이 주연(酒宴)을 베풀고 있던 동탁은, 관문에서 온 급보를 듣고 크게 놀랐으나 여포가 나서서 말했다.
"아버님, 걱정 마십시오. 관문 저쪽 제후같은 건 먼지나 마찬가지입니다. 놈들의 목을 베어 성문에 나란히 걸어놓겠습니다."
"봉선, 너만 있으면 베개를 높이 고이고 잘 수 있겠구나."
하고 동탁은 기뻐했다.
이때 여포의 등 뒤에서,
"닭을 잡아 요리하는 데 어찌 소 잡는 칼을 쓸 필요가 있겠습니까? 여포께선 나설 것 없습니다. 제가 나가서 제후들의 목을 잘라 오겠습니다. 그건 자루 속에서 물건을 끄집어내듯이 쉬운 일입니다."
하고 말하는 자가 있었다. 돌아보니, 키가 9척이고 호랑이 몸집에 늑대의 허리, 표범의 머리, 원숭이의 팔뚝을 한 화웅(華雄)이라는 사나이였다. 동탁은 이 말을 듣고 크게 기뻐하여 5만의 군사를 내주어 싸우게 했다.

연합군의 제후 중에서 제북의 포신은, 손견만이 선두에 서서 공을 세우는 것을 달갑지 않게 여겨 몰래 동생 포충(鮑忠)을 보내어 앞질러 공을 세우게 하려고 했다.

싸움의 시초

포충은 싸움을 시작하자 화웅의 단칼에 목이 날아가버렸다.

손견은 네 장수를 거느리고 있었다. 그 한 사람인 정보(程普)가 화웅의 한 장수와 겨루자, 손견은 그 기세를 타고 관문 앞까지 쳐들어갔으나, 관문 위로부터 화살과 돌이 비오듯 쏟아져 내렸다. 그는 일단 후퇴하여 전열을 가다듬고 원술에게 군량을 요청했다. 그런데,

"손견은 강동(江東)의 호랑이로, 만일 낙양을 함락시켜 동탁을 죽이면, 늑대 대신 호랑이를 키우는 격이 된다."

하고 중상(中傷)하는 자가 있어, 원술은 군량을 보내주지 않았다. 그리하여 손견의 군사는 군량이 떨어져 혼란에 빠졌다.

그 틈을 노리고 화웅은 한밤중에 손견의 진지를 습격했다. 손견은 적의 포위망을 뚫고 도망쳤으나, 부하는 뿔뿔이 흩어지고, 부장(副將)인 조무(祖茂)만이 손견의 곁을 떠나지 않고 따라왔다. 뒤에서 화웅이 쫓아오는 것을 손견이 두 번이나 화살을 쏘았으나 맞지 않고, 세 번째 활을 쏘려고 하자 힘을 너무 들였기 때문에 활이 부러져버렸다. 할 수 없이 활을 버리고 말을 몰았으나, 손견은 투구에 빨간 두건을 쓰고 있었기 때문에 빨리 눈에 띄었다. 그때 조무가,

“군주님, 투구의 빨간 두건이 적의 목표가 됩니다. 빨리
벗어서 저에게 주십시오.”
하고 말했다. 손견은 조무와 투구를 바꿔 쓰고 좌우로 갈라
져 말을 달렸다. 화웅의 군사는 빨간 두건을 노리고 쫓아왔
으므로 손견은 샛길로 도망칠 수 있었다. 조무는 적에게 잡
힐 지경에 이르게 되자 빨간 두건을 타다 남은 민가의 기둥
에 걸어놓고, 숲속에 들어가 몸을 감췄다.

화웅의 군사는 불빛에 빨간 두건을 발견하고, 사방에서 화
살을 빗발처럼 퍼부었으나 나중에야 계략인 줄 알고 가까이
다가가서 빨간 두건을 집어 들었다. 이때 조무가 나무 그늘
에서 뛰쳐나와 갑자기 화웅에게 덤벼들었으나, 화웅은 크게
소리를 지르며 조무를 단칼에 베어버렸다.

화웅을 무찌른 관우

패전(敗戰)의 소식을 들은 원소는 제후들을 모아놓고 의
논했다.

“먼저 포충이 앞질러 공을 세우려다가 쓰러지고, 지금 다
시 손견이 조무를 잃었소. 어떡하면 좋겠소?”
했으나 아무도 입을 열지 않았다.

원소가 좌중을 돌아보니, 공손찬의 뒤에 서 있는 세 사람
이 비웃는 얼굴을 하고 있었다. 원소가,

“저들은 누구요?”
하고 묻자 공손찬이 대답했다.

"저와 동문 수학한 평원의 유비라는 사람입니다."

"황건적을 무찌른 유현덕이 아니오?"

라고 옆에서 조조가 물었다.

"그렇소."

원소는 현덕이 한(漢) 황실의 후손임을 알고 자리에 앉도록 했다.

이때 한 병사가 달려와서 보고했다.

"화웅이 기병대를 이끌고 쳐들어옵니다. 기다란 막대기에 손견 장군의 빨간 두건을 달고, 진지 앞에서 욕을 퍼붓고 있습니다."

그때 연합군의 장수 한 사람이 나서서 싸웠으나 화웅과 몇 차례 겨루지도 못하고 목이 날아갔다. 이번에는 한복의 부하 장수가 큰 도끼를 들고 나가 싸웠으나 단칼에 쓰러졌다. 모두들 얼굴빛이 달라졌다. 원소가,

"나의 부하 장수인 안량(顏良)·문추(文醜)가 없는 것이 유감이군. 한 사람이라도 이 자리에 있으면 화웅쯤은 두려워할 것이 없는데……."

하고 말했다. 그 말이 채 끝나기도 전에 계단 밑에서,

"제가 화웅의 목을 베어 갖다 바치겠습니다."

하고 깨어진 종소리처럼 요란하게 말하는 사나이가 있었다. 모두들 깜짝 놀라 바라보니 키가 9척이고, 수염의 길이가 2척, 봉황의 눈에다 누에의 눈썹을 하고 얼굴은 익은 대추처럼 검붉은 사람이었다.

원소가 그가 누구인지를 묻자 공손찬이 대답했다.

"이 사람은 유현덕의 동생 관우입니다."

"관직이 무엇인가?"

"유현덕을 따라 다니면서 마궁수(馬弓手)로 있습니다."

원소의 사촌 동생 원술은 이 말을 듣자 큰소리로 호통을 쳤다.

"너는 우리 제후에게 장수가 없다고 해서 무시하는가? 궁수의 주제에 건방지구나."

그러자 조조가 달래면서 말했다.

"뭐 그렇게 화낼 건 없소. 이 사나이가 큰소리를 치는 걸 보면 그만한 솜씨가 있는 것 같지 않소? 시험삼아 나가 싸우게 하여 이기지 못하면 그때 책망해도 늦지 않을 거요."

관우가 말했다.

"만일 이기지 못하면 내 목을 베도록 하시오."

조조는 관우에게 따뜻하게 데운 술을 한 잔 가득 따라주면서 나가 싸우라고 말했으나 관우는,

"먼저 화웅의 목을 베어 온 후에 마시겠습니다."

하고 커다란 칼을 들고 말에 올라탔다.

멀리서 북소리가 울려 퍼지고 함성이 천지를 뒤흔들었다.

모두들 얼굴을 마주보는 가운데, 방울 소리를 요란하게 울리면서 말이 되돌아왔다. 관우는 화웅의 머리를 칼끝에 꿰어 들고 들어와서 중마당 위에 던지더니, 조금 전에 따라놓은 술을 마셨다. 술은 그때까지도 따뜻했다.

여포와 삼형제의 싸움

그때 현덕의 뒤에서 장비가 뛰쳐나오면서 큰소리로 외쳤다.

"형이 화웅의 목을 베었으니 이 기회를 놓치지 말고 동탁을 사로잡아야 합니다."

원술이 또다시 화가 나서,

"고작 하급 무사인 주제에 함부로 굴지 마라."

하고 호통을 쳤다. 조조가 그를 달래는 한편 현덕 형제를 막사에 불러 고기와 술로 세 사람의 노고를 위로했다.

화웅의 목이 잘렸다는 보고를 받은 동탁은 20만의 군사를 양쪽으로 나눠, 한쪽은 이각(李催)·곽사(郭汜)에게 5만의 병력을 이끌고 사수관을 지키게 하고, 동탁 자신은 15만의 병력을 이끌고 이유·여포 등과 함께 호뢰관(虎牢關)을 지키고, 여포에게 3만의 병력을 주어 관문 밖에 진지를 구축하게 했다.

원소는 17개 연합군 중에서 8군을 호뢰관으로 진격하게 했으며 여포가 이를 맞아 싸웠다. 여포는 머리에 세 갈래로 묶은 자금관(紫金冠)을 쓰고 몸에는 붉은 비단의 백화포(百花袍)를 걸쳤으며, 짐승의 얼굴 무늬가 새겨진 갑옷을 입었고, 사자 가죽의 띠를 띠었으며 활과 화살을 짊어졌고 손에는 커다란 창을 들고, 바람결에 우는 적토마에 올라타고 있었다. 그리하여 세상에서는 '인간 중에는 여포, 말 중에는 적토'라고 하여 부러워했는데 사실 말 그대로였다.

여포는 여러 차례 연합군 진지에 돌입하여 동서로 창을 휘두르니, 마치 무인지경(無人之境)을 지나가는 것 같았다. 연합군 장수들이 번갈아가면서 싸웠으나 번번이 여포의 창에 찔려 죽고 감히 상대할 자가 없었다.

마침내 공손찬 자신이 창을 휘두르며 여포와 싸웠으나 몇 차례 싸우지도 못하고 도망쳐버렸다. 여포는 그 뒤를 추격했다. 그의 적토마는 바람처럼 빨라 하루에 천 리를 달리기 때문에 금세 따라잡아 여포의 창이 공손찬을 찌르려 했다. 이때 한 사람의 용사가 큰 눈을 부릅뜨고 호랑이 수염을 곤두세우며 1장 8척의 창을 들고 말을 달려 큰소리로 외쳤다.

"아비를 세 번이나 바꾼 놈, 꼼짝 마라! 연인(燕人) 장비가 여기 있다."

여포는 이것을 보자 공손찬을 버리고 장비와 싸웠다. 장비와 여포는 50여 합이나 싸웠으나 승부가 나지 않았다. 관우가 이것을 보고 말을 몰아 82근짜리 커다란 칼을 휘두르면서 여포를 협공했다. 관우와도 30여 합이나 싸웠으나 여포는 끄떡도 하지 않았다. 그러자 현덕이 두 자루의 칼을 뽑아 들고 말을 몰아 옆에서 도왔다.

삼형제가 여포를 에워싸고 마치 주위의 등롱(燈籠)처럼 싸우는 것을 적과 아군 모두 넋을 잃고 바라보았다. 천하의 여포도 드디어 힘이 부쳐 현덕의 얼굴에 일격을 가하여 현덕이 몸을 돌린 찰나에 포위를 뚫고 말을 몰아 도망쳤다.

장안으로 수도를 옮기다

여포가 도망쳤기 때문에 동탁의 군사는 더 싸울 의욕을 잃게 되었다. 동탁은 이유(李儒)의 의견에 따라 서쪽에 있는 장안(長安)으로 수도를 옮기기로 했다.

장안 지방은 황폐해 있기 때문에 수도를 옮기면 백성의 마음이 흔들린다고 신하 몇 사람이 반대했으나 동탁은,

"나는 천하를 움직일 계획을 세우고 있다. 백성, 백성 하고 말할 계제가 못 된다."

하고 반대자를 파면시키기도 하고 목을 베기도 했다. 그는 이튿날 즉시 장안을 향해 떠나기로 했다.

이유는 군자금을 마련하기 위해, 낙양의 부자들을 모두 붙잡아다가 원소의 집에 드나들었다는 트집을 잡아 죄를 뒤집어씌워 모조리 목을 베고 그 재산을 몰수했다.

이각과 곽사는 낙양의 백성들을 모두 몰아내어 장안으로 향하게 했다. 백성들 뒤에서는 사나운 병사들이 손에 칼을 들고 뒤떨어지는 자를 찔러 죽이며 몰아댔으므로, 서로 떠밀려 죽고 밟혀 죽는 자가 수없이 많았다.

동탁은 출발할 때 낙양의 민가를 불살라버리고 궁전에도 불을 질렀다. 그리고 여포에게 명하여, 선제(先帝)나 황후의 무덤을 파서 묻혀 있는 보물을 꺼내게 했는데, 병사들은 관리나 백성의 무덤까지도 파헤쳤다. 동탁은 금은 보화와 옷감들을 수천 대의 수레에 싣고, 헌제와 황후, 궁녀들을 수레에 태워 장안으로 향하였다.

　　연합군은 사수관과 호뢰관에서 즉시 낙양으로 진격하여 성내에 불을 질렀다. 조조는 그 기세를 몰아 동탁의 군사를 추격할 것을 주장했으나, 원소를 비롯한 제후들은 불탄 자리에 군대를 쉬게 하고 더는 움직이려고 하지 않았다. 할 수 없이 조조는 만여 명의 군사를 이끌고, 하후돈·하후연·조인·조홍·이전(李典)·악진(樂進) 등을 거느리고 동탁의 뒤를 쫓았다.

　　동탁은 이유로 하여금 추격을 감시하게 하고, 여포에게는 정예 부대를 이끌고 후미(後尾)를 지키게 했다. 조조의 군사가 뒤쫓아오자 여포는 부대를 나누어 이들과 싸우게 했다.

　　좌우에서 이각·곽사의 부대가 쳐들어왔으므로 조조의 군사는 크게 패하여 뿔뿔이 흩어지고 말았다.

쫓기는 조조

　　조조는 어느 민둥산 기슭에 이르렀다. 한밤중이었으나 달빛이 대낮처럼 밝았다.

　　그는 살아 남은 군사를 모아놓고, 솥을 걸어 식사 준비를 시켰다. 그때 사방에서 함성이 나더니 적의 복병이 일제히 쳐들어왔다.

　　조조는 허둥지둥 말을 타고 도망치다가 적의 장수가 쏜 화살에 어깨를 맞은 채 그대로 산모퉁이까지 말을 달렸다. 그때 숲속에 숨어 있던 적병 두 사람이 좌우에서 조조의 말을 한꺼번에 창으로 찔렀다. 말이 쓰러지는 바람에 조조가 거꾸

로 나뒹굴자 적병이 목을 자르려고 덤벼들었다. 때마침 말을
몰고 달려온 한 장수가 칼을 휘둘러 두 적병을 무찌르고 말
에서 내려 조조를 구해냈다. 그는 조홍(曹洪)이었다.

"어서 이 말에 올라타십시오. 저는 걸어가겠습니다."

"나는 이제 틀렸다. 자네야말로 빨리 이곳을 빠져 나가라,
적이 곧 뒤쫓아올 테니까."

"저같은 사람은 이 세상에 없어도 괜찮지만 장군님은 살
아 남아서 싸워야 합니다."

"자네 은혜는 잊지 않겠네!"

조조가 말에 올라타자 조홍은 투구와 갑옷을 벗어버리고
말 뒤를 쫓아갔다.

밤중이 지났을 무렵에, 두 사람의 앞을 큰 강이 가로막았
다. 뒤에서는 추격병의 함성이 들려왔다.

"이제 끝장이다. 살아 남을 길이 없다."
하고 조조가 말했다. 그러나 조홍은 조조를 말에서 부축해
내리고 투구와 갑옷을 벗긴 다음 그를 업고 강을 건너갔다.
건너편 기슭에 닿았을 때, 추격하는 병사들이 몰려와 활을
쏘기 시작했다. 조홍은 필사적으로 도망쳤다.

날이 밝을 때까지 3백 리 남짓 가서 언덕 그늘에서 한숨을
돌리고 있는데, 갑자기 함성이 울려 퍼지고 적군이 쫓아왔으
나 이때 다행히 하후돈·하후연 등 수십 명의 기병이 달려와
적을 쫓아버렸다.

이윽고 조인·이전·악진이 각각 군사를 이끌고 왔으므
로, 조조는 살아 남은 군사 500여 명과 함께 하내군(河內郡)
으로 돌아왔다.

7. 동탁의 최후와 초선

옥새를 얻은 손견

동탁이 낙양에 불을 지르고 장안으로 수도를 옮긴 후, 손견(孫堅)은 제일 먼저 낙양에 들어가 궁전의 불을 끄고 불탄 자리에 막사를 세웠다. 이때 궁전 옆의 우물에서 오색 빛이 솟아오르는 것을 한 병사가 보고, 우물을 퍼내니 그 속에서 궁녀의 시체가 하나 나왔다.

그녀의 목에는 비단 주머니가 걸려 있었고 주머니를 열자 빨간색 작은 상자가 금사슬에 묶여 있었다. 그래서 그 상자를 열어 보니, 안에는 보옥으로 된 천자의 도장인 옥새가 들어 있었다. 손잡이에는 다섯 마리의 용이 새겨져 있고, 도장에는 '천명(天命)을 받아 오래 번성하라'는 의미의 한자가 새겨져 있었다.

부하인 정보에게 물었더니, 이 도장은 진나라의 시황제(始皇帝) 때 처음 만들어진 뒤, 한의 천자가 대대로 황제의 표지(標識)로 물려온 것이라고 했다. 전에 십상시를 토벌했을 때, 장양(張讓)이 어린 천자를 북망산까지 억지로 데려갔는

옥새를 얻은 손견은 원소를 배반하다.

데, 천자가 궁정에 돌아와 보니 이 도장이 분실되었었다.

손견은 이 도장을 발견한 사실을 누구에게도 말하지 말라고 당부했다. 그런데 부하 중에 원소와 고향이 같은 병사가 이 사실을 원소에게 알렸다.

어느 날 원소가 손견에게,

"그 옥새는 조정의 보물이오. 그것을 손에 넣었다면 제후들 앞에서 맹주인 나에게 맡겨서 조정에 돌려주는 것이 당연한데, 그것을 감추다니 무슨 속셈에서 그렇게 행동하시었소?"

하고 물었다. 손견은 시치미를 떼고,

"대체 무슨 말씀이오?"

"궁중 우물에서 나온 것을 어디에 감추었소?"

“나는 모르는 일이오. 어찌하여 그런 억지를 쓰시오?”

“빨리 내놓는 것이 신상에 좋을 것이오.”

“내가 만일 그것을 감추고 있다면 다음날 바로 비명에 죽었을 것이오.”

손견이 하늘을 우러러 맹세하므로 제후들도,

“손견이 맹세하는 것을 보니 갖고 있지 않은 것 같소.”

하고 말했다.

원소는 어제 저녁에 밀고한 병사를 불러내어,

“우물을 퍼낼 때 이 사람이 있었소, 없었소?”

하고 물었다. 손견은 화가 나서 허리에 찬 칼을 빼들고 병사를 치려고 했다. 그러자 원소도 칼을 빼내어,

“네 이놈, 병사를 베겠다는 게냐? 날 뭘로 보는 게야!”

하고 외치자 원소의 뒤에 있던 안량·문추도 일제히 칼을 빼들었다. 한편 손견 뒤의 정보·황개(黃蓋)·한당(韓當)도 일제히 칼을 빼들었다.

다른 제후들이 일제히 나서서 양쪽을 말리자, 손견은 말에 올라타고 그 자리를 떠났다.

화가 난 원소도 형주 자사 유표(劉表)에게 편지를 보내어 손견이 가는 길을 막고 옥새를 빼앗으라고 명령했다. 손견은 유표의 군사에게 포위되어 고전(苦戰)했으나 황개의 분전(奮戰)으로 간신히 강동(江東)에 당도할 수 있었다. 이 때문에 손견은 유표에게 큰 원한을 갖게 되었다.

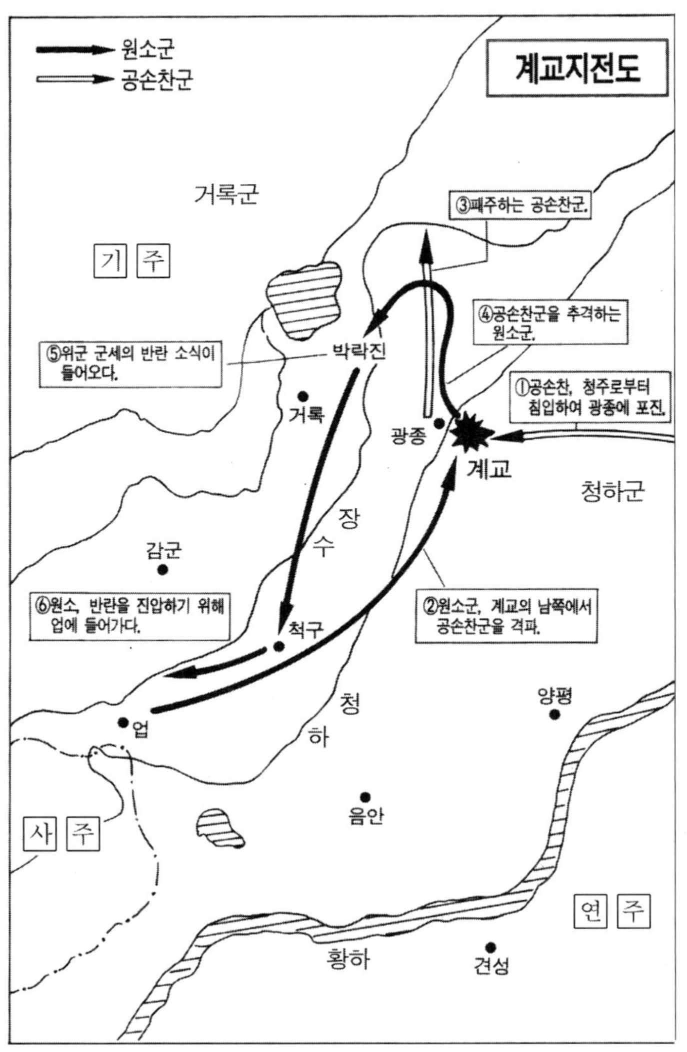

원소군
공손찬군
계교지전도
거록군
기 주
③패주하는 공손찬군.
④공손찬군을 추격하는
원소군.
①공손찬, 청주로부터
침입하여 광종에 포진.
⑤위군 군세의 반란 소식이
들어오다.
박락진
거록
광종
계교
청하군
장
수
감군
⑥원소, 반란을 진압하기 위해
업에 들어가다.
②원소군, 계교의 남쪽에서
공손찬군을 격파.
척구
양평
업
청
하
음안
사 주
연 주
황하
견성

원소의 기주 점령

한편 동탁을 추격하다 크게 패한 조조는 낙양으로 돌아왔으나, 원소를 비롯하여 연합군의 제후들은 각기 야심만 품고 있을 뿐, 아무도 장안을 공격할 엄두를 내지 못했다. 조조는 실망하여 군사를 이끌고 양주(揚州)로 떠났다.

공손찬이 이것을 보고 현덕에게,

"원소는 쓸모없는 인간이오. 얼마 안 가 내분(內紛)이 일어날 것이오. 우리도 떠나기로 하오."

하고 말했다. 그리하여 현덕 등 세 사람은 평원으로 떠나고 공손찬은 북평으로 떠났다.

또한 원소도 낙양을 떠나 하내군에 군대를 주둔시켰다. 이윽고 군량이 떨어지자 기주 자사 한복이 이 어려움을 도와주었으나, 원소는 은혜를 원수로 갚는다고 식량이 풍부한 기주를 점령하려고 했다. 그는 먼저 북평의 공손찬에게 편지를 보내어, 기주를 양쪽에서 협공하여 영지(領地)를 나눠 갖자고 제의했다. 공손찬이 군사를 일으키자 원소는 한복에게 밀사(密使)를 보내어 공손찬이 쳐들어간다고 알렸다. 한복은 지혜가 부족하고 마음이 약한 사나이였으므로 원소에게 도움을 청했다. 원소는 군사를 이끌고 기주에 들어간 뒤 결국 권력을 잡고 한복을 몰아냈다.

공손찬은 원소에게 영지를 나눠 주기를 요구했다. 그러나 원소는 이를 거절했다. 공손찬은 분개하여 원소에게 쳐들어갔다. 양군은 반하(磐河)의 다리를 에워싸고 진을 쳤다.

원소는 반하에서 공손찬과 싸우다.

조자룡의 활약

원소의 부하인 문추는 말을 몰아 창을 잡고 공손찬을 뒤쫓아가서 막 찌르려고 했다. 그때 한 젊은 무사가 나타나 문추와 대결하여 공손찬을 구출했다. 신장이 8척이고 눈썹이 진하고 눈이 크며, 이마는 넓고 이중턱의 위풍이 당당한 이 젊은이의 성은 조(趙)고, 이름은 운(雲), 자는 자룡(子龍)이라고 불렀다. 전에는 원소의 부하였으나 원소가 임금에 대한 충성심도 없고, 백성을 아끼는 마음도 없는 것을 알자 공손찬의 편이 되었다.

조운은 몰려온 원소의 군사 가운데로 돌진하여 종횡으로 적을 무찔렀다. 그러자 원소의 대군도 반격해 왔다.

이때 산 저쪽에서 함성이 일어나더니 한 떼의 원병이 나타났다. 유현덕·관우·장비가 평원군에서 도우러 왔던 것이다. 그들은 날듯이 몰려와 원소의 진영으로 쳐들어가니, 원소는 당황하여 다리 건너편으로 퇴각했다.

양군은 그 후 한 달 남짓 대결했다. 이것을 알자 장안의 동탁은 칙사를 보내어 양자를 화해시켰다.

현덕은 조운에게 호감을 갖고 헤어지기 싫어했다. 두 사람은 서로 손을 마주 잡고 눈물을 흘리면서 다시 만나기를 기약하고 헤어졌다.

손견의 죽음

남양의 제후인 원술은 사촌 형 원소가 기주를 손에 넣었다는 소식을 전해 듣고, 말 천 필을 제공해 달라고 요구했다. 그러나 원소가 이 요구를 거절하자 원술은 몹시 분개하여 그 후부터 두 사람 사이가 나빠졌다.

원술은 또 사신을 형주로 보내어 유표(劉表)에게 20만 석의 군량을 꾸어줄 것을 요구했으나, 이것도 거절당해 몹시 화가 났다. 그래서 원술은 강동의 손견에게 편지를 보내어 '원소와 유표가 합세하여 강동을 공격하려고 한다. 나는 원소를 칠 것이니 손공은 유표를 치라'고 부추겼다.

손견은 전에 유표 때문에 귀로가 가로막힌 원한이 있으므로 즉시 출병할 준비를 했다.

한편 이 정보를 얻은 유표는 부하인 황조(黃祖)를 선봉장으로 삼아 번성(樊城)에 나가 싸우도록 하고, 곧 대군를 동원했다.

손견에게는 아들 넷이 있었는데, 17세가 된 장남 손책이 종군했다. 손견은 손책과 함께 배를 타고 장강(長江)을 거슬러 올라가 황조가 지키고 있던 번성을 함락시키고 상륙하여 단숨에 한수(漢水)를 거쳐 유표가 있는 양양(襄陽)을 포위했다.

성 안에서는 유표의 참모가 여공(呂公)이라는 장수에게 손견을 성 밖에 있는 현산(峴山) 속에 유인하여 협공할 계략을 지시했다. 여공은 저녁때 500명의 군사를 이끌고 성 밖으로 나왔다. 손견은 적의 일대가 현산으로 향했다는 보고를 듣고 장수들에게 알리지도 않고 30명의 기병을 이끌고 추격했다. 여공은 미리 산 위와 숲속에 복병을 잠복시켜놓았다.

손견의 말은 발이 빨라 대뜸 뒤쫓아가서 큰소리로 외쳤다.

"어디로 도망치는 거냐!"

여공은 말을 돌려 한 번 싸우더니 산 속으로 도망쳤다. 손견은 뒤쫓아갔으나 여공의 모습은 보이지 않았다.

손견이 산으로 오르려고 했을 때 갑자기 함성이 들리고 산 꼭대기에서 커다란 돌덩이가 연달아 굴러 떨어지고 숲속에서 화살이 비오듯 날아왔다. 손견은 머리가 박살이 나서 죽어버렸다. 나이 겨우 37세, 헌제 초평(初平) 2년 11월 초이렛날이었다.

여공이 30명의 기병을 몰살시키고 신호 화살을 쏘아 올리자, 성 안에서 황조 등이 군사를 이끌고 진격해 나왔으므로 강동의 군사들은 혼비 백산했다.

수군(水軍)을 이끌고 한수에 머물러 있던 손견의 장수, 황개는 환성을 듣고 상륙하여 달려가 황조와 대결하여 생포했다. 정보는 손책을 호위하고 혈로를 찾다가 여공과 마주치자 창으로 찔러 말에서 떨어뜨렸다.

날이 밝아 양군은 진지로 돌아갔다. 이때 비로소 부친이 전사한 것을 알게 된 손책은 큰소리로 통곡했다. 손견의 시체는 이미 적이 성 안으로 끌고 들어갔으므로, 손책은 생포한 황조와 부친의 시체를 바꾸었다. 그리고 싸움을 중지하고 강동으로 돌아와 부친의 장례를 치렀다.

동탁의 횡포

수도를 장안으로 옮긴 동탁은 손견이 죽었다는 소식을 듣자,

"내 가슴의 응어리가 하나 떨어져 나갔구나."
하며 기뻐하고, 더욱 횡포가 심하게 되었다.

어느 날 동탁이 대신 및 중신들과 더불어 술을 마시고 있는데, 포로 몇백 명이 끌려왔다. 동탁은 그들의 손발을 자르고 눈알을 빼는가 하면 혀를 잘라 큰 솥에다 삶으라고 명령했다. 비명이 하늘을 찌르고 부하들은 무서움에 떨었으나 동탁은 태연히 먹고 마시면서 이야기를 계속했다.

또 어느 날 연회 석상에서 여포가 다가와 동탁에게 뭐라고 귓속말을 했다. 동탁은 이 말을 듣고 회심의 미소를 지으면서,

"원래 그랬다는 말이지?"

하면서 여포에게 뭐라고 명령을 내렸다. 여포가 장온(張溫)
이라는 대신을 끌어냈다. 부하들이 그를 끌고 갔다. 이윽고
시종이 빨간 쟁반 위에 장온의 목을 얹어서 바쳤다. 동탁은
웃으면서 말했다.

"여러분들은 놀랄 것 없소. 장온은 전부터 원술과 짜고 나
를 암살하려고 벼르고 있었소. 오늘 원술이 보낸 편지가 여
포에게 잘못 전달되어 알게 된 거요. 여러분과는 관계가 없
는 일이니 두려워 마시오."

가희 초선

대신 왕윤(王允)은 집에 돌아와 오늘 있었던 일을 생각하
니 참을 수가 없어 달빛이 환한 뒷뜰에 나가 지팡이를 짚고
거닐면서 하늘을 우러러 눈물을 흘렸다.

그때 모란을 심은 정자 부근에서 한숨 소리가 들려왔다.
눈여겨보니 그가 딸처럼 사랑하는 가희 초선이었다. 춤도 잘
추고 얼굴도 아름다운 16세의 가희였다. 어째서 한숨을 쉬
느냐고 물었더니 초선이 대답했다.

"요새 나으리께서 언제나 얼굴을 찌푸리고 계신 것은, 나
라에 상서롭지 못한 일이 있기 때문인 줄 알면서도 여자의
몸이라 여쭈어보지 못했습니다. 오늘 밤은 더욱 심사가 언짢
아 보이시므로 저도 모르게 한숨이 새어 나왔습니다. 만일
저라도 할 수 있다면, 평소에 받은 은혜의 만분의 일도 되지

왕 사도가 초선을 내세워 동탁과 여포를 이간질 하다.

않지만, 몸을 바칠 각오를 하고 있습니다.”

감격한 왕윤은, 백성의 고통과 국가의 위기를 구하기 위해서는 역적 동탁을 처치해야 하는데, 그에게는 여포라는 용기와 무술이 뛰어난 양아들이 있어, 그를 꺾으려면 이 두 사람 사이가 멀어지게 하는 수밖에 없다고 초선에게 털어놓았다. 그러자 초선은 이를 위해 필요하다면 자기를 희생하겠다고 맹세했다.

이튿날 왕윤은 진주를 박은 황금관을 여포에게 보냈다. 여포는 기뻐하여 고맙다는 인사를 하러 왕윤의 집을 찾아왔다. 왕윤은 그를 거실로 안내하여 맛좋은 음식을 대접했다. 술이 거나할 무렵에 아름답게 단장한 초선이 나타나 여포에게 술을 따랐다. 여포는 아름다운 그녀에게 매혹되었다. 왕윤은

여포에게,

"이 아이를 장군께 드리지요."

하고 말하자 여포는 무척 기뻐했다.

며칠 후에 왕윤은 동탁을 집으로 초대했다. 산해 진미를 마련하여 풍악을 울리고 극진히 대접하며, 동탁의 인덕은 옛날의 성인을 능가한다고 간사를 부렸다. 그리고,

"집에 있는 가희를 보여드리지요."

하고 발을 올리자 피리 소리에 맞춰 많은 여자들이 나타나 춤을 추기 시작했다. 그 중 가장 아름다운 것은 초선이었다.

춤이 끝난 다음 그녀는 노래를 한 곡 부르고 나서 동탁에게 술을 권했다. 동탁은 이름과 나이를 물으며 감탄했다.

"선녀 못지 않게 아름답구나!"

"이 아이를 대감께 드리려고 합니다."

하고 왕윤이 말하자 동탁은 입이 헤벌어진 채 말했다.

"그 뜻이 고맙기 그지없소. 이 은혜를 무엇으로 갚을꼬?"

"그 아이로서는 대감의 곁에서 시중을 드는 것만으로도 행복할 것입니다."

왕윤은 그날로 초선을 동탁의 저택으로 보냈다.

이 사실을 알게 된 여포는 왕윤에게 다그쳐 물었다.

"초선을 나한테 준다고 약속해놓고 동탁에게 보내다니, 사람을 놀려도 분수가 있지 않은가."

이에 왕윤이 대답했다.

"동탁이 그녀를 당신과 결혼시키겠다며 데리고 갔소."

여포는 이 말을 곧이듣고 집으로 돌아갔으나 동탁이 그녀를 가로챈 것을 알고 원한을 품게 되었다.

어느 날 동탁의 저택 뒤뜰에서 초선은 여포를 만났다.

"저는 장군님의 곁에서 섬기려고 했는데, 대감께서 저를 빼앗아 갔습니다."

하고 연꽃이 만발한 연못에 몸을 던지려고 했다. 여포는 당황하여 그녀를 붙잡았다. 마침 동탁이 이것을 보고 화가 치밀어 여포에게 창을 던졌다. 여포는 그 자리를 피해 도망쳤으나 점점 동탁을 미워하게 되었다.

동탁의 죽음

한편 왕윤은 초선을 빼앗겨 화가 난 여포를 달래는 척하며

동탁을 죽이도록 부추겼다.

전에 정원을 죽이도록 여포를 부추겼던 이숙(李肅)은, 동탁이 출세시켜주지 않자 그들과 손을 잡게 되었다.

왕윤은 이숙에게 칙서를 들려 동탁에게 보냈다. 천자가 제위를 동탁에게 물려주고 싶어하니 궁중으로 들어오라는 내용의 칙서임을 이숙이 전하자, 동탁은 크게 기뻐하며 즉시 수레를 타고 집을 나섰다.

궁중에 도착하자 군신들이 예복 차림으로 맞이했다. 이숙은 보검을 차고 수레 옆을 따랐다. 동탁이 성문 가까이 다가오자 왕윤이 큰소리로,

"역적이 왔다!"

하고 외치자 백여 명의 군사들이 나타나 창으로 동탁을 마구 찔렀다. 동탁은 겉옷 속에 갑옷을 입고 있었으므로 창이 들어가지 않았다. 팔꿈치에 부상을 입고 마차에서 굴러 떨어지면서 큰소리로 여포에게 도움을 청했다.

"봉선은 어디 있나?"

여포가 마차 뒤에서 큰소리로,

"역적을 죽이라는 어명이시다!"

하고 외치며 단번에 목을 찌르자, 이숙이 재빨리 목을 쳐서 떨어뜨렸다. 이때 동탁의 나이는 54세, 헌제 초평 3년 4월 스무 이튿날이었다. 동탁의 참모 이유도 목이 날아갔다.

동탁의 시체를 거리에 내걸어 구경거리가 되게 했다. 그 옆을 지나가는 백성들은 그의 머리를 주먹으로 때리고 시체를 발로 걷어찼다.

8. 산동의 실력자 조조

이각 · 곽사의 세상

횡포하기 짝이 없던 동탁이 죽음을 당한 후, 부하인 이 각 · 곽사 · 장제(張濟) · 번주(樊稠) 등이 서쪽으로 도망쳤으나, 왕윤은 동탁을 도와온 이들 네 사람의 죄를 용서하려고 하지 않았다.

이각 등은 서량주(西凉州) 일대에 '왕윤이 이 고장의 백성들을 모두 잡아 죽이러 온다' 고 유언(流言)을 퍼뜨리고, '가만히 앉아서 죽느니 차라리 먼저 쳐들어가자!' 고 선동하여 10여 만 명이나 군사를 모아 장안으로 쳐들어왔다.

이 소식을 들은 왕윤은 여포와 의논했다. 여포는,

"대감, 안심하시오. 쥐새끼 같은 놈들, 문제없습니다."

하고 이숙을 데리고 저들과 싸우기로 했다. 그러나 이숙이 방비를 소홀히 하여 밤에 습격을 당해 도망쳤으므로 여포는 화가 나서 이숙을 단칼에 베어버렸다.

여포는 용기와 무술은 뛰어났으나 지혜가 없었고, 반면에 이각 등은 치밀한 작전을 세워 산기슭에 진을 치고 공격해

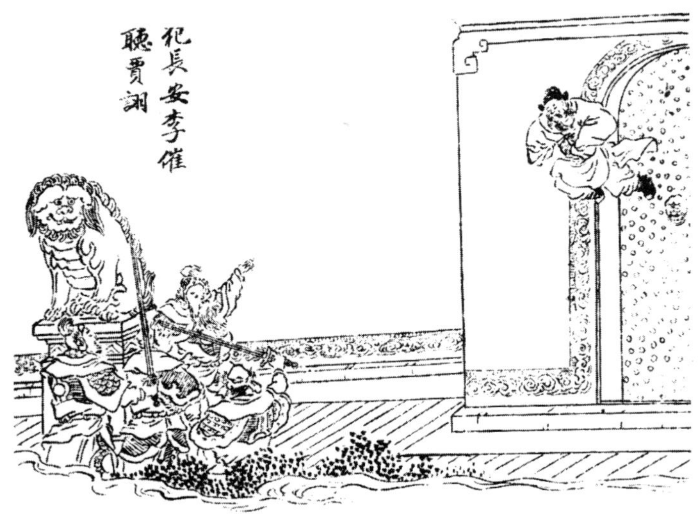

이각은 가후의 충동질로 장안을 습격하다.

왔다.

여포가 쏜살같이 돌진하자 이각은 후퇴하여 산으로 올라가 위에서 돌덩이와 함께 화살을 비오듯 쏘았다. 여포의 군사는 한 발짝도 전진할 수 없게 되었다. 그때 갑자기 뒤에서 곽사가 쳐들어왔다. 여포는 급히 뒤돌아 싸우려 했으나, 북소리가 울려 퍼지자 곽사의 군사는 벌써 후퇴해버렸다. 여포가 군사를 철수시키려고 하자 징소리가 요란하게 울리면서 이각의 군사가 또다시 쳐들어왔다. 이와 싸우려고 하면 뒤에서 곽사의 군사가 공격해 왔다. 여포의 군사가 뒤돌아서서 마주 싸우려고 하면 벌써 북을 치면서 후퇴하는 것이다. 여포는 화가 치밀어 견딜 수 없었다. 이런 일이 며칠씩 계속되어 싸울 수도 싸우지 않을 수도 없게 되었다.

여포가 애를 먹고 있을 때 장제·번주의 군사가 장안을 공격하여 도성이 함락될 위기에 놓여 있다는 보고가 들어왔다.
여포는 급히 군사를 몰아 장안으로 향했으나 뒤에서 이각과
곽범의 추격을 받아 많은 군사를 잃었다.

여포가 장안에 도착해 보니 적이 구름처럼 모여 사방에서
성을 에워싸고 있었다. 며칠 후, 성 안에 있던 동탁의 잔당이
성문을 열어주었으므로 적군은 일제히 도성으로 쳐들어왔
다. 여포는 간신히 도망쳐서 원술에게 의지하기로 했으나,
천자 곁에 있던 왕윤은 성문 아래서 이각·곽사의 손에 죽고
말았다.

한편 이각 등은 천자에게 강요하여 대장군과 제후의 자리
에 올라 권력을 잡게 되었다.

그러자 서량 태수 마등(馬騰)과 병주 자사 한수(韓遂)는
10여 만 군사를 이끌고 이각·곽사 등의 역적을 토벌하기
위해 장안으로 쳐들어왔다. 마등의 17살짜리 아들 마초(馬
超)도 활약했으나, 이각의 참모 가후(賈詡)가 방비를 굳게
하여 싸움에 응하지 않았으므로, 연합군은 군량이 떨어져 물
러나고 말았다.

그 후 제후들은 아무도 대적하지 않게 되어, 조정은 한동
안 평정을 되찾은 듯이 보였다.

진동 장군 조조

그런데 뜻밖에 황건적의 잔당이 산동의 청주(靑州)에서
수십만의 군중을 모아 반란을 일으켜 연주(兗州)에 쳐들어

마등은 왕실을 위해 의병을 일으키다.

가 그 자사를 죽였다. 이때 조정에 복귀한 주전이 이렇게 말했다.

"산동의 황건적을 격파할 수 있는 사람은 조조밖에 없습니다."

조조는 동탁을 정벌하려던 연합군이 분열된 후에 산동에 들어가 북방의 반란군 및 이민족과 싸워 연전 연승하여 대군을 거느리고 있었다. 이각은 주전의 의견에 따라 조조를 연주 자사로 임명하고 황건적의 토벌을 명했다.

조조는 곧 100여 일 만에 황건적을 토벌하여 연주를 평정했으며, 항복한 자는 남녀를 합쳐서 100여 만 명이 넘었다. 그는 이 중에서 용맹한 군사만을 뽑아 '청주병(靑州兵)'이라고 부르고, 다른 자들은 각각 고향으로 돌려보냈다.

초평 3년 12월, 조조는 진동장군(鎭東將軍)이라는 호칭을 받으매 명성이 날로 높아져, 사방의 호걸들이 그 이름을 사모하여 모여들었다. 그 중에는 순욱(荀彧)이나 곽가(郭嘉)와 같은 모사와 우금(于禁), 전위(典韋)와 같은 용장이 있었다.

이리하여 그 세력이 산동에 퍼졌으므로 조조는 낭야군(瑯琊郡)에 피난해 있던 부친과 동생들을 불러들이기 위해 사람을 보냈다.

부친 조숭(曹嵩), 동생 조덕(曹德)은 일족 40여 명과 따르는 무리 100여 명을 데리고 가재 도구를 수레 100여 대에 싣고 연주로 향했다.

일행은 도중에 서주를 지나게 되었다. 서주 자사 도겸(陶謙)은 온후한 사람이었으며 평소에 조조와 가까이 사귀려고 했던 사람이었다. 그는 조조의 부친이 지나간다는 말을 듣고, 주(州) 경계까지 마중나가 이틀을 쉬어 가게 하면서 극진히 대접했다. 그리고 부하인 장개(張闓)에게 명하여, 군사 500여 명을 이끌고 호송하게 했다.

조조 일가의 몰살

여름이 가고 가을에 접어들어 갑자기 비가 왔으므로, 일행은 한 절간에서 하룻밤을 묵게 되었다. 조숭은 가족을 방 안에서 자게 하고, 장개와 그 병사들은 절의 복도에서 자게 했다. 복도에는 비가 들이쳐 병사들의 옷이 흠뻑 젖어버려 불평이 많았다.

장개는 부하 중에서 힘이 센 자들을 모아놓고 의논했다.

"우리는 본래 황건적의 잔당으로 지금은 할 수 없이 도겸을 따르고 있지만, 한 번도 제대로 대우를 받은 적이 없다. 이 조가(曹家)의 짐을 봐라. 수레 수만 해도 헤아릴 수가 없을 정도다. 너희들이 한몫 보려면 지금이 기회다. 일가를 몰살하여 재산을 나눠 가지고, 어디 산 속에 들어가 비적(匪賊)이 되는 게 어떠냐?"

모두들 이 의견에 동의했다. 밤이 깊어지자 비바람이 몰아쳤다. 갑자기 사방에서 함성이 일어나고, 조숭을 위시한 일가는 몰살되었다.

이 말을 듣고 조조는 소리내어 통곡하다가 쓰러졌다. 신하들이 일으켜 앉히자, 그는 이를 갈면서 말했다.

"도겸이란 놈이 군사를 단속하지 못했기 때문에 아버님을 돌아가시게 했다. 이 원수를 반드시 갚고야 말 테다. 서주 사람들을 몰살하지 않고서는 이 조조의 원한이 풀리지 않을 거다."

조조의 서주 침입

그는 군사 3만을 남겨두어 연주를 지키게 하고 나머지 전군을 이끌고 서주로 쳐들어갔다. 대군이 지나간 뒤에는 닭은 물론이고 개 한 마리조차 남아 있지 않았고 산의 나무들까지도 모조리 베어버렸다. 따라서 길에는 사람이라고는 그림자도 찾아볼 수 없었다.

　도겸은 할 수 없이 군사를 이끌고 대적했으나 멀리서 바라
보니, 조조의 군사는 소복(素服)을 입어 서리나 눈이 내린
것처럼 하얗게 가물거리고, 두 개의 흰 깃발에는 '원수를 갚
고 원한을 풀자'라고 커다랗게 씌어 있었다.

　조조는 은갑옷에 흰 하의(下衣)를 입고서 말을 몰았다. 도
겸은 큰소리로,

　"저는 귀공(貴公)과 사이좋게 지내고 싶었는데 뜻하지 않
는 불상사가 일어났습니다. 그것은 절대로 저의 본심이 아닙
니다. 헤아려주십시오."

하고 변명했으나 조조는 받아들이지 않고,

　"이놈, 나의 부친을 죽이고 무슨 허튼 소리를 하는 거냐.
누가 저놈을 사로잡아라."

하고 호령했다. 도겸은 허겁지겁 성 안으로 도망쳤다. 양군
이 싸우려 하자 갑자기 이상한 바람이 세차게 불고 모래가
날렸으므로 양군 모두 혼란에 빠져 각각 후퇴했다.

　도겸은 성 안으로 들어와 참모들에게 말했다.

　"조조의 대군은 도저히 감당할 수 없다. 나는 양손을 묶고
조조의 진지로 가려고 한다. 내 몸이 갈기갈기 찢기더라도
서주 백성들의 목숨을 건지고 싶다."

　그러자 미축(糜竺)이라는 부하가 말했다.

　"자사께서는 오랫동안 서주를 다스려 백성들은 그 은혜를
입고 있습니다. 조조의 군사가 아무리 많아도 무조건 성을
내줄 수는 없습니다. 저는 이것에 대해서 좋은 계략을 갖고
있습니다."

　그 계략이란 북해군(北海郡)의 공융(孔融)과 청주의 전해

(田楷)에게 구원을 청하여 양군이 연합하여 쳐들어가면 조
조는 퇴각할 것이라는 내용이었다.

　도겸은 서신을 2통 작성하여 진등(陳登)을 청주에, 미축
을 북해에 보냈다.

　북해의 태수 공융은 공자의 20대 후손으로 어렸을 때부터
영리한 인물이었으며 교제가 넓어 도겸과도 가까이 사귀는
친구였다. 그는 서신을 보자 즉시 군사를 동원하는 한편, 조
조에게 서신을 보내어 화해를 권유했다.

조조가 물러가다

　그때 갑자기 황건적의 잔당 몇만 명이 북해군의 풍부한 식
량을 약탈하기 위해 쳐들어왔다. 적은 사방에서 성을 포위했
다. 이때 말을 타고 창을 든 한 무사가 성 밖에 나타나 적의
포위망을 뚫고 달려왔다. 공융이 전에 그의 노모(老母)를 돌
봐준 일이 있었던 태사자(太史慈)라는 호걸이었다.

　공융은 가까운 평원에 살고 있는 유현덕에게 원군(援軍)
을 청했다. 태사자는 그 사자가 되어 적의 포위를 뚫고 현덕
에게 달려가 공융의 서신을 보였더니 현덕은,

　"공융께서 이 유비의 이름을 알고 있었는가!"
하고 감격하여 관우 · 장비와 함께 3천의 정예 부대를 이끌
고 구원하러 출동했다.

　관우가 큰 칼을 휘두르고, 장비와 태사자가 나란히 창을
들고 쳐들어가니, 황건적은 뿔뿔이 흩어지고 말았다.

유현덕은 공융으로부터 구원을 요청받다.

공융은 현덕을 성 안에 맞아들여, 조조에게 포위된 도겸의 구원을 부탁했다. 현덕은 이 청을 받아들여, 공손찬으로부터 군사 2천 명과 조운을 빌려서 본대에 합쳐 서주로 진격했다.

한편 청주에서도 전해가 구원병을 보내왔다. 그런데 공융과 전해 양군은 조조의 군대에 겁을 집어먹고, 멀리 산기슭에 진을 치고 좀처럼 싸우려고 하지 않았다.

현덕은 서주성 안의 군량 부족이 걱정되어 곧 장비와 함께 기병 1천 명을 이끌고 진격하여 조조의 포위망을 뚫고 성 안에 들어가 도겸을 만났다.

도겸은 현덕의 인품이 뛰어나고 말씨도 점잖은 것을 보자 즉시 서주의 자사 자리를 현덕에게 넘겨주려고 했다.

현덕은 깜짝 놀라 자기는 대의(大義)를 위해 구원하러 온 것이라고 말하고 사양했다.

현덕은 조조에게 편지를 보내어 도겸과의 화해를 권유했
다. 그러나 조조는,

"서신을 갖고 온 사자의 목을 베고 전력을 다해 서주성을
공격하라."

하고 명령했다.

그때 여포가 연주를 무찌르고 복양(僕陽)도 점령했다는
소식이 전해졌다.

여포는 이각 등에게 패하여 도성을 떠나 원술·원소 등에
게 전전하고 있었으나, 이때 조조가 도겸을 공격하여 연주가
비어 있는 틈을 노려 그곳으로 쳐들어갔던 것이다.

조조는 이 소식을 듣고 깜짝 놀랐다. 연주를 잃게 되면 돌
아갈 곳이 없어지는 것이다. 그래서 유비의 화해 제의를 받
아들이겠다는 답장을 보내고 그곳을 떠났다.

기뻐한 것은 도겸이었다. 그는 구원하러 온 사람들을 초대
하여 성 안에서 주연을 크게 베풀었다. 주연이 끝나자 현덕
을 상좌에 앉히고,

"나는 이미 늙고 두 아들은 재능이 없어 국가의 무거운 직
책을 맡을 수 없소. 유현덕은 황실의 후손이며 덕망이 높고
재능이 뛰어나 이 서주를 다스리는 데 적임자로 생각하오."

하고 말하자 현덕은 이렇게 대답했다.

"내가 구원하러 온 것은 의리를 위해서였습니다. 그런데
갑자기 내가 이곳을 다스리는 자리에 앉게 되면, 천하의 사
람들이 나를 나쁜 사람으로 볼 것입니다."

미축과 공융이 입을 모아 현덕의 사양을 말렸으나, 현덕은
누가 뭐라고 해도 받아들이지 않았다. 도겸이 눈물을 흘리면

서 말했다.

"당신이 만일 나를 버리고 간다면 나는 죽어도 눈을 감을
수 없소."

"자사께서 저렇게까지 자리를 물려주시기를 원하신다니,
형님이 임시로라도 서주를 맡는 것이 옳은 줄 압니다."
하고 관우가 말하자 장비도 옆에서 거들었다.

"이쪽에서 무리하게 가지려는 것이 아니고 저쪽에서 기꺼
이 양보하려고 하는데, 그렇게 거절하는 건 잘못이라고 생각
합니다."

"너희는 나를 불의에 빠지게 하려고 하느냐!"

현덕이 끝까지 거절하므로 도겸은 서주에서 가까운 소패
(小沛)라는 작은 성에 머물러 서주를 지켜 달라고 부탁했다.
다른 사람들도 적극 권유했으므로 현덕은 관우 · 장비를 데
리고 소패에 군사를 주둔시켰다.

유비가 서주를 맡다

한편 연주로 돌아온 조조는 여포와 몇 차례 싸웠으나, 서
로가 만만치 않았다. 조조의 밑에는 곽가라는 재능 있는 사
람이 참모로 있었고, 여포의 참모는 조조의 휘하에 있다가
떠난 진궁으로 계략에 뛰어난 사람이었다.

조조는 밤에 기습했으나 오히려 여포의 군사에게 포위되
어 위기에 빠졌다가, 부하인 전위가 분전했기 때문에 간신히
탈출할 수 있었다.

복양성을 근거지로 삼고 있던 여포는, 진궁의 계략으로 성 안의 부자인 전(田)씨에게 일부러 조조와 내통하는 편지를 보내게 하여,

"여포는 밖으로 나가고 성 안은 텅 비어 있습니다."
라고 속여 조조를 끌어들였다. 그날 밤 전씨의 편지를 보고 쳐들어간 조조는 여포의 복병에게 포위되고 여포의 추격을 받았으나 이번에도 전위의 분전으로 간신히 도망쳐 나왔다.

이 해에 농작물이 갑자기 메뚜기의 피해를 받아 식량이 부족하게 되었으므로, 양군 모두 군사를 철수시켜 한동안 싸움을 멈췄다.

그 무렵 서주의 도겸은 병세가 점점 더하여 위독하게 되었다. 그는 소패에 있는 현덕을 불러,

"제발 서주를 맡아주구려. 그렇게만 해준다면 이 늙은이도 마음 놓고 눈을 감을 수 있을 거요."
하고 말했다. 현덕이 대답했다.

"제가 어찌 혼자서 이 큰 성을 차지할 수 있겠습니까?"

"당신의 보좌역이 될 만한 사람을 추천하리다. 북해 사람 손건(孫乾)을 써주시오."

현덕이 여전히 망설이고 있는 동안에 도겸은 숨을 거두었다. 신하들은 대성 통곡을 하고 나서 관인(官印)을 현덕에게 바쳤다. 현덕이 이것마저 거절하자, 다음날 서주의 백성들이 관아 앞에 모여 땅에 엎드려서 눈물로 호소했다.

"현덕님이 이곳을 맡으시지 않으면 우리는 발을 뻗고 잘 수 없습니다."

그제서야 현덕은 임시로 서주를 맡을 것을 승낙했다. 손건

도겸이 서주를 유현덕에게 물려주다.

과 미축을 보좌역으로 앉히고 진등을 참모로 삼아 소패에 있던 군대를 성 안으로 옮겨서 인심을 수습하는 한편 도겸의 장례를 성대히 치렀다.

조조가 산동 일대를 차지하다

조조는 이 소식을 듣고 몹시 화가 났다.

"나는 아직 원수도 못 갚았는데, 유비는 화살 반 개도 쏘지 않고 앉아서 서주를 손에 넣었어! 먼저 유비란 놈을 죽이고 나서 도겸의 시체를 파내어 갈기갈기 찢어 부친의 원한을 풀어 드려야겠다."

조조가 서주를 공격하려고 하자 순욱이 말렸다.

"옛날 한의 고조(高祖)는 관중(關中)을 근거지로 하고, 광무제(光武帝)는 하내(河內)를 근거지로 하여 그곳을 굳게 지켰기 때문에 천하를 차지할 수 있었습니다. 진격하여 적을 무찌르고 후퇴하여 굳게 지킬 만한 근거지가 있었기 때문에, 전투가 불리해지는 경우가 있더라도 끝내는 큰일을 성취할 수가 있었습니다. 연주는 천하의 요충(要衝)으로, 옛날 관중이나 하내와 같은 곳입니다. 연주를 버리고 서주를 손에 넣으려는 것은, 대(大)를 버리고 소(小)를 취하여 본말(本末)을 뒤바꾸어 안전을 위험과 바꾸는 격입니다. 깊이 생각하여 처리하시기 바랍니다."

조조는 옳은 의견이라고 생각하여, 먼저 동쪽의 진국(陳國) 지방을 공격하고 나서 여남(汝南), 영천(潁川) 두 곳에 있던 황건적 잔당을 평정하여 금은 패물을 손에 넣고 군량을 확보했다. 이때 일족 수백 명을 거느리고 황건적에게 저항하고 있던 허저(許褚)라는 용장을 부하로 삼게 되었다.

황건적을 평정하고 났을 때, 연주의 여포 군대가 재물을 약탈하러 나돌아다녀 성 안이 텅 비어 있다는 정보가 들어왔다. 조조는 즉시 이를 공격하니 허저의 활약으로 연주를 다시 차지하게 되었다. 그 여세를 몰아 여포가 있는 복양을 공략했다.

여포가 직접 싸웠다. 허저가 달려들었으나 혼자서는 당할 수 없어 전위가 합세했다. 그리고 하후돈 등 네 장수가 한꺼번에 좌우에서 쳐들어가자 여포도 여섯 사람을 상대해서 싸울 수는 없어 말을 돌려 성 안으로 도망치려고 했다. 그때 성벽 위에 있던 부자 전씨는 얼른 성문을 닫아버렸다.

여포는 할 수 없이 정도현(定陶縣)으로 도망쳤으나, 조조
는 계속 쫓아가서 여포의 군사를 모조리 무찌르고 정도마저
점령해버렸다.
이리하여 조조는 산동 지방 일대를 손에 넣게 되었다.

9. 때를 기다리는 유비

천자가 낙양에 돌아오다

조조와 싸워 패한 여포는 기주의 원소에게 의지하고자 찾아가려고 했으나, 원소가 조조를 돕고 있다는 것을 알고 서주의 현덕에게로 말을 몰았다.

현덕은 여포를 극진히 대접했으나 장비가 그를 싫어했기 때문에 여포는 마음을 붙일 수가 없었다. 그래서 현덕은 서주에서 가까운 소패를 여포에게 맡겨 지키게 했다.

그 무렵 장안에서는 이각과 곽사가 각각 대장군이 되어 안하무인으로 갖은 횡포를 다 부렸다. 대신(大臣) 양표(楊彪)와 주전이 헌제에게 진언했다.

"지금 조조는 20여 만의 병력과 수십 명의 참모와 장수를 거느리고 있사옵니다. 만일 그를 우리 편으로 끌어들여 악인들을 제거케 한다면 천하에 이보다 더 다행한 일이 없는 줄로 아뢰옵니다."

헌제는 눈물을 흘리면서,

"짐은 오랫동안 두 역적에게 모욕을 당하고 있소. 그들을

조조에 패한 여포는 유현덕에게로 달아나다.

멸할 수만 있다면 실로 다행한 일이오.”

그리하여 양표는 조조를 성 안에 불러들이기 전에, 먼저 이각과 곽사 두 사람을 이간(離間)시킬 계략을 생각해내었다. 그는 샘이 많은 곽사의 아내에게 이각의 부인과 곽사 사이가 수상하다고 고자질을 했다. 그것이 원인이 되어 이각과 곽사 사이가 점점 나빠져서 마침내 군사를 거느리고 서로 싸우게까지 되었다.

이각은 헌제를 자기 진지에 데려다놓고 궁전에 불을 질렀다. 곽사는 이각과 화해하라고 충고한 많은 중신들을 옥에 가두었다. 양쪽은 오랫동안 매일같이 싸웠으므로 죽는 사람이 많았고, 또 애써서 싸운다 해도 그 공로에 대한 상이 없어 떠나가는 군사가 많아 세력이 크게 쇠퇴했다.

그때 섬서성의 장제가 대군을 이끌고 와서, 양쪽이 화해하지 않으면 공격하겠다고 위협하자 이각과 곽사는 이를 받아들이지 않을 수 없었다.

장제에게 구출된 헌제는 전부터 낙양으로 돌아가기를 원

이각과 곽사가 대 교전을 벌이다.

했으므로, 이 기회에 장안을 떠나 낙양으로 향하였다.

곽사가 도중에 천자의 자리를 빼앗으려고 일을 꾸몄으나, 본래 이각의 부하였던 근위교위 양봉(楊奉)과 헌제의 외척(外戚)인 동승(董承) 등이 달려와 천자를 구출했다. 그러나 다시 손을 잡은 이각과 곽사이 또 추격해 왔다. 양봉·동승은 할 수 없이 백파산(白波山)의 산적에게 원병을 청하여 추격을 물리쳤으나, 그 후에 산적들이 오히려 횡포를 부리더니 마침내 반란을 일으켰다. 양봉의 장수인 서황(徐晃)이 산적의 두목을 단칼에 베어버렸다. 이런 어려움을 거듭하면서 헌제는 겨우 낙양에 도착했다.

궁전은 불타고 시가지는 황폐했으며 무너진 흙담만 남아 있었다. 천자는 우선 소궁(小宮)을 수리하게 하여 드시니,

백관은 형극에서 조례드리다.

인사를 온 중신들은 가시덤불 위에 서 있어야 하는 형편이
었다.

천자는 그때까지 쓰던 초평(初平)이라는 연호를 건안(建
安)이라고 고쳤다. 이 해에 또다시 흉년이 들어서, 낙양 시
민은 불과 몇백 호에 지나지 않았으나 먹을 것이 없어 성 밖
에 나가 나무껍질과 풀뿌리를 캐어 먹고 살았다.

허창 천도와 조조

천자는 산동에서 조조를 불러들였다. 조조는 20만 대군을
이끌고 와서 또다시 쳐들어온 이각·곽사의 군사를 쫓아내
었다.

조조는 천자에게 간언하여 수도를 허창(許昌)으로 옮기기
로 결정했다. 양봉은 이에 반대하여 기병을 이끌고 천자의

앞길을 가로막았다. 그때 양봉의 부장 서황이 조조의 부하인 허저와 싸웠는데, 좀처럼 승부가 나지 않았다. 그러자 조조는 사람을 보내어 서황을 설득하여 자기 편으로 만들어버렸다.

천자는 허창에 도착하여 궁전을 세웠다. 조조는 대장군이 되고, 그의 부하는 각각 중요한 관직에 임명되었다. 권력은 모두 조조의 손에 들어가고, 조정의 중요한 정무는 먼저 조조에게 보고한 다음 천자에게 알리도록 했다.

조조는 서주에 있는 유비와 소패에 있는 여포가 합세하여 쳐들어오면 어쩌나 하고 그것만이 걱정이었다. 그리하여 참모들과 이 문제를 놓고 의논하였는데 순욱이 '두 마리의 호랑이가 먹이를 놓고 싸우는 계책'을 말했다.

"유비는 지금 서주를 맡고 있지만, 칙명(勅命)은 받지 못하고 있습니다. 그러므로 칙사를 보내어 정식으로 자사의 직책을 맡기고 서신을 몰래 보내어 여포를 죽이도록 분부하는 것이 좋을 줄 압니다. 잘만 되면, 여포가 없어 한 팔이 꺾이므로, 나중에는 유비를 쉽사리 멸망시킬 수 있을 것입니다. 이것이 곧 두 마리의 호랑이가 먹이를 놓고 싸우는 계략입니다."

곧 칙사가 현덕에게 파견되었다. 칙사는 현덕을 서주의 자사로 임명한다는 어명을 전하고, 이 임명은 조조의 추천에 의한 것이라고 밝힌 다음, 조조가 보내는 비밀 서한을 현덕에게 주었다. 현덕은 그 서신을 읽고 그날 밤으로 참모들을 불러놓고 의논했다. 장비가,

"여포는 의리를 모르는 놈이니 죽여도 나쁘지 않습니다."

止勸佈殺飛張

장비는 여포를 죽이려 하고 유비는 이를 말리다.

하고 말했으나 현덕은 그 말에 찬성하지 않았다.

"갖은 어려움 끝에 우리를 의지하려고 왔는데 죽인다면 의리에 어긋난다."

이튿날 여포가 현덕의 자사 취임을 축하하러 왔다. 현덕이 고맙다는 인사를 하는데, 갑자기 장비가 칼을 뽑아 들고 대청으로 들어섰다. 여포는 놀랐으나 현덕이 꾸짖으며 장비를 그 자리에서 물러가게 했다.

현덕은 안방으로 여포를 불러들여 사정을 설명하고, 조조가 보내온 편지를 보이니, 여포는 눈물을 흘리면서,

"이건 조조가 우리 두 사람 사이를 이간시키려는 계략임에 틀림없습니다."

"걱정 마오. 이 유비는 그런 식으로 의리를 저버리는 짓은 하지 않을 테니까."

여포는 거듭 감사하다고 말하고 돌아갔다.

조조는 계략이 성공을 거두지 못했으므로 순욱과 의논한
즉 순욱은 또 한 가지 '승냥이를 시켜 범을 몰아내게 하는
계략'에 대해 말했다.

"몰래 원술에게 사신을 보내, 유비가 지금 남양에 쳐들어
가려고 하니 조심하라고 경계하게 하면, 원술은 화가 나서
유비를 공격할 것입니다. 한편 유비에게는 원술을 토벌하라
는 칙명을 내립니다. 이리하여 쌍방이 싸우게 되면 그 동안
여포는 경비가 허술한 서주를 손에 넣으려는 야심을 품게 될
것입니다. 이것이 승냥이를 시켜 범을 몰아내게 하는 계략입
니다."

장비의 실수

즉시 현덕에게 원술을 공략하라는 칙서를 가진 사자가 도
착했다. 미축이 말했다.

"이것도 조조의 계략입니다."

"물론 계략이기는 하지만 칙명이라면 어길 수 없소."

현덕은 이렇게 말하고 출전할 준비를 했다. 뒤에 남아 방
비에 임할 부대에 대해 현덕이 물었다.

"아우들 중에 누가 방비에 나설 텐가?"

"제가 이 성을 지키겠습니다."
하고 관우가 대답했다.

"관우는 내 의논 상대니 떨어져 있게 되면 곤란한데……."
하고 현덕이 말하자 장비가 말했다.

"그럼 제가 지키지요."

"장비는 안 돼! 첫째로 술을 마시면 부하를 때리는 버릇이 있고, 둘째로 일을 경솔하게 처리해서 남의 충고를 들으려고 하지 않아 마음을 놓을 수가 없어."

"오늘부터 술도 끊고 부하도 때리지 않겠습니다. 남의 충고도 잘 받아들이지요."

"입만으로 되는 일이 아니네."

하고 미축이 말하니, 장비는 화를 버럭 내면서 말했다.

"내가 형을 따라다닌 지 오래 되지만, 지금까지 약속을 어긴 적이 한 번도 없습니다. 왜 날 무시하십니까!"

현덕은 그래도 불안했으나, 진등에게 실수가 없도록 감독을 부탁하고 3만의 군사를 이끌고 남양으로 떠났다.

원술은 대장 기령(紀靈)에게 10만의 군사를 이끌고 서주로 쳐들어가게 했다. 양군은 우이현(盱眙縣)에서 싸웠다. 기령이 무게 50근의 끝이 세 갈래인 칼을 휘두르면서 현덕을 향해 돌진해 와서 관우가 말을 몰아 뛰어가 단숨에 30차례나 싸웠으나 승부가 나지 않았다. 양군은 서로 마주 대진하고 있었다.

한편 장비는 현덕을 보내고 나서 사무적인 일은 진등에게 맡기고 자기는 군무에 힘썼는데, 어느 날 부하들을 초대하여 연회를 열고 말했다.

"형은 떠날 때 나더러 술을 조심하고 실수하는 일이 없도록 하라고 당부했다. 그러나 여러분, 오늘만은 마음껏 마시고 내일부터는 술을 끊어 나의 방비 임무를 도와라."

하며 자리에서 일어나 한 사람 한 사람에게 술을 권했다. 본

래 도겸의 장수였던 조표(曹豹)의 차례가 되었을 때 그는,

"저는 술을 마실 줄 모릅니다."

하면서 거절했다. 그러자 장비는,

"싸움하는 것을 업(業)으로 하는 사나이가 술을 마시지 않다니 말이 되나!"

하고 억지로 한 잔 마시게 했다.

장비는 술을 한 차례 돌리고 나서, 자기의 큰 대접에 넘치도록 따라 한꺼번에 수십 잔을 들이키더니 취기가 돌자, 또다시 조표에게 다가가서 술을 권하자 이번에도 사양했다.

"이제는 정말 못 마시겠습니다."

"아까는 마셨는데 왜 이번에는 거절하나?"

하고 장비는 다그쳤다. 조표가 끝내 마시지 않았으므로, 장비는 여느 때의 나쁜 버릇이 튀어나왔다.

"내 명령을 어겼으니 곤장 백 대를 쳐라."

"형님이 떠날 때 당부한 일을 잊었소?"

하고 진등이 말렸으나 장비는 퉁명스럽게 말했다.

"자넨 문관(文官)이야. 문관은 문관의 일이나 하면 돼. 내가 하는 일에 참견 마라."

조표가 애원했다.

"장군, 내 사위의 얼굴을 봐서라도 용서해주시오."

"네 사위? 대체 누구냐?"

"여포입니다."

조표의 딸은 여포의 첫째 아내였다. 이 말을 듣자 장비는,

"난 너를 때리고 싶지는 않다. 그러나 네가 여포의 이름을 들먹여 나를 위협한다면 아무래도 때리지 않을 수 없다. 너

를 여포 대신 때리는 거다."

하고 조표를 회초리로 50대쯤 때렸다. 사람들이 말려 겨우 멈추었으나, 매를 맞은 조표는 원한이 뼛속까지 사무쳤다.

조표는 집에 돌아오자 곧 소패에 있는 여포에게 편지를 보냈다. 장비의 무례를 상세히 쓰고, 현덕은 없고 오늘 밤 장비는 술에 만취되어 있으니, 이 기회에 서주를 손에 넣으라는 것이었다.

편지를 보고 여포는 참모인 진궁과 의논했다. 진궁은 둘도 없는 좋은 기회라고 말했다. 여포가 적토마를 타고 앞장섰다. 대군이 그의 뒤를 따라 서주에 도착했다. 달이 밝은 밤이었으나 성 안에서는 아무도 알아차리지 못했다. 조표가 성문을 열자 함성이 일어났다.

"여포가 쳐들어왔다!"

하고 소리치자 술에 취한 장비가 벌떡 일어났다. 허겁지겁 갑옷을 걸치고, 1장 8척의 창을 들고 뛰쳐나갔다. 저택 안에 있는 현덕의 아들을 돌볼 겨를도 없었다.

장비를 따르는 자는 불과 18명의 기병뿐이었다. 이것을 보자 조표가 100여 명의 군사를 이끌고 뒤쫓아왔다. 장비는 조표를 보자 화가 치밀어 창으로 단번에 찔러 죽였다.

장비는 그 후 성 밖으로 탈출한 부하를 모아 우이현에 있는 현덕에게 가서 조표의 배반으로 여포에게 서주를 빼앗긴 경위를 보고했다. 모두들 얼굴빛이 변했으나 현덕은 한숨을 내쉬며 이렇게 말했다.

"손에 넣어도 반가울 것 없는 성을 잃었다고 해서 낙심할 것도 없다."

관우가 물었다.

"형수님은 어디 계시냐?"

"모두 성 안에서 포로가 되었습니다."

하고 장비가 대답하자 현덕은 잠자코 있었으나, 관우가 발을 구르면서 호통을 쳤다.

"네가 성을 지키기로 했을 때, 형이 너에게 뭐라고 했나? 이제 성을 빼앗기고 형수님은 포로가 되었는데도 무슨 낯으로 여길 왔느냐?"

쥐구멍이라도 있으면 들어가고 싶었던 장비는 갑자기 칼을 빼들고 자기의 목을 치려고 했다. 현덕은 얼른 칼을 빼앗아 땅바닥에 내동댕이쳤다.

"우리 셋이 복숭아밭에서 언약을 맺을 때, 같은 날에 태어나지는 않았지만 같은 날에 죽자고 맹세한 사이가 아닌가? 성도 가족도 잃었지만 형제가 목숨을 끊게 할 수는 없다. 성은 본래 우리 것이 아니며 가족은 구할 방법이 있겠지. 아우는 한때의 실수로 목숨을 소홀히 해서는 안 된다."

하고 나서 소리내어 울었다. 관우와 장비도 함께 울었다.

소패로 돌아온 유비

원술은 여포가 서주를 기습했다는 소식을 전해 듣고 여포에게 사자를 보내어 군량 5만 석, 말 500필, 금은 1만 냥, 옷감 천 필을 주겠으니 유비를 양쪽에서 협공하자고 제의했다. 여포는 기꺼이 부하인 고순(高順)에게 군사 5만을 이끌고 현덕의 뒤를 쳐들어가게 했다.

현덕은 이 소식을 듣고 우이현을 포기하고 동쪽으로 향했다. 고순이 우이현에 이르렀을 때는 현덕이 이미 그곳을 떠난 후였다. 고순이 약속한 물품을 요구하자 원술은,

"모처럼 쳐들어왔으나 유비를 무찌르지 못했소. 유비를 사로잡으면 그때 약속한 물품을 보내겠소."

라는 내용의 편지를 보냈다. 여포는 원술이 거짓말을 한 데 화가 나서 원술을 쳐부수려고 했다.

진궁이 먼저 현덕을 불러 힘을 합쳐 원술을 격파하는 것이 상책이라고 진언했다. 때마침 현덕은 원술의 야습을 받아 병력의 태반을 잃고 돌아오는 길이었으므로 여포의 사신을 만나니 반가웠다. 관우와 장비가,

"여포는 의리가 없는 사나이라 믿을 수가 없습니다."

하고 말하자 현덕이 대답했다.

"저쪽에서 호의를 보이는데 어찌 의심하는가."

하고 서주로 돌아갔다.

여포는 그들의 의심을 풀기 위해 현덕의 가족을 돌려보냈다. 가족들은 여포가 친절히 대해주었다고 말했다. 현덕이 여포를 찾아가서 고맙다고 인사를 하자 여포가 말했다.

"성을 빼앗을 생각은 없었소. 장비가 술에 취해 사람을 해치므로, 만일의 경우를 염려하여 성을 지켜왔을 뿐이오."

"나는 전부터 이 성을 그대에게 주려고 생각했소."

여포는 짐짓 성을 현덕에게 돌려주겠다고 말했으나, 현덕은 사양하고 전에 있던 소패에 군사를 주둔시켰다.

관우·장비는 마음속으로 무척 못마땅했으나 현덕은,

"운이 없는 것으로 단념하고 한동안 분수를 지키면서 때
를 기다려야 한다. 운명에 거역해서는 안 돼."
하고 말했다.

10. 손책의 강동 평정

손책의 동향

손책은 부친 손견이 전사한 후 강동에 틀어박혀 어진 선비들을 초빙하며 그 지방을 지켜나갔으나, 외삼촌인 단양군 태수 오경(吳璟)과, 서주의 전 자사였던 도겸 사이에 불화가 생기자,어머니와 가족은 곡아현(曲阿縣)에 옮겨 살게 하고 자기는 회남(淮南)의 원술에게 얹혀 지냈다. 원술은 손책이 무척 마음에 들어,

"나한테 손책과 같은 아들 하나만 있으면 죽어도 한이 없겠는데……."

하고 말했다. 손책은 용기와 무술이 뛰어나 많은 전투에서 공을 쌓았다. 그러나 교만한 원술의 밑에 언제까지나 매어 있는 것을 못마땅하게 생각하고 있었다.

어느 날 밤, 그는 혼자 달빛 아래 뜰을 거닐고 있었다. 부친 손견은 매우 훌륭한 영웅이었는데 자기는 이처럼 못났는가고 생각하니, 견딜 수 없어 문득 소리내어 울기 시작했다. 그때 난데없이 뒤에서 웃으면서 말을 거는 자가 있었다.

"손책, 어떻게 된 거요? 아버님이 살아 계실 때는 언제나 나와 의논했었소. 뭔가 결정하지 못해 망설이는 일이 있다면, 왜 나하고 의논하지 않지요?"

돌아보니 주치(朱治)라고 부르는 손견의 부하였다. 손책이 눈물을 닦으면서 가슴속에 품은 말을 털어놓자 주치가 말했다.

"원술에게서 군대를 빌어 강동에 건너가 외삼촌 오경을 구출한다는 명목으로 한번 반기를 드는 것이 어떨까요?"

이렇게 말하고 있는데 밖에서 또 한 사람이 들어와,

"당신들의 계략을 모두 들었소. 내 부하 중에 용사가 백 명은 있소. 작은 힘이나마 보탬이 되어드리지요."

하고 말하는 것이었다. 그는 원술의 참모인 여범(呂範)이라는 사람이었다. 손책은 크게 기뻐하여 의논을 계속했다. 여범이 말했다.

"그렇지만 원술이 군대를 빌려주지 않을 거요."

손책이 말했다.

"나는 돌아가신 아버님이 남긴 천자의 옥새를 갖고 있소. 그것을 갖다 주고 빌려 달라면 어떻겠소?"

하자 여범이 말했다.

"그것은 원술 장군이 전부터 무척 탐내던 것이니 반드시 군대를 빌려줄 것이오."

이튿날 손책은 원술 앞에 가서 청을 드렸다.

"저는 아버지의 원수도 갚지 못하고 있을 뿐만 아니라, 근자에 와서는 외삼촌인 오경이 양주의 자사 유요(劉繇)에게 시달림을 받고 있어 외삼촌에게 의지하여 곡아현에 계신 노

손책은 옥새로 군사를 빌리다.

모나 가족이 언제 무슨 일을 당할지 걱정입니다. 군사 몇천
명만 빌려주시면 장강을 건너가서 모친을 구출하려고 합니
다. 만일 믿지 못하시겠다면, 돌아가신 아버님께서 남긴 옥
새를 장군께 맡기겠습니다."
하고 원술에게 옥새를 보여줬다.

원술은 옥새를 보더니 싱글벙글하면서 말했다.

"나는 자네 옥새를 원하는 것은 아니지만 당분간 맡아두
겠네. 3천 명의 병사와 말 500필을 빌려줄 터이니, 적을 평
정한 다음 곧 돌아오게. 그리고 자네는 직위가 낮아서 대군
을 지휘하기 어려울 터이니, 황제께 상신(上申)하여 장군의
직위에 오르게 하겠네."

손책과 유요의 싸움

손책은 주치·여범 이외에, 부친의 시절에 장수로 있던 정보·황개·한당 등을 거느리고 군사를 이끌고 떠났다. 강동으로 향하는 중에, 손책과 동갑이며 전부터 가까이 지내면서 의형제를 맺은 주유(周瑜)를 만났다. 손책이 거사의 내막을 말했더니, 주유는 자기도 참가할 뿐만 아니라 장소(張昭)·장굉(張紘)이라는 재능이 뛰어난 사람도 소개해주었다. 손책은 주유의 집에 가서 참모가 되어줄 것을 부탁하고 유요를 공격할 의논을 했다.

유요는 수춘현(壽春縣)에 진을 치고 있었으나, 원술에게 쫓겨서 강동으로 건너가 곡아현에 와 있었다. 손책의 군사가 쳐들어온다는 말을 듣고 유요는 장영(張英)에게 적을 맞아 싸울 것을 명령했으나 장영은 패배하여 도망쳐 돌아왔다.

유요와 손책은 고개 하나를 사이에 두고 남북으로 진을 쳤다. 그 고개 위에 광무제(光武帝)의 사당이 있었다. 광무제의 부름을 받은 꿈을 꾼 손책은, 13명의 기병을 거느리고 사당에 참배했다. 참배를 마치고 손책은 고개를 넘어 유요의 진지를 정탐해보려고 했으나 숲속에 숨어 있던 복병이 유요에게 이것을 보고했다.

유요의 부하인 태사자는, 전에 북해군의 공융을 위해 황건적의 포위망을 뚫은 후에 유요에게 등용되어 있었다. 그는 이 말을 듣자 기뻐하면서,

"지금 손책을 사로잡지 못하면 언제 잡겠는가?"

태사자와 손책이 대전을 벌이다.

하고 유요의 명령도 떨어지기 전에 혼자 말을 몰아,

"손책, 꼼짝하지 마라!"

하고 외치면서 뒤쫓아갔다. 손책과 태사자는 서로 창을 휘두르면서 말을 몰아 싸웠으나 좀처럼 승부가 나지 않았다.

　태사자는 손책을 유인하면서 산 밑을 돌아 후퇴했다. 손책이 뒤쫓아가자 태사자는 말 머리를 돌려 마주 싸웠다. 손책이 찌른 창을 피해 휙 돌아선 태사자는 얼른 손책의 창자루를 손으로 잡고 자기 창으로 찌르려고 했다. 손책도 마찬가지로 몸을 피하면서 태사자의 창자루를 붙잡았다. 두 사람이 서로 힘껏 겨루다가 모두 갑자기 말 위에서 떨어졌다. 그러자 말은 도망치고 두 사람은 창을 버리고 맞붙어 싸우는 바람에 갑옷이 마구 찢어졌다. 손책이 재빨리 태사자의 등에 꽂혀 있는 짧은 단도를 빼자 태사자는 손책의 투구를 잡아당겼다. 손책이 단도로 찌르려고 하니 태사자는 투구로 이를 막았다.

그때 갑자기 뒤에서 함성을 지르면서 유요의 군사 1천여 명이 달려왔다. 이와 때를 같이하여 손책의 부장 12명이 뛰어왔으므로 두 사람은 겨우 떨어졌다.

이튿날도 양군은 싸움을 계속했으나 그 동안 주유가 곡아성을 공략했으므로, 유요는 태사자와 함께 퇴각하여 말릉(秣陵)으로 도망쳤다.

손책은 추격하여 적의 장수 한 사람을 생포하여 옆에 끼고 말을 달리는데, 적의 장수 또 한 명이 창을 들고 뒤쫓아와, 뒤에서 그의 등을 찌르려고 했다. 손책은 휙 돌아보고 우레 같은 소리를 질렀다. 적장은 깜짝 놀라 말에서 떨어져 즉사했다.

진지로 돌아온 손책은 끼고 온 적장을 땅바닥에 내동댕이쳤는데, 이미 그의 겨드랑이 밑에서 숨이 막혀 죽어 있었다. 하나는 숨이 막혀 죽게 하고 또 하나는 호통 소리에 놀라 죽게 했으므로, 사람들은 손책을 '소패왕(小覇王 : 항우의 별명)'이라고 부르게 되었다.

유요는 크게 패하여 예장군(豫章郡)의 유표에게 의지하기 위해 도망쳤다.

손책의 강동 평정

손책은 말릉성을 공략했다. 성 위에서 대장 장영이 쏜 화살이 손책의 왼쪽 넓적다리에 명중하여 말에서 거꾸로 떨어져서 부하의 부축을 받아 진지로 돌아와 화살을 뺀 손책은,

손책이 친히 태사자의 오랏줄을 풀어주다.

총대장이 화살을 맞고 죽었다는 소문을 전군에 퍼뜨렸다.

적은 이 소문을 듣고 곧 추격해 왔다. 그러자 사방에서 복병이 일어났다. 손책이 앞장서서 말을 달리며 큰소리로,

"손책이 여기 있다!"

하고 외쳤더니, 적은 깜짝 놀라 저마다 허둥지둥 창과 칼을 버리고 항복했다.

이리하여 말릉을 점령하자 다시 경현(經縣)으로 진군하여 태사자를 생포하고 정중히 대우하여 자기 편으로 끌어들였다.

강동의 백성들은 손책을 손랑(孫郎)이라고 부르고 있었다. 손랑의 군대가 쳐들어왔다는 말을 듣고, 처음에는 늙은이나 젊은이 할 것 없이 간담이 서늘하여 산 속으로 도망치기도 했으나, 점령한 후에 막상 손책의 군사들이 한 사람도 약탈을 하지 않고 닭이나 야채에도 손을 대지 않았으므로, 백성들은 만족하여 소를 잡고 술을 진지에 보내어 군대를 위

로했다. 손책은 그 답례로 돈과 옷감을 주었으므로 온 고을
에 기쁨이 넘쳤다.

　손책은 유요의 군대에 속해 있었던 자들 중에서도 종군을
원하는 자는 그 소원을 들어주고, 병사가 되기를 원치 않는
자에게는 쌀을 주어 집으로 돌려보내 집안일에 종사하게
했다.

　손책은 어머니와 외삼촌 그리고 동생들을 맞아 곡아현으
로 돌아와, 동생 손권(孫權)에게는 선성(宣城)을 지키게 했
다. 그리고 자기는 수만 명으로 늘어난 대군을 이끌고 남쪽
으로 오군(吳郡)에 쳐들어가, 그 고장에서 ‘동오(東吳)의 덕
왕(德王)’이라고 자칭하며 세력을 펴고 있던, 엄백호(嚴白
虎)라는 자를 멸망시키고, 다시 회계군(會稽郡)에 진격하여
왕랑(王朗)을 격파하여, 강동 지방을 완전히 평정했다.

　손책은 장병들을 각처의 요지에 배치하여 지키게 하고 조
정에 이것을 보고했다. 그리고 원술에게 편지를 보내어 맡겨
둔 옥새를 돌려 달라고 했다.

원술의 공격

　원술은 은밀히 황제가 되려는 야심을 품고 있었으므로, 처
음부터 옥새를 돌려줄 의향이 없었다. 그는 부하들을 한자리
에 모아놓고 의논했다.

　“손책은 내 군대를 빌려서 강동 지방을 손에 넣고 그 은혜
를 갚으려고 하기는커녕 옥새를 돌려 달라고 재촉하고 있다.

무례하기 짝이 없는 놈이다. 어떻게 하는 게 좋겠는가?"

그러자 근위 대장이 대답했다.

"손책은 장강의 요지를 손에 넣고 있는 데다가 병사는 용감하고 검술이 뛰어나며 군량도 넉넉하므로 설불리 건드리지 않는 것이 좋을 줄 압니다. 그보다는 먼저 유비를 토벌하여 저번에 이유도 없이 쳐들어온 원한을 풀고, 그 다음에 손책을 격파할 계획을 세워도 늦지 않습니다. 저는 유비를 사로잡을 계략을 갖고 있습니다."

"어떻게 하겠다는 건가?"

"유비는 지금 소패에 군대를 주둔시키고 있습니다. 이것을 쳐부수는 것은 쉬운 일이지만 곤란한 것은 여포가 서주에 도사리고 있어, 전에 우리가 그에게 금은과 군량과 군마 등을 주기로 약속하고 나서 지금까지 이행하고 있지 않으므로 유비를 돕지 않을까 걱정입니다. 먼저 그에게 군량을 보내어 우리 편에 호감을 갖게 해서 군사를 동원하지 않게 하면, 유비를 사로잡는 것은 쉬운 일입니다."

원술은 곧 20만 석의 좁쌀을 여포에게 보내어 환심을 사고, 부하인 기령에게 10만의 병력을 주어 소패로 쳐들어가게 했다.

군량도 적고 병력도 얼마 안 되었으므로 여포에게 편지를 보내어 도움을 청했다. 여포는 원술이 현덕을 쓰러뜨린 후에는 자기가 당할 차례임을 알고, 현덕을 돕는 것이 상책이라고 판단했다.

기령의 대군은 소패의 동남쪽에 진을 쳤다. 여포도 군사를 이끌고 소패의 서남쪽에 진을 치고 나서 웃으며 말했다.

손책이 엄백호와 대전을 벌이다.

"나에게 하나의 계략이 있다."

하고 말하더니 기령과 유비 쌍방의 진지에 사자를 보내어 두 사람을 주연에 초대했다.

현덕은 관우와 장비를 데리고 가서 여포를 만나 인사를 나누고 있는데, 기령이 도착했다고 알려왔다. 현덕이 깜짝 놀라 자리를 뜨려고 하자 여포가 말했다.

"나는 두 분이 만나 서로 이야기하는 자리를 마련하기 위해 일부러 초대했소. 의심할 것 없소."

현덕은 여포의 본심을 알 수 없어 불안했으며, 그곳에 들어온 기령 쪽에서도 현덕을 보자 깜짝 놀라 돌아가려고 했다. 여포는 벌떡 일어나 기령의 팔을 붙잡고, 어린애 다루듯이 주저앉혔다.

"장군은 이 기령을 죽이려는 거요?"

여포는 원술의 밀서를 보다.

"원, 천만에요."

"그렇다면 저 귀가 기다란 부엉이를 죽이려는 거요?"

"현덕과 나는 형제 사이오. 그가 장군 때문에 괴로워하므로 도우려고 할 뿐이오."

"그럼 역시 나를 죽이려는 거군요."

"그렇지 않소. 이 여포는 본래 싸움을 싫어하고 다만 중재(仲裁)하기를 좋아하오. 그래서 두 사람이 화해하도록 주선하려고 하오."

유비를 도운 여포

여포는 기령을 왼쪽에 앉히고 유비를 오른쪽에 앉힌 다음 술을 따르기 시작했다. 술잔을 몇 차례 나눈 다음 여포가 말했다.

여포가 원문(轅門)에서 화극을 쏘아 맞히다. 《繡像全圖三國演義》에서

"두 분이 내 얼굴을 봐서라도 이번 싸움은 그만둘 수 없겠소?"

"나는 영주의 명령에 따라 10만의 군사를 이끌고 유비를 사로잡으러 왔소. 그러니 이제 싸움을 그만둘 수 없소."
하고 기령이 말했다.

장비가 화가 나서 칼을 뽑아 들고,

"우리 군사는 적어도 네놈 따위는 애송이로 알고 있다. 형의 머리카락 하나라도 건드리면 그냥 두지 않을 테다."

관우가 당황하여 말렸으나 기령도 화가 치밀어 몸을 부르르 떨며 잡아먹을 듯이 노려보았다. 이를 본 여포는 크게 노하여 옆 사람에게,

“내 창을 가져와라!”

하고 소리 질렀다. 여포가 창을 손에 들자 기령과 현덕의 얼굴이 새파랗게 질렸다. 여포는 옆에 있는 자에게 창을 주어 막사 문 저쪽에 세워놓게 했다.

“저 문까지 150보가 되오. 내가 활을 쏘아 창끝을 맞히면, 두 사람은 싸움을 그만둬야 하오. 만일 맞히지 못한다면 각자 진지로 돌아가 싸울 준비를 하시오. 이 약속을 어기는 사람은 내가 공격할 거요.”

기령은 마음속으로 ‘150보나 떨어져 있는데 맞힐 수가 있을까?’ 하고 생각하면서 승낙했다. 현덕도 물론 승낙했으나 마음속으로는 ‘제발 맞히기를!’ 하고 하늘에 간절히 기도했다.

여포는 술 한 잔을 따라 마시고 나서 소매를 걷어 올리고 활을 당겼다.

“얏!” 하는 외마디 소리와 함께 유성(流星)처럼 날아간 화살이 창끝에 보기 좋게 명중했다. 옆에서 지켜보던 장병들이 일제히 환성을 올렸다.

여포는 껄껄 웃으면서 말했다.

“이것이야말로 두 사람의 싸움을 그만두게 하려는 하늘의 뜻이 아니고 무엇이겠소.”

혼인 정책

기령은 할 수 없이 군사를 이끌고 돌아가 원술에게 자초 지종을 보고했다. 원술은 크게 화를 내면서 자신이 대군을 거느리고 유비를 치고, 이어서 여포를 쳐부수겠다고 했다.

기령이 말했다.

"영주님, 경거 망동은 삼가야 합니다. 여포는 상당히 무서운 상대입니다. 그에게는 나이가 찬 딸이 하나 있습니다. 영주님은 아드님이 있으므로 여포와 사돈을 맺는 것이 좋을 줄 압니다."

원술은 이 말을 받아들여 즉시 사자에게 선물을 들려 서주로 보냈다. 여포는 딸의 출세를 생각하여 이 혼담에 응하기로 했으므로, 원술은 예물을 보내왔다. 혼인은 하루라도 빠를수록 좋다는 참모 진궁의 의견에 따라 서둘러 준비를 갖춘 여포는 딸 일행을 성 밖으로 전송했다.

여포의 부하에 진규(陳珪)·진등(陳登)이라는 아버지와 아들이 있었다. 늙은 신하인 진규는 혼인하는 내막(內幕)을 안 후 여포에게 자기의 의견을 말했다.

"이 혼인은 따님을 인질로 잡아두고 현덕을 쳐서 소패를 차지하려는 계략입니다. 소패가 점령되면 서주도 위험합니다. 뿐만 아니라 원술은 황제가 되려는 야심을 품고 있다고 하니, 만일 그것이 사실이라면 영주께서는 역적의 친척이 되는 것입니다. 그렇게 된다면 천하의 모든 사람들로부터 비난을 받게 될 것입니다."

여포는 크게 놀라 급히 딸의 행렬을 뒤쫓아가서 딸을 데려오게 했다.

여포와 장비의 싸움

이때 산동으로 말을 사러 갔던 부하 두 사람이 돌아와서 여포에게 보고했다.

"말 300필을 사가지고 돌아오는 길에 소패 근처에서 강도를 만나 절반이나 빼앗기고 말았습니다. 알고 보니 유비의 동생 장비가 산적(山賊)으로 가장하여 말을 빼앗아 간 것입니다."

여포는 크게 화를 내며 곧 소패를 공격했다. 아무것도 모르고 있던 현덕이 깜짝 놀라 대적하자 여포가 말했다.

"나는 막사의 문에서 창끝을 쏘아 네놈을 곤경에서 구해 주었는데, 배은 망덕하게 남의 말을 빼앗아 가는 게냐!"

현덕이 대답했다.

"나는 군마가 모자라 사방에서 사들였을 따름이오. 당신의 말을 빼앗다니 당치도 않은 말이오."

"네놈은 장비를 시켜 내 말 150필을 빼앗아 가고도 시치미를 떼는 게냐?"

그때 장비가 창을 들고 말을 몰고 나와,

"네놈의 말을 빼앗은 건 나야. 그것이 어쨌다는 거냐?"

"이놈, 감히 나를 모욕하느냐?"

"내가 네 말 몇 필을 빼앗았다고 화를 내는데 네놈이 형님의 서주를 빼앗은 건 까맣게 잊었느냐?"

여포는 이 말을 듣자 장비를 창으로 찌르려고 했다. 장비도 창을 들고 맞서자, 두 사람이 100여 차례 싸웠으나 승부

여포와 장비는 대전을 치르다. 《新鐫全像通俗演義》三國志傳卷之三에서

가 나지 않았다. 현덕이 장비를 불러들여,

"네가 말을 빼앗은 것은 잘못이다."

하고 책망하고, 빼앗은 말은 여포에게 돌려주기로 하고 싸움을 중지할 것을 제의했다. 그러나 진궁이 여포에게,

"지금 유비를 죽이지 않으면 후환이 있을 것입니다."

하고 말하자 여포는 현덕의 제의를 받아들이지 않고 더욱 맹렬히 소패성을 공격했다. 현덕은 당하지 못하여 장비를 앞세워 적의 포위를 뚫고 허창으로 도망쳐 조조의 도움을 청했다.

조조의 부하 중에서 순욱이나 정욱 등은,

"유비는 영웅이 틀림없습니다. 지금 죽이지 않으면 후에 반드시 원수가 될 것입니다."

하고 주장했으나 곽가나 조조 자신은 이에 반대하여,

"지금은 영웅을 등용하는 시기다. 한 사람의 영웅을 죽이고 천하의 민심을 잃어서는 안 돼."

하고 현덕을 예주(豫州) 자사로 추천하고, 3천의 병사와 만
석의 군량을 주어 예주로 보냈다. 조조는 현덕과 힘을 합쳐
여포를 치려고 생각했던 것이다.

11. 조조의 지모

조조의 위기

조조가 여포를 정벌하려고 할 때, 갑자기 전령이 와서 장안에서 반란을 일으켰던 장제의 조카 장수(張繡)가 지금 완성(宛城)에 군대를 모은 뒤 허창으로 쳐들어와서 천자를 빼앗으려 한다고 보고했다. 그러자 조조는 여포에게 관직을 올려준다는 칙명과 현덕과 화해하도록 권유하는 편지를 보내고, 장수 쪽으로 대군을 이끌고 갔다.

장수에게는 가후라는 뛰어난 참모가 있었다. 장수는 일단 항복한 체했다가 조조가 방심한 틈을 타서 야간 기습을 감행했다. 조조의 부하인 전위는 80근짜리 창 두 개를 양손에 들고 언제나 조조의 신변을 호위하고 있었으나, 이때는 가후의 초대를 받고 술에 취해 창 두 개마저 잃어버렸다. 그는 부하의 허리에서 칼을 빼내어 막사의 문으로 쳐들어오는 적병을 닥치는 대로 쓰러뜨렸다. 갑옷을 걸칠 새도 없었으므로, 몇십 군데나 창에 찔리고도 결사적으로 싸움을 계속했다. 칼날이 무디어 잘 베어지지 않자, 칼을 던져버리고 양손으로 적을 붙잡아 집어던지면서 비오듯 하는 화살에도 굴하지 않고 끝까지 막사의 문을 지켰다. 그러나 막사 안까지 적병이 난입하자, 그는 등에 창을 맞고 크게 외마디 소리를 지르더니 마침내 숨을 거두었다.

조조는 그 사이에 말을 몰아 막사의 뒷문을 통해 빠져 나왔다. 조카인 조안민(曹安民)이 걸어서 뒤쫓아왔으나, 육수(淯水) 강가에 이르렀을 때 뒤쫓아온 적에게 죽고 말았다. 조조는 급히 말을 몰아 맞은편 강기슭으로 도망쳤으나, 적의 화살이 말 눈에 명중되어 말에서 떨어졌다.

그때 조조의 장남 조앙(曹昻)이 달려왔다. 아버지가 위기에 처한 것을 보자 그는 자기 말을 아버지에게 내주었다. 그리고 자신은 적의 화살에 맞아 목숨을 잃었다. 조조만은 겨우 목숨을 건져 도망쳐서 부하 장수들을 만나 남은 군사를 정돈하였다.

그때 하후돈이 거느린 청주병(靑州兵)이 전란을 틈타 여러 마을의 민가를 휩쓸며 약탈을 일삼았다. 우금은 본대(本隊)를 이끌고 그들을 소탕하여 농민을 안심하게 했다. 도망친 청주병 중의 한 명이 조조를 만나자 울면서 땅바닥에 엎드려, 우금이 반란을 일으켰다고 거짓말을 했다.

그러자 우금은 조조에 대한 해명같은 것은 사소한 일이라며, 지금은 적을 무찌르는 것이 중요하다고 부하를 격려하여 진지를 정비하고, 장수의 군대가 쳐들어오자 즉시 반격하여 적을 크게 격파했다. 장수는 패잔병을 이끌고 형주의 유표에게 도망쳤다.

조조는 일단 우금을 의심했으나 사정을 알게 되자,

"장군은 난리 중에 병사를 잘 통솔하여 패배를 승리로 이끌었소. 옛 명장도 하지 못한 훌륭한 일이오."
하고 칭찬하고 황금 그릇 한 쌍을 주고 제후에 봉했다. 하후돈에 대하여는 군의 규율을 소홀히 한 것을 책망하고, 또 전위의 혼령을 위로하여,
"나는 장남이나 조카를 잃은 것은 그다지 가슴 아프지 않다. 슬픈 것은 전위의 죽음이다."
하고 소리내어 울었으므로 사람들은 저마다 가슴을 쳤다. 이튿날 조조는 허창으로 돌아왔다.

궁지에 몰린 원술

한편 여포는 허창에서 보낸 사자를 통해 평동장군(平東將軍)이라는 직위를 받고, 자기에 대한 조조의 호의를 전해 듣자 크게 기뻐했다.
그때 원술에게서 사자가 왔다. 사자는,
"원술이 곧 제위에 올라 황태자를 옹립하려고 하니, 황태자비를 빨리 보내 달라."
하고 독촉하는 것이었다. 이에 여포는,
"역적이 건방진 수작을 한다."
하고 화를 내며 사자를 죽여버렸다.
조조는 여포가 원술과의 혼인 약속을 깬 것을 알고 크게 기뻐했다. 이때 여포로부터 답례의 사신으로 온 것은 진규의 아들 진등이었으나 진등은 몰래 여포를 배반하고 언젠가는

원술은 황제라 자칭하다. 《新鋟全像通俗演義》 三國志傳卷之三에서

조조와 내통하겠다는 약속을 하고 돌아갔다.

한편 원술은 회남 일대의 넓은 영지를 소유하여 군량이 풍부할 뿐더러, 손책으로부터 담보로 받은 옥새를 갖고 있었으므로 스스로 황제라고 칭하였다. 그는 조정을 본딴 관직을 두고 봉황 장식을 한 가마를 탔으며, 수도인 수춘(壽春) 교외에서 천지신명에게 제사를 지내고, 아내를 황후, 아들을 황태자라고 칭하였다.

그리하여 여포의 딸을 황태자비로 삼을 예정이었으나, 여포가 거절할 뿐만 아니라 사신까지도 죽여버렸으므로, 크게 화가 나서 20만 대군을 일곱으로 나눠서 곧바로 서주로 쳐들어갔다.

여포의 참모 진궁이 말했다.

"서주가 지금 이런 변을 당하는 것은 진규·진등 부자 때문입니다. 그들은 조정에 아부하여 관직을 받고도 장군께 재난이 내리게 했습니다. 두 사람의 목을 잘라 원술에게 보내

원술은 7군을 크게 일으키다. 《繡像全圖三國演義》에서

면 군대도 자연히 철수하게 될 것입니다."

이 말을 듣고 진등은 껄껄 웃으면서 여포에게 말했다.

"원술의 군사는 대군이기는 하지만 오합지졸이라 별로 두려울 것이 없습니다. 저에게 한 가지 계략이 있습니다."

전에 천자가 장안에서 돌아올 때 공을 세운 두 사람의 장수 한섬(韓暹)과 양봉(楊奉)은 조정에서 출세하고 싶었으나 연줄이 없어 할 수 없이 원술에게 의지하고 있었다. 그러나 원술도 그들을 중용(重用)하지 않았다. 이 두 사람을 생각한 진등은, 몰래 한섬을 만나 반기를 들라고 부추겼다.

여포의 군사가 쳐들어오자 한섬과 양봉은 여기저기에 불

을 질렀으므로, 원술의 대군은 큰 혼란을 일으켰다. 여포는 이때를 놓치지 않고 닥치는 대로 무찔렀다. 원술은 패잔병을 이끌고 도망쳤으나 그때 나타난 관우가,

"역적아, 어딜 도망치느냐!"

하고 큰소리로 외치자 원술은 허둥지둥하다가 간신히 패잔병을 모아 회남으로 도망쳤다.

원술은 복수하기 위해서 강동의 손책에게 군대를 빌려 달라고 요청했다. 손책은 화를 내면서,

"네놈은 내 옥새를 돌려주지 않을 뿐더러 함부로 황제라 칭하여 한(漢) 황실에 거역한 큰 역적이다. 그 죄를 책하기 위해 내가 군사를 이끌고 쳐들어갈 생각까지 하고 있었다. 역적을 누가 돕겠느냐."

하고 절교를 뜻하는 편지를 보냈다. 손책은 원술이 화가 나서 쳐들어올지 알 수 없으므로 군선(軍船)을 동원하여 만반의 준비를 갖추고 있었다. 그때 갑자기 허창의 조조에게서 사자가 와서, 손책을 회계군 태수로 임명할 터이니, 원술을 토벌할 군사를 일으키라는 조조의 말을 전했다. 손책은 남북에서 원술을 협공하자고 답변을 보냈다.

조조는 17만 대군을 이끌고 회남으로 향했다. 때는 건안 2년 9월, 도중에 현덕과 여포의 군사가 가세하여 수춘에 이르니, 손책은 수군을 이끌고 강에 면한 서쪽에서, 여포는 동쪽에서, 유비와 관우·장비는 남쪽에서, 조조는 북쪽에서 공격할 태세를 갖추게 되었다.

원술은 크게 놀라 부하와 의논했다.

"이 수춘은 해마다 가물어 군량도 부족한 처지에 있습니

다. 이제 다시 전쟁을 하게 되면 백성은 크게 어려움을 당하
게 되고, 사방에서 쳐들어오는 적의 공격을 막을 수 없습니
다. 이 성엔 수비병만 남겨두고 적과의 싸움을 피하는 것이
상책입니다. 그 동안에 군량이 떨어져 반드시 전세(戰勢)가
바뀔 것입니다."
하고 한 부하가 말했다.

　원술은 이 의견에 따라 10만 명의 수비병에게 성을 지키게
하고, 나머지 장병을 이끌고 금은 보옥을 수레에 싣고 회수
를 지나 이동했다.

조조의 지모와 군율

　조조의 17만 대군이 날마다 소비하는 군량은 막대했다. 그
일대는 흉작이 계속되어 군량이 부족했다. 조조는,
　"성을 일거에 함락시켜버려라!"
하고 군사를 격려했으나 상대방은 성문을 굳게 잠그고 얼씬
도 하지 않았다. 성을 포위한 지 한 달 남짓하여 군량이 동이
났다. 군량 담당인 왕후(王后)가,
　"어떻게 하는 것이 좋겠습니까?"
하고 조조에게 물었다.
　"작은 됫박으로 군량을 조금씩 주어서라도 요기를 해야
지."
　"병사들이 불평을 하면 어떻게 합니까?"
　"그때는 생각이 따로 있다."

조조는 왕후를 참수하여 군사들을 아우르다. 《新錄全像通俗演義》 三國志傳卷
之三에서

왕후는 명령대로 군량을 조금씩 나눠서 배급했다. 조조가
진중의 동태를 살피게 했더니 병사들 중에 원한을 품지 않은
자가 없고, 저마다 조조에게 불평을 했다. 조조는 은밀히 왕
후를 불렀다.

"나는 자네에게서 빌리고 싶은 것이 있다. 그것으로 병사
들의 마음을 무마하려고 하는데 기꺼이 응해주지 않겠나?"

"무엇을 원하십니까?"

"네 목을 좀 빌려야겠다. 그것을 병사들에게 보일 테다."

왕후는 깜짝 놀라,

"저의 죄가 아닙니다."

"네 죄가 아닌 것쯤은 나도 알고 있다. 그러나 너를 죽이
지 않고서는 병사들의 불평이 가라앉지 않을 거다. 너의 처
자는 내가 돌보겠다. 걱정하지 마라."

왕후가 뭐라고 말하려고 할 때, 미리 불러온 병사가 단칼
에 목을 잘라 그 머리를 장대 끝에 달아매고 게시판에,

"왕후는 작은 되로 군량을 배급하여 가로채었으므로 군율
에 의해 처형했다."
하고 써붙였다. 이를 보자 병사들의 불평이 다소 가라앉았다.
이튿날 조조는 각 진영의 장수에게,
"만일 사흘 이내에 성을 함락시키지 못하면 모두 사형에
처할 테다."
하고 명령하고, 스스로 성벽 밑까지 가서 병사들이 흙과 돌
을 운반하여 해자(垓字) 메우는 것을 감독했다. 성 위에서
화살과 돌덩이가 비오듯 하여 두 장교가 겁이 나 도망치려고
하자 조조는 칼을 뽑아 목을 베어버리고 말에서 내려 손수
흙을 날랐다. 그리하여 사기가 크게 오른 장수와 병사들은
힘을 합쳐 공격했다. 병사들은 앞을 다투어 성벽을 넘어 성
문을 열고 쳐들어가 드디어 수춘성을 함락시켰다.
조조가 다시 회수를 넘어 원술을 추격하려고 하자 순욱이
이를 말리면서 말했다.
"몇 해째 흉작으로 군량이 부족한데 다시 진격을 계속하
면 병사들이 지치게 되고 백성들에게 고생만 시킬 뿐입니다.
일단 허창으로 돌아가 내년 추수 때를 기다리는 것이 좋겠습
니다."
조조가 이 말을 듣고 망설이고 있을 때, 전령이 말을 몰고
뛰어와,
"장수는 형주로 도망쳐 유표의 보호를 받고 있었으나 다
시 기세를 올려 남양과 강릉(江陵)을 손에 넣었습니다."
라고 보고했다.
조조는 손책에게 사자를 보내어 장강의 양쪽 기슭에 진을

치고 유표를 견제하도록 연락하고 자기는 허창으로 철수하기로 했다. 출발할 때 여포와 현덕을 불러 의형제를 맺게 하고, 현덕에게 전과 같이 소패를 지키게 했다. 여포가 서주로 돌아간 후 조조는 몰래 현덕에게 속삭였다.

"당신에게 소패를 지키게 한 것은 함정을 파놓고 호랑이를 기다리는 계략이오. 진규 부자와 잘 의논하여 실수가 없도록 하오. 나는 당신을 돕겠소."

허창으로 철수한 조조는 다시 장수를 치기 위해 스스로 대군을 이끌고 떠났다. 건안 3년 4월이었다.

행군 도중의 길가에는 보리가 벌써 누렇게 여물어 있었다. 그러나 백성들은 군대를 피하여 멀리 도망쳐 보리를 베려고 하지 않았다. 조조는 마을의 나이 많은 노인들에게 의견을 구한 뒤 다음과 같은 포고령을 내렸다.

"본관은 칙명을 받아 역적을 치고, 민폐(民弊)를 제거하려고 한다. 지금 보리가 여물었는데 군사를 동원한 것은 어쩔 수 없지만 모든 장교와 병사에 이르기까지, 만에 하나라도 보리밭을 망치는 자가 있으면 즉시 목을 벨 것이다."

이것을 본 백성들은 저마다 기뻐하며 조조의 인덕을 찬양하고 길가에 꿇어앉아 감사했다. 군대가 보리밭을 지나갈 때는 반드시 말에서 내려 손으로 헤치면서 한 줄로 행군했으므로 밟는 자가 하나도 없었다.

그런데 갑자기 보리밭에서 한 마리의 비둘기가 날아오르자 조조가 탄 말이 놀라 보리밭으로 뛰어들어 그 일대를 짓밟아버렸다. 조조는,

"내 스스로 법령을 포고하고 스스로 이를 어겼으니 사람

들에게 지키게 할 수 없다."

하고 허리에 찬 칼을 빼들었다. 사람들이 당황하여 얼른 말렸다. 곽가가,

"옛 경전인 《춘추(春秋)》에 이르기를, '존귀하신 분께는 법을 적용할 수 없다'고 했습니다. 승상께서는 전군의 총대장으로서 스스로 자신을 해치는 것은 옳지 않습니다."

조조는 한참 생각하다가,

"《춘추》에 그렇게 적혀 있는가? 그럼 목 대신에 머리카락이라도 잘라야겠군."

하고 칼로 자기 머리카락을 잘랐다. 이것을 본 장병들은 모두 감동하여 군율을 어기는 자가 없었다.

허창으로 돌아온 조조

한편 장수는 조조의 대군과 싸우며 기세 좋게,

"네놈은 인의(人義)를 내세우면서 사실은 얼굴에 철판을 깐 짐승만도 못한 놈이다."

하고 욕했으나, 참패하여 남양성에 틀어박혀 있었다.

조조는 말을 몰아 성 주위를 한바퀴 돌며 잘 살펴보고 나서, 동남쪽 모퉁이에서 쳐들어갈 속셈으로 서북쪽 모퉁이에서 쳐들어가는 시늉을 했다.

성 안의 참모 가후는 이 작전을 간파한 다음, 계략에 걸린 체하고 조조의 군사를 성 안으로 끌어들였다. 사방에서 복병이 벌떼같이 몰려나와 조조의 군사는 참패하고 물러났다. 가

후는 그 퇴로를 끊기 위해 유표에게 사신을 보냈다.

조조 군사가 양성현(襄城縣)을 지나 육수 강가에 왔을 때, 조조는 갑자기 말 위에서 소리내어 엉엉 울기 시작했다. 모두들 깜짝 놀라 그 이유를 물은즉 조조가 대답했다.

"작년에 이곳에서 전위를 죽게 한 것을 생각하니, 울지 않을 수 없다."

조조는 군대를 멈추게 하고 전위의 영전에 여러 가지 제물을 올려 조조 자신이 향을 피우고 눈물을 흘리면서 배례했다. 이어서 조카 조안민, 장남 조앙 그리고 전사한 병사들의 제사와 그때 화살에 맞아 죽은 페르시아산 말의 제사까지 지냈다.

이윽고 안중현(安衆縣)의 경계선에 이르러 유표와 장수 양군의 협공을 받았으나 조조는 반대로 산기슭에 복병을 숨겨뒀다가 양군을 모두 무찔렀다.

그때 원소가 허창을 노리고 있다는 소식이 전해지자 조조는 급히 허창으로 돌아왔다. 이때 다시 가후의 추격을 받아 적지 않은 피해를 입었으나 이통(李通)이라는 자의 도움으로 구출되었다.

승리의 열 가지 조건

허창에 돌아오니 원소에게서 한 통의 편지가 와 있었다.

"공손찬을 치기 위해 군사를 출동시키려고 하니 군량과 군대를 빌려 달라."

그 편지의 내용이 교만하므로 참모인 곽가에게,

"원소는 무례한 놈이다. 쳐부수고 싶지만 힘이 미치지 못하는 것이 유감이다."

하고 말하자 곽가가 대답했다.

"지금 원소와 승상님을 비교해보면 그는 패하고 우리가 이길 수 있는 열 가지 조건이 있습니다. 원소의 군사가 아무리 날뛰어도 두려워할 것이 없습니다. 첫째로 원소는 까다롭게 허례 허식을 좇으나, 승상님은 순리에 따르십니다. 둘째로 원소는 천자께 거역한 역적이지만, 승상님은 천자를 받들어 천하 백성을 다스리십니다. 셋째로 환제(桓帝)·영제(靈帝) 이후로 정치가 문란한데 원소는 더욱 멋대로 방치하고, 승상님은 엄하게 바로 잡습니다. 넷째로 원소는 겉으로 너그러운 것 같아도 마음속으로는 의심이 많아 친척만 신용하지만, 승상님은 겉으로는 경박한 것 같지만 안으로 식견이 뛰어나고 재능을 존중하여 사람을 등용합니다. 다섯째로 원소는 모략을 즐기지만 결단력이 없고, 승상님은 책략을 즉시 실천합니다. 여섯째로 원소는 명성이 있는 자만을 주위에 거느리지만, 승상님은 진심으로 사람을 대합니다. 일곱째로 원소는 측근은 보살펴주지만 멀리 있는 자는 방임하는데 승상님은 구석구석까지 배려합니다. 여덟째로 원소는 고자질에 미혹되기 쉽고, 승상님은 고자질에 미혹되지 않습니다. 아홉째로 원소는 옳고 그른 것을 혼동하지만, 승상님은 옳고 그른 것을 분명히 가려냅니다. 열째로 원소는 허세를 부려 병법(兵法)의 진수(眞髓)를 모르는데, 승상님은 소수로 다수를 이기고 용병(用兵)에 귀신 같습니다. 이상 열 가지 이길 수 있는 조건을 갖추고 계시니 원소를 격파하는 것은 어렵지 않을 것입니다."

조조는 이 말을 듣고 웃으면서 말했다.

"그대의 말은 칭찬이 지나치다. 나는 그렇지 못하다."

그러자 순욱이 옆에서 말했다.

"곽가의 10승 10패설은 옳은 말입니다. 원소의 군사는 수가 많아도 두려울 것이 없습니다."

다시 곽가가 말했다.

"그러나 서주의 여포야말로 경계할 상대입니다. 원소가 북방에서 공손찬과 싸우는 동안에 원정하여 먼저 여포를 멸망시키고, 그 후에 원소를 무찌르는 것이 상책입니다. 지금 섣불리 원소를 치면 여포는 그 기회를 노리고 허창에 쳐들어올 것입니다."

조조는 옳은 말이라고 생각했다. 그때 순욱이 말했다.

"먼저 사신을 보내 유비와 언약을 맺고 그 답변을 기다려 군사를 움직이는 것이 좋겠습니다."

조조는 이에 동의하여 현덕에게 편지를 내는 한편 원소가 보낸 사자를 극진히 대접하고 원소를 대장군 태위(太尉) 겸 기주·청주·유주·병주의 자사로 임명하도록 상신하고,

"귀공이 공손찬을 토벌하면 충분히 원조하겠다."

라는 취지의 답장을 보냈다. 원소는 그것을 받고 크게 기뻐하며 곧 공손찬을 공격하기 위해 출발했다.

12. 여포의 몰락

싸움의 개시

서주의 여포는 당시 진규·진등 부자를 매우 신뢰하고 있었다. 진규 부자는 연회 때마다 여포의 덕을 찬양했다. 그것을 보고 참모 진궁은 못마땅하게 여겨 기회를 보아 여포에게,

"진규 부자는 눈앞에서는 장군께 아부하지만, 그 뱃속은 알 수 없습니다. 충분히 경계하셔야 합니다."
하고 충고했으나 오히려 여포의 기분을 상하게 했다.

어느 날 진궁이 기분 전환을 위해 소패 근처까지 사냥을 갔다가 말을 타고 쏜살같이 지나가는 자를 보았다. 이상한 생각이 들어 뒤쫓아가서,

"당신은 어디서 온 사자요?"
하고 묻자 사자는 당황하여 대꾸도 제대로 하지 못하는 것이었다. 수상하여 사자의 옷을 뒤졌더니 현덕이 조조에게 보내는 비밀 서신이 나왔다. 그는 사자를 붙잡아 여포에게 데리고 갔다. 여포가 물으니 그는,

여포는 서신을 보고 대노하다. 《新鐫全像通俗演義》三國志傳卷之三에서

"조조의 분부에 따라 유비에게 편지를 갖다 드리고 답장을 갖고 오는 길입니다. 그러나 그 안에 어떤 말이 적혀 있는지 나는 모릅니다."
라고 대답했다. 여포가 봉투를 찢어 보니,

"지시대로 여포를 공격할 계획은 빈틈없이 세우고 있습니다. 다만 나의 병력은 얼마되지 않기 때문에 경솔히 움직일 수 없습니다. 그러나 승상(丞相)께서 군사를 이끌고 정벌할 경우에는 반드시 호응하겠습니다. 만반의 준비를 하고 지시를 기다리고 있습니다."
라고 씌어 있었다. 여포는 크게 놀라,

"조조는 지독한 놈이군."
하고 사자의 목을 베고 즉시 출전하여, 제1부대는 산동(山東)의 연주 방면을 공격하고, 제2부대는 소패의 현덕을 공격하고, 제3부대는 여남(汝南)·영천(潁川) 방면을 공격하도록 명령하고 여포 자신은 본대를 이끌고 대기했다.

고순(高順)·장요(張遼)가 이끄는 제2부대가 소패에 쳐들어온다는 보고를 받은 현덕은, 허창에 있는 조조에게 사자를 보내는 한편 성을 굳게 지키게 했다. 현덕 자신이 남문을 지키고 손건은 북문, 관우는 서문, 장비는 동문을 지키고 미축은 중앙의 본대를 지휘하게 했다.

이윽고 고순이 도착하여 현덕에게,

"빨리 항복하라!"

하고 외쳤으나 현덕은 단호히 거부했다. 장요는 서문을 공격했다. 관우가 성벽 위에서,

"귀공의 인품은 보통 사람으로 보이진 않는데 어찌하여 역적의 앞잡이가 되었는가?"

하고 큰소리로 외치자 장요는 고개를 숙이고 아무 말도 하지 못했다. 관우는 그가 본래 충성심이 대단하다는 것을 알고 있었으므로 그 이상 외치지 않고 싸움도 하지 않았다.

한편 현덕의 소식을 들은 조조는 하후돈이 이끄는 5만의 선발대를 먼저 보내고, 몸소 대군을 이끌고 뒤따라 출발했다.

이 소식을 들은 고순이 즉시 여포에게 보고하니, 여포도 대군을 이끌고 출전했다.

유비의 패배

현덕은 조조의 구원군이 온 것을 알고 미축으로 하여금 가족을 보호하도록 성 안에 남기고, 자기는 관우·장비와 함께

하후돈은 화살에서 눈알을 뽑아 삼키다. 《新鋟全像通俗演義》 三國志傳卷之三
에서

성 밖에 나가 조조의 군사와 연락을 취하려고 했다.

한편 하후돈은 군사를 이끌고 진격하는 도중에 고순의 군사와 마주쳤다. 하후돈은 즉시 창을 들고 덤벼들어 4, 50차례나 싸웠으나 고순이 더 이상 싸우지 않고 진지의 주위를 빙빙 돌다가 도망쳐버리자 하후돈은 끝까지 그 뒤를 추격했다. 진중에 있던 조성(曹性)이 이것을 보고 활을 당겨 쏘니, 하후돈의 눈에 명중했다. 하후돈은 '앗' 하고 외마디 소리를 지르고 나서 힘껏 화살을 잡아 빼니 눈알이 함께 빠져 나왔다. 그러자 그는 큰소리로,

"부모의 피로 된 이 눈을 어찌 버리겠는가."

하고 입에 넣어 삼켜버린 후 창을 들고 말을 달려 조성에게 덤벼들어 단번에 찔러 죽였다.

양군의 병사들은 이 광경을 보고 간담이 서늘했으나, 한쪽 눈을 잃은 하후돈은 동생 하후연의 도움으로 도망치고 고순

여포는 패성으로 돌진하다. 《新鋟全像通俗演義》 三國志傳卷之四에서

은 이 틈에 현덕의 진지로 쳐들어갔다. 그때 여포의 대군도 도착했다. 여포는 장요·고순과 세 방면으로 갈라져 현덕·관우·장비의 진지로 쳐들어갔다.

현덕 삼형제는 당해내지 못해 패주하고, 세 사람이 뿔뿔이 흩어졌다. 관우와 장비는 얼마 되지 않은 부하를 이끌고 산 속으로 들어가 현덕의 신변을 걱정했다.

현덕은 여포에게 쫓겨 소패성으로 도망쳤으나 여포는 곧 추격하여 성 안으로 쳐들어왔다. 현덕은 처자들을 데려갈 틈도 없이 혼자 말을 몰아 성을 빠져 나와 서문을 거쳐 재빨리 도망쳤다.

여포가 현덕의 집까지 뛰어들어오자 미축이 그를 맞아 현덕의 처자를 살려 달라고 애원했다. 여포는,

"나는 현덕과 의형제를 맺은 적이 있다. 그의 처자를 해칠 생각은 없다."

하고 그에게 현덕의 가족을 서주로 옮겨 보호하도록 했다.

현덕은 도망치는 도중에 손건을 만났다. 두 사람이 양성(梁城)을 향해 가는데, 저쪽에서 먼지를 뿌옇게 일으키면서 달려오는 대군이 보였다. 조조의 군사였다.

현덕으로부터 전황을 들은 조조는 조인에게 소패성을 공격할 것을 명령하고, 자신은 현덕과 함께 여포와 대결하기 위해 소관(簫關)으로 향했다.

진규·진등의 배신

이때 여포는 일단 서주로 돌아와 있었으나 소패성이 공격을 받고 있다는 말을 듣고 진등을 데리고 구원하러 가려고 했다. 서주의 수비는 진등의 부친 진규에게 맡겼다. 출발할 때 진규는 아들에게 이렇게 말했다.

"전에 조조는 동쪽 일대를 너에게 맡기겠다고 말한 적이 있다. 여포의 멸망은 눈앞에 다가왔다. 지금이 중요한 때다."

진등이 대답했다.

"바깥일은 제가 맡겠습니다. 만일 여포가 패하여 이곳에 돌아오더라도, 아버지는 미축과 함께 성을 지켜 그놈을 성 안에 들여놓지 마십시오."

한편 진등은 여포에게,

"조조가 있는 힘을 다해 이 성으로 진격해올 것입니다. 만일의 경우를 생각하여 군량이나 돈은 하비(下邳)에 옮겨둬야 합니다. 이 성이 포위되는 경우가 있더라도 하비에 군량이 있으면 안심할 수 있습니다."

하고 진언했다. 여포는 이에 동의하여 처자도 하비로 옮기도록 했다.

여포가 진등과 함께 소관을 구원하러 가는 도중에 진등이 말했다.

"제가 한 발 앞서 가서 조조의 군사의 동태를 살펴보겠습니다. 장군은 뒤에 오십시오."

소관의 관문은 진궁과 본래 태산의 산적이던 손관(孫觀)이 지키고 있었다. 진등은 마중 나온 진궁에게 말했다.

"여포 장군은 당신들이 출격하지 않은 것을 몹시 못마땅히 여겨 벌을 내린다고 했소."

진궁이 대답했다.

"조조의 대군과는 함부로 싸울 수 없소. 우리는 이 요새를 굳게 지킬 터이니 장군께서는 소패성을 적에게 잃지 않는 것이 제일 긴요한 일이라고 진언해주오."

"알겠소."

하고 진등은 대답했다.

그날 밤 관문에서 바라보니 조조의 군사는 이미 관문 아래까지 몰려와 있었다. 진등은 밤중에 세 통의 편지를 써서 화살에 동여매어 조조의 진지에 쏘아 보냈다. 이튿날 아침 그는 진궁과 헤어져서 말을 달려 여포에게 가서 말했다.

"산적인 손관은 배반하여 관문을 적의 손에 넘겨주려고 꾀하고 있습니다. 제가 진중에서 관문을 잘 지키도록 당부했으니, 장군께서는 저녁때 쳐들어가 진궁을 도와주십시오."

그러자 여포는,

"그대가 없었더라면 이 요새가 적의 손에 넘어갈 뻔했소."
하고 진등을 다시 관문에 보내어, 횃불 신호에 따라 쳐들어
갈 것이라고 진궁에게 전하게 했다.

그날 밤에 진등은 진궁에게,

"조조의 군사는 샛길을 이용하여 관문 너머로 쳐들어왔
소. 서주성이 위태로우니 그대는 빨리 군사를 철수시키시
오."

하고 말했으므로, 진궁은 관문을 포기하고 후퇴하기 시작했
다. 진등은 관문 위에서 횃불 신호를 보냈다. 여포의 군사는
어둠을 틈타 일제히 진격하여, 진궁의 군사와 어둠 속에서
자기 편끼리 난투전을 벌이기 시작했다.

한편 조조도 횃불 신호를 보고 일제히 쳐들어왔으므로 손
관의 군사는 뿔뿔이 흩어져 도망쳐버렸다.

여포는 날이 밝을 때까지 난투전을 벌인 끝에 겨우 계략에
넘어간 줄 알고 진궁과 함께 급히 서주로 철수했다.

서주성에 도착하여 성문을 열라고 외치자, 성 안에서 갑자
기 빗발치듯 화살이 날아왔다. 미축이 성루에 서서,

"네놈은 우리 영주의 성을 빼앗아 갔지만 이제야말로 본
래 주인의 손에 돌려줘야 한다."

하고 큰소리로 외쳤다. 여포는 화가 치밀어,

"진규는 어디로 갔느냐?"

하고 물었다. 미축이 대답했다.

"벌써 죽여버렸다."

"진등은 어떻게 된 거냐?"

진등의 모습은 아무 데도 보이지 않았다. 진궁은 여포에게

빨리 소패로 향하도록 권유했다. 도중에서 고순·장요의 군사와 마주쳤다.

"진등이 와서 우리 장군이 포위되었으니 우리더러 빨리 구출하러 가라고 했습니다."

진궁이 말했다.

"역시 그놈의 계략입니다."

여포는 분통이 터져 외쳤다.

"내 손으로 그놈을 반드시 죽여버리겠다."

소패까지 말을 달려와 보니 성 위에 조조의 깃발이 나란히 세워져 있었다. 진등이 성을 인수하여 조인의 군사를 인도해 들이고 있었다. 여포가 성 밑에서 큰소리로,

"배반자, 진등아, 이리 나와라!"

하고 외쳤다. 진등은 성벽 위에서 호통을 쳤다.

"나는 한나라 조정의 신하다. 네놈과 같은 역적의 부하는 되지 않기로 했다."

여포가 홧김에 성을 쳐들어가려고 하자 갑자기 뒤에서 함성이 일어나더니 수많은 군사가 공격해 왔다.

앞장선 장수는 장비였다. 고순이 이를 맞아 싸웠으나 당해내지 못하자 여포 자신이 말을 몰았다. 불꽃 튀는 싸움을 하고 있는데, 사방에서 함성이 울려 퍼지며 조조의 대군이 쳐들어왔다.

여포가 도저히 당해내지 못해 군사를 이끌고 동쪽으로 도망하는 것을 조조의 군사가 추격했다. 사람과 말이 모두 지쳤을 때, 한 떼의 군사가 앞길에 또다시 나타나,

"여포, 어딜 도망치는 거냐? 관운장이 여기 있다."

조조와 현덕은 서주성에 들다. 《新鋟全像通俗演義》三國志傳卷之四에서

하고 외쳤다. 앞뒤에 강적을 맞은 여포는 진궁 등과 한쪽 혈
로를 뚫고 하비로 도망쳤다.

조조 · 유비의 서주 입성

관우와 장비는 서로 헤어진 뒤의 일에 대해 이야기를 나누
었다.

"나는 해주로 빠지는 길가에 숨어 있었다."
하고 관우가 말하자 장비가 대답했다.

"나는 망탕산에서 한동안 산적들과 어울렸습니다."

두 사람은 현덕의 얼굴을 보자 소리내어 울었다. 현덕은
두 사람을 조조에게 데리고 가서 인사를 시키고, 조조의 뒤
를 따라 서주에 입성했다. 미축이 마중을 나와 가족이 무사
함을 알렸다.

조조가 하비성에서 격전을 벌이다. 《繡像全圖三國演義》에서

　조조는 성대한 연회를 베풀어 장수들의 노고를 위로하고 진규 부자의 공로를 치하했다.

　서주를 손에 넣은 조조가 다시 하비를 공격할 의논을 할 때, 정욱이 말했다.

　"여포에게는 지금 하비성 하나밖에 남지 않았습니다. 너무 맹렬히 쳐들어가면 결사적으로 항전하다가 원술의 편에 가담하게 될 것입니다. 여포와 원술이 손을 잡게 되면 무찌르기가 어렵습니다. 그러므로 유능한 사람을 내세워 원술의 영지인 회남에 이르는 길을 지켜 밖으로 원술과의 연결을 막고, 안으로 여포를 치는 것이 상책인 줄 압니다."

　그래서 조조는 현덕에게 회남에 이르는 길을 지키게 하고 자기는 하비의 공략에 나섰다.

하비성의 여포

여포는 하비성에 도사리고 있었다. 그는 군량이 넉넉한 데다가 사수의 강이 가로막은 자연 요해에 의지하여, 성만 지키고 있으면 된다는 생각에서 마음을 놓고 있자 진궁이,

"조조의 군사가 쳐들어왔지만 군비가 허술합니다. 지금 반격을 가하면 반드시 이길 수 있습니다."

하고 말했지만 여포는,

"여러 차례 패전을 했으니 경솔하게 공격해서는 안 된다. 적의 공격을 기다렸다가 역습을 하여 적을 모조리 사수에 쓸어 넣어야겠다."

하고 진궁의 의견을 받아들이지 않았다.

진궁이 재삼 출동을 권유했으나 여포는 아내가 울면서 만류하는 바람에 결단을 내리지 못했다. 그는 하루 종일 성 안에서 아내들과 술을 마시고 울분을 달랠 뿐이었다. 참모인 허사와 왕개가 말했다.

"지금 원술은 회남에서 위세를 떨치고 있습니다. 전에 그가 혼담을 꺼냈는데, 그 이야기를 다시 추진시키는 것이 어떨까요? 원술의 군사가 오면 안팎으로 협공하여 조조를 무찌르는 것쯤은 문제가 없습니다."

여포는 이에 동의하고 두 사람의 사신을 원술에게 보냈다.

그런데 원술은,

"전에 내가 보낸 사자를 잡아 죽이고 파혼하였는데 이제 와서 혼담을 다시 꺼내는 것은 어떤 연유인가?"

관운장과 장비는 여포와 대전을 벌이다. 《新鐫全像通俗演義》 三國志傳卷之四
에서

하고 불쾌하게 생각했다.

"그건 조조의 계략에 속아넘어갔기 때문입니다. 그러니
그 점은 헤아려주십시오."

"여포는 여기 붙었다 저기 붙었다 하여 도저히 믿을 수 없
소. 먼저 딸을 보내면 그때 원병 문제를 고려하리다."

돌아오는 도중에 두 사람을 호송하던 학맹(郝萌)이 장비
에게 생포되어 자초 지종을 털어놓았기 때문에 현덕은 경계
를 엄하게 폈다.

여포는 두 사람의 보고를 듣고 말했다.

"어떻게 해야 딸을 안전하게 보낼 수 있을까?"

"학맹이 붙잡힌 이상, 조조도 만반의 경계를 할 것입니다.
장군 이외에는 적의 포위망을 뚫을 사람이 없습니다."

이튿날 밤에 여포는 딸에게 비단옷을 입히고 그 위에 갑옷
을 걸치게 한 다음, 등에 업고 나서 창을 들고 적토마에 올랐

다. 성문을 열자 여포가 앞장서서 나가고 장요와 고순이 그 뒤를 따랐다.

이윽고 현덕의 진지 가까이 왔을 때, 북소리가 울리더니 관우와 장비가 앞길을 가로막고 큰소리로 외쳤다.

"못 간다!"

여포는 이들과 승부를 겨루려고 하지 않고 다만 포위가 엉성한 곳을 빠져 나가려고 했으나, 현덕이 군사를 이끌고 사방에서 쳐들어왔다. 천하에 용맹을 떨치던 여포도 등에 업은 딸이 다칠까 염려하여 마음대로 싸우지도 못하고 그렇다고 무리하게 포위를 뚫을 수도 없어, 할 수 없이 성 안으로 되돌아올 수밖에 없었다. 성 안으로 돌아온 여포는 술로 울적한 마음을 달랠 뿐이었다.

여포의 금주령

한편 조조는 성을 공격했으나 두 달이 지나도록 함락시키지 못하고 있었다. 곽가가 말했다.

"저에게 계략이 하나 있습니다. 그대로만 하면 하비성쯤은 금세 무너뜨릴 수 있습니다."

"기수(沂水)와 사수(泗水)의 강물을 끌어대자는 게 아니오?"

하고 순욱이 말하자 곽가는 웃으면서 대답했다.

"바로 그렇소."

조조는 곧 만 명의 군사를 동원하여 두 강의 둑을 허물게

했다. 그러자 하비성은 동문만 남고 다른 문은 물 속에 잠겨
버렸다. 성 안의 병사들이 놀라서 여포에게 알리자 여포는,
　"내 적토마는 물 속도 평지와 마찬가지로 건너가는 명마
다. 두려워할 것 없다."
하고 여전히 술만 마시고 있었다. 그러나 날로 쇠약하여, 어
느 날 거울에 비친 자기 얼굴을 보고 깜짝 놀랐다.
　"이거 술독에 너무 빠져 있었군. 오늘부터는 술을 완전히
끊어야겠다."
　그는 성 안에 명령을 내려 술을 마시는 자는 목을 베겠다
고 선포했다.
　여포의 장수 후성(侯成)은 말 열다섯 필을 갖고 있었다.
이 말을 기르는 자들이 말을 훔쳐내어 현덕에게 바치고 항
복하려는 계략을 꾸며 행동에 옮겼으나, 후성은 이것을 알
아차리고 뒤쫓아가서 이들을 모조리 죽여버리고 말을 되찾
아왔다.
　다른 장수가 그 축하연을 열자고 하므로 후성은 술 대여섯
독으로 연회를 열려고 생각했으나, 여포에게 벌을 받을까 두
려워 우선 술 다섯 병을 여포의 저택으로 갖고 가서 말했다.
　"장군의 위광(威光)으로 무난히 말을 되찾게 되었습니다.
장수들이 축하하러 왔으므로 술을 조금 준비했으나 허락을
받지 않고서는 마실 수 없습니다. 먼저 이 술을 좀 맛보시기
바랍니다."
　여포는 이 말을 듣고 화가 머리끝까지 치밀어,
　"내가 금주령을 내렸는데도 술을 빚어 마시려고 하다니,
나에게 거역할 셈이냐?"

하고 후성의 목을 베려고 했다.

송헌(宋憲)·위속(魏續) 등의 장수들이 용서해줄 것을 간청했으므로,

"목을 베어야 마땅하지만 장수들의 얼굴을 보아 곤장 백 대를 치기로 한다."

하고 말했다. 장수들이 다시 애원하여 곤장 50대로 마무리 되었다. 옆에서 보고 있던 장수들은 마음이 언짢았다.

흔들리는 하비성

송헌과 위속이 후성의 집을 찾아 위로했다. 후성은 울음을 참으면서,

"당신들이 없었더라면 이 목이 날아갈 뻔했소."

하고 말했다. 송헌이 불평을 터뜨렸다.

"여포는 여자에 빠져 우리는 티끌처럼 생각하고 있소."

"성은 완전히 포위되고 물이 해자를 덮었으니 우리도 죽을 날이 멀지 않았네."

하고 위속이 말했다.

"여포는 사람의 도리를 모르는 자야. 그놈에게서 떠나 우리 함께 도망치지 않겠나?"

송헌의 말이었다.

"그건 사나이답지 않네. 차라리 여포를 묶어 조조에게 넘겨 주고 우리는 항복하세."

하고 위속이 말하자 후성이,

여포와 진궁은 결박된 채 조조, 유비와 대면하다. 《新鐫全像通俗演義》 三國志 傳卷之三에서

"나는 말을 되찾아 왔는데도 크게 혼났네. 여포가 의지하고 있는 건 적토마라네. 나는 먼저 이 말을 훔쳐 조조에게 선물로 주려고 하네. 자네들은 뒤에 남아 여포를 사로잡도록 하게."

세 사람은 의논을 끝냈다. 그날 밤 후성은 마구간에 몰래 들어가 적토마를 훔쳐내어 올라타고 동문을 향해 달렸다. 위속이 문을 열어 도망치게 하고는 일부러 뒤쫓는 체했다.

후성은 조조에게 적토마를 바치고, 송헌과 위속이 백기를 올리는 것을 신호로 성문을 열 것이라고 말했다.

이튿날 새벽에 성 밖에서 함성이 일어나 대지를 뒤흔들었다. 여포는 깜짝 놀라 창을 들고 성벽에 올라가 화살이 빗발치는 가운데 싸웠다.

여포의 최후

조조의 군사는 새벽부터 정오가 지나도록 계속해서 공격해 왔으나, 점심때가 지나 약간 후퇴했다. 여포는 성문 망루에서 잠시 쉬다가 탁자에 기대어 꾸벅꾸벅 졸기 시작했다.

송헌은 먼저 그의 창을 훔쳐내고 위속과 함께 힘을 합쳐 여포를 밧줄로 칭칭 묶어놓았다. 여포는 깜짝 놀라 소리치며 사람을 불렀으나, 달려오는 사람은 모두 송헌과 위속이 휘두르는 칼에 쓰러졌다.

"여포를 사로잡았다!"

하고 위속이 백기를 흔들면서 크게 소리쳤다. 송헌이 성벽 위에서 여포의 창을 빼앗아 던지고 성문을 열자, 조조의 군사가 앞을 다투어 쳐들어왔다. 고순과 장요는 서문을 지키고 있었으나 물이 가득 차 빠져나가지 못하고 조조 군사에게 포로가 되고, 진궁은 남문까지 뛰쳐나갔으나 서황에게 붙잡히고 말았다.

조조는 강물 줄기를 본래대로 강으로 돌리도록 지시하고 성문 망루 위에 자리를 마련하고, 현덕을 자기 옆에 앉힌 다음 포로들을 앞으로 끌어내었다.

키가 1장이 넘는 거인 여포도 밧줄에 꽁꽁 묶인 채 외쳤다.

"너무 꽉 조여 아프다. 조금 느슨하게 해다오!"

"호랑이를 묶으려면 밧줄을 단단히 조여야 해."

하고 조조가 말했다. 그때 서황이 진궁을 끌고 왔다. 조조가 말했다.

“진궁, 오래간만이다!”

“네놈의 본성이 돼먹지 않아 네 곁을 떠났던 거다.”

하고 진궁이 말했다.

“그런데 여포를 섬긴 건 어찌된 셈인고?”

“여포는 지혜가 모자라긴 하지만 네놈처럼 음험하진 않다.”

하더니 여포를 돌아보며,

“저 사나이가 내 말대로 했더라면 밧줄에 묶이지는 않았을 텐데……. 그러나 이제 와서 후회한들 무슨 소용이 있겠는가. 어서 날 죽여다오.”

하고 일어나 형장으로 걸어갔다. 조조는 아까운 인물이라고, 눈물이 글썽하여 뒷모습을 바라보았으나, 진궁은 뒤돌아보지도 않고 말없이 목을 내놓아 죽고 말았다.

여포는 현덕에게 가벼운 벌을 내려주기를 간청하고, 조조에게도 목숨을 구걸했다. 조조는 현덕을 돌아보고 물었다.

“어떻게 하는 것이 좋겠소?”

“그가 양부(養父)인 정원과 동탁을 잇따라 배반한 것을 잊지 않고 계실 테지요.”

하고 현덕이 대답하자 조조도 고개를 끄덕였다.

여포는 다시 현덕에게,

“현덕, 내가 전에 막사의 문에서 창끝을 쏘아 맞혔을 때의 일을 잊었소?”

하고 말했다. 그때 갑자기,

“이 비겁한 놈아, 뭘 어물거리는 거야. 죽기가 그렇게 무서우냐?”

하고 외치는 자가 있었다. 그는 장요였다.

　조조는 여포를 사형에 처했다.

　현덕과 관우는 장요의 목숨을 살려주자고 주장했다.

　"이런 진실한 무사는 목숨을 살려주는 것이 좋겠소."

　"그의 충성심은 알아줘야 하오."

하고 조조는 손수 밧줄을 풀어주고 오히려 높이 등용했다.

13. 조조와 유비

유 황숙 유비

조조와 현덕은 여포를 멸하고 수도로 개선했다. 도중에 서주의 백성들이 모두 길가에 마중을 나와 현덕을 이 지방의 자사로 삼아 달라고 요청했다. 조조가 말했다.

"현덕이 공을 세웠으므로 천자를 뵙고 관직을 받아 이곳에 다시 오게 하겠다."

수도에 이르자 현덕은 조조의 관저인 승상부(丞相府)에서 가까운 저택에 묵게 되었다. 이튿날 조조는 현덕을 데리고 헌제에게 가서 현덕의 공적을 아뢰었다. 현덕이 단 아래 엎드려 인사를 올리자 천자가 물었다.

"장군의 조상(祖上)은 누구인고?"

"저는 중산정왕(中山靖王)의 후손인 효경황제(孝景皇帝)의 먼 손자 뻘 되는 유웅(劉雄)의 손자이고, 유홍(劉弘)의 아들이옵니다."

황실의 족보를 살펴보니 현덕이 천자의 숙부 항렬에 해당되었다. 천자는 크게 기뻐하여 현덕을 다른 방으로 맞아들

조조는 유현덕을 이끌어 헌제를 뵙게 하다. 《新鋟全像通俗演義》三國志傳卷之四에서

여, 숙부와 조카로서 인사를 나누었다. 그리고 마음속으로 '조조가 권력을 잡은 후로 정치는 짐(朕)의 마음대로 되지 않는다. 이제 숙부 되시는 이런 영웅을 만나게 된 것은 하늘이 도운 거다' 하고 기뻐했다. 현덕은 천자로부터 좌장군(左將軍)이라는 관직과 의성정후(宜城亭侯)라는 제후의 작위를 받아, 사람들로부터 유 황숙(劉皇叔)이라고 불리게 되었다.

조조의 참모인 순욱이,

"천자가 유비와 숙질간이라는 것은 이롭지 못합니다."

하고 말하자 조조는 이렇게 대답했다.

"그가 황숙이 되기는 했지만 내가 천자의 칙명을 받아 그렇게 주선한 것이니, 그도 나에게 복종해야 한다. 그리고 그를 이곳 허창에 그대로 두면, 천자와 가까운 사이라도 실은 내 손아귀에 들어 있으니 두려울 게 없다. 현덕보다도 염려되는 것은 양표(楊彪)다."

헌제는 유현덕이 토끼를 명중시킨 것을 알고 기뻐하다. 《新鋟全像通俗演義》三
國志傳卷之四에서

조조의 야심

대신 양표는 원술과 친척이기 때문에 조조는 혹시 원술과
내통할까봐 두려워했다. 조조는 양표가 어떤 흉계를 꾸미고
있다고 뒤집어씌워 추방해버렸다. 그리고 이러한 그의 처사
를 비난한 관리도 죽여버렸다. 사람들은 조조의 말이라면 벌
벌 떨었다. 참모인 정욱이,
"승상의 위세는 날로 더 커가고 있습니다. 지금이야말로
천하를 손에 넣을 기회가 아닙니까?"
하고 권유했다. 조조는,
"조정에는 천자의 신임을 받고 있는 신하가 적지 않아 섣
불리 나설 수가 없다. 나는 먼저 천자를 사냥에 초대하여 사
람들의 동태를 살펴보겠다."

얼마 뒤 허전(許田)이라는 교외에서 사냥을 하게 되었다. 천자는 명마에 올라타고 활과 화살을 갖춰 화려한 행렬을 거느리고 행차하였다. 유비·관우·장비도 수행하였다. 조조는 10만의 병사를 풀어 둘레가 약 2백 리나 되는 사냥터를 둘러싸게 하고, 자신은 천자와 나란히 말을 몰고 그 뒤에는 그의 심복 부하들이 따르게 했으며 문무백관은 멀리 떨어져서 따라오게 하였다. 그들은 저마다 활과 화살을 갖고 있었다. 특히 천자의 활은 빨간 색깔에 금박을 입히고 화살촉은 금으로 되어 있었다.

갑자기 숲속에서 토끼가 뛰어나오자 현덕이 쏜 화살이 보기 좋게 명중했다. 천자는 몹시 칭찬했다.

그리고 나서 고갯길을 조금 돌아갔을 때, 갑자기 나무 숲에서 커다란 사슴이 뛰어나왔다. 천자는 연달아 세 번이나 활을 쏘았지만 하나도 맞지 않았다. 그래서 옆에 있는 조조에게,

"승상이 한번 쏘아보오."

하고 말했다. 조조는 천자의 활과 화살을 빌려 가지고 단번에 사슴을 맞췄다.

문무백관들은 황금 화살촉을 보더니 천자가 쏘아 맞친 줄 알고 저마다 뛰어와 '만세'를 불렀다. 그러자 조조는 말을 몰아 천자의 앞으로 나와 그 '만세' 소리를 받았다. 사람들은 놀라서 얼굴빛이 변했다.

현덕의 뒤에 있던 관우는 화가 나서 눈썹을 곤두세우고 눈을 크게 뜨더니, 칼을 들고 말을 몰아 조조를 내리치려고 했다. 그러나 현덕이 다급히 손을 흔들며 눈짓으로 말렸으므로

관우는 꾹 참았다.

현덕은 허리를 굽히며 조조에게 말했다.

"승상의 활 솜씨는 세상에 당할 자가 없을 것입니다."

조조는 빙그레 웃으면서 말했다.

"아니, 아니, 천자의 위광(威光) 덕택이오."

이윽고 사냥이 끝나자 관우는 현덕에게 말했다.

"조조는 군주를 소홀히 아는 역적입니다. 내가 죽이려고 한 것은, 나라에 해가 되는 자를 제거하기 위해서였는데, 형님은 어찌하여 말렸습니까?"

"조조는 천자와 말을 나란히 하여 서 있고 심복 부하들도 빙 둘러싸고 있었다. 자네가 한때의 분함으로 경솔하게 덤벼들어 만일 실수라도 해서 천자의 몸에 상처를 입히게 되면, 그건 오히려 우리가 죄를 뒤집어쓰게 된다."

"그렇지만 지금 그놈을 처치하지 않으면 반드시 장차 화근이 될 것입니다."

"조심해. 함부로 떠들지 마라."

천자의 밀서

천자는 궁중에 돌아와 눈물을 흘리면서 복 황후(伏皇后)에게 말했다.

"짐이 즉위하여 처음에는 동탁 때문에 시달림을 당하고, 다음에는 이각·곽사의 난이 일어나 황후와 함께 갖은 괴로움을 겪어왔소. 그런데 이제 또 조조가 무례하기 짝이 없으니 언젠가는 천하를 빼앗으려 할 것이오. 우리는 언제 어떻게 죽음을 당할지 알 수 없소."

"조정의 대신들은 모두 한나라의 녹을 먹으면서 왜 아무도 나라의 어지러움을 건지려고 하지 않습니까?"

하고 황후가 말했다. 그때 누군가 불쑥 나타나,

"폐하 그리고 마마께서는 조금도 걱정하실 필요가 없습니다. 나라를 해치는 자를 제거할 수 있는 인물이 한 사람 있습니다."

하고 말했다. 복 황후의 아버지 복완(伏完)이었다.

"그는 거기장군(車騎將軍) 동승입니다."

헌제가 협 황자로 있던 당시에 할머니가 되는 동 태후(董太后)의 궁중에서 자랐는데, 동승은 이 동 태후의 조카였다. 전에 이각·곽사의 난 때는 헌제를 구출하는 공을 세웠다. 조정에서 일하는 사람은 모두 조조의 일족과 부하였으므로 의지가 되는 것은 황실의 피를 이어받은 동승뿐이었다. 복완은 비밀이 새지 않도록 하는 방도를 알려주고 물러났다.

헌제는 동승을 불러, 높은 공신각(功臣閣)에 그려 있는 한의 고조(高祖)와 고조를 보필한 두 공신 장량(張良)과 소하(簫何)의 초상 앞에서,

"그대도 이 두 사람처럼 짐의 옆에 초상이 그려지기를 바라오."

하고 나직한 소리로 말하고,

"그대가 장안에서 짐을 도와준 은혜는 결코 잊지 않겠소."

하고 헌제는 옷을 벗고 띠를 풀어 동승에게 주며 속삭였다.

"집에 가서 자세히 살펴보고 짐의 마음을 헤아려주시오."

동승은 그날 밤 혼자 서원(書院)에서 헌제의 옷을 샅샅이 살펴보았으나 아무것도 숨겨져 있지 않았다. 자세히 살펴보라고 말한 데에는 어떤 곡절이 있을지 모른다. 그러나 안팎 어디를 보아도 색다른 것은 전혀 없었다.

어떻게 된 영문일까 하고 이번에는 띠를 살펴보기 시작했다. 이 띠는 조그마한 용(龍)이 꽃과 희롱하는 모습을 흰 구슬로 박은 것으로, 안쪽에는 자색 비단이 꿰매어져 있었다. 꿰맨 자리도 가지런했다. 동승은 이상하게 생각하여 그것을 책상 위에 얹어 놓고 다시 살펴보다가 그만 지쳐서 꾸벅꾸벅 졸기 시작했다.

그때 갑자기 등잔에서 불꽃이 튀어 띠에 떨어지면서 안에 받친 비단을 태웠다. 동승이 깜짝 놀라 눈을 크게 뜨고 자세히 보니, 탄 곳에 흰 비단이 삐여져 나오고 그 위에 희미한 핏자국이 보였다. 얼른 주머니칼로 잘라서 펴보니 천자가 손가락을 깨물어 쓴 밀서였다. 거기에는,

"충성심이 있는 인사들을 모아 적신(賊臣) 조조를 멸하고 나라를 평화롭게 하라."
라고 씌어 있었다.

동승은 그날 밤 한잠도 자지 못했다. 이튿날 되풀이해서 천자의 지령을 읽으면서 계획을 이것저것 생각해보다가 책상에 기댄 채 잠들어버렸다.

그때 둘도 없는 친구인 왕자복(王子服)이 찾아왔다. 왕자복이 서원에 들어가보니 동승은 잠들어 있고, 옷소매 아래 흰 명주에 '짐(朕)'이라는 글자가 얼핏 보였다. 집어 들어서 읽어본 뒤 동승을 흔들어 깨우며,

"자네는 조 승상을 죽이려는 계략을 꾸미고 있군. 내가 일러 바치겠네."

하고 말했다. 동승은 눈물을 글썽이며 말했다.

"자네까지도 그렇게 한다면 한의 황실은 끝장이야."

"지금 한 말은 농담이야. 나도 대대로 한나라의 녹을 먹은 자로서, 작은 힘이나마 함께 하여 역적을 몰아내기로 하세."

동승은 기뻐하여 연판장(連判狀)을 만들어 먼저 자기가 서명했다. 왕자복이 다음에 서명했다.

그때 동승과 평소에 가까이 지내는 부대장인 충집(种輯)과 고문관인 오석(吳碩)이 찾아왔다. 두 사람은 허전의 사냥에서 조조가 보여준 태도에 분개하고 있었다. 이들을 동지로 가담시키고, 다시 왕자복의 친구인 장수 오자란(吳子蘭)도 불러 서명을 받았다.

그들이 안방에서 술을 마시고 있는데 갑자기 서량의 태수 마등(馬騰)이 찾아왔다.

"몸이 아파서 만날 수 없다고 일러라."

하고 동승이 문지기에게 말하자 마등이 화를 내면서,

"나는 너희댁 대감이 궁중에서 나오는 것을 분명히 보았다. 그런데 어찌하여 병을 핑계로 사람을 따돌리려 하느냐?"

하고 항의했다. 동승은 할 수 없이 거실에서 마등을 만나,

"갑자기 병이 나서 그랬소. 실례를 용서하오."

하고 변명을 했다. 마등은,

"얼굴색이 병을 앓는 사람으로는 보이지 않소."

하고 말하더니 벌떡 일어나,

"나라를 구할 사람은 아무 데도 보이지 않는군."

마등은 동승의 집을 방문하다. 《新鋟全像通俗演義》 三國志傳卷之四에서

하고 한숨을 쉬면서 돌계단을 내려서려고 했다.

동승은 얼른 마등의 소매를 붙잡고 물었다.

"그건 누구를 두고 하는 말이오?"

"허전의 사냥터에서 있었던 일에 나는 가슴이 뒤집힐 지경이오. 그대는 황실의 외척이면서 술독에 빠져서 역적을 치려고 하지 않는구려. 그래서야 어찌 나라의 기둥이라고 말할 수 있겠소."

동승은 자기를 떠보는 말일지도 모른다고 생각하여, 일부러 놀란 얼굴을 하고,

"조 승상은 천자의 신임이 두터운 분이 아니오. 어찌하여 그런 말을 하오?"

마등은 점점 화가 치밀어 큰소리로 말했다.

"그대는 아직도 조조란 놈을 훌륭한 사나이라고 생각하오?"

"벽에도 귀가 있다고 하오. 목소리가 너무 크오."

"목숨을 아까워하는 사람과는 이야기가 안 되겠소."
하고 다시 떠나려고 했다. 그제서야 동승은 마등의 충성심을 인정하고,

"화를 낼 만도 하오. 한번 보여주고 싶은 것이 있소."
하고 서원에 안내하여 천자의 밀서를 보여주었다. 마등은 머리카락을 곤두세우고 이를 갈면서 말했다.

"그대가 일을 일으키면, 나는 서량의 군사를 이끌고 밖에서 돕겠소."

동승은 마등을 동지들에게 소개하고 연판장에 서명하게 했다. 마등은 덧붙여 말했다.

"이제 동지가 여섯이 되었는데 열 명만 되면 일을 성사할 수 있을 것이오. 그런데 어찌하여 유현덕은 우리 편에 넣지 않는 거요?"

동승이 대답했다.

"현덕은 황숙임에는 틀림없지만 지금은 조조의 편에 서 있소. 이 계획에 가담하지 않을 것이오."

"전일 사냥터에서 조조가 사람들의 만세 소리를 받고 있을 때, 관우가 현덕의 뒤에서 칼을 빼들고 뛰쳐나오려고 했으나 현덕이 눈짓을 해서 저지시키는 것을 내 눈으로 분명히 보았소. 현덕에게는 조조를 무찌를 의향이 없는 것이 아니라 다만 조조의 끄나풀이 많아 힘이 미치지 못하는 것을 두려워했을 것이오. 한번 타진해보는 것이 어떻겠소? 반드시 찬성할 것이오."

이튿날 밤에 동승은 천자의 지령문을 호주머니 속에 깊숙이 넣고 현덕의 집을 찾아갔다.

동승은 밤중에 유현덕을 방문하다. 《新鐫全像通俗演義》 三國志傳卷之四에서

　현덕은 처음에 동승을 조조의 염탐꾼일지도 모른다고 생각하여, 의심을 사지 않기 위해 일부러 시치미를 뗐으나 동승의 마음속을 알게 되자 본심을 털어놓았다.

　동승이 천자의 밀서와 연판장을 내밀자 현덕은,

　"천자의 지령을 받들어 역적을 치기 위해서라면 어떤 고생이라도 달게 받겠소."

하고 연판장에 서명했다.

　현덕은 조조의 의심을 피하기 위해, 일부러 집 뒤뜰에 야채를 심고 손수 물을 주면서 돌보았다. 관우와 장비가 입을 모아,

　"형님은 천하의 큰일에는 마음을 쓰지 않고, 천한 일을 배우려고 하니 어찌된 일입니까?"

하고 물었으나 현덕은 대수롭지 않게 말했다.

　"너희는 알 일이 아니다."

조조와 유비의 문답

어느 날 현덕이 뒤뜰의 야채밭에 물을 주고 있는데, 조조에게서 급히 만나자는 전갈이 왔다. 현덕이 승상부에 들어가자 조조가 먼저 말을 꺼냈다.

"집에서 재미있는 일을 하고 있구려."

현덕은 마음속으로 크게 놀라 흙빛이 되었다. 그러나 조조는 그를 뒤뜰로 안내하고,

"밭일도 쉽지 않지요?"

하고 말했으므로 그제서야 마음을 놓고,

"그저 심심풀이로 하는 일입니다."

하고 얼버무렸다. 조조는 껄껄 웃고 나서 말했다.

"방금 뜰안 매화 열매가 파랗게 된 것을 보고 문득 작년에 장수를 정벌했을 때, 도중에 물이 부족하여 장병들이 목말라 고생하던 일이 생각났소. 내가 말을 타고 달리다가 계략을 생각해내어, 채찍을 들어 한쪽을 가리키면서 저기 매화나무 숲이 있다고 말했소. 병사들이 이 말을 듣고 입 안에서 군침이 흘러 나와 목마름을 면할 수 있었소. 지금 이 매화 열매를 보니 더욱 기쁘오. 마침 술도 따뜻하게 데워졌으니 그대와 같이 이 정자에서 한잔 하려는 거요."

현덕은 한결 마음을 놓았다. 정자에는 푸른 매화 열매를 접시에 담아놓고, 술 한 독이 준비되어 있었다. 두 사람은 마주 앉아 천천히 술을 마시기 시작했다.

술기운이 거나할 무렵에 갑자기 검은 구름이 하늘을 뒤덮

조조는 술잔을 기울이며 영웅을 논하다. 《繡像全圖三國演義》에서

어 소나기가 내릴 것 같았다. 옆에서 시중을 들던 사람이 한
쪽을 가리키면서 말했다.

"저기 맹렬한 회오리바람이 불어오고 있습니다."

조조와 현덕은 난간에 기대어 그쪽을 바라보았다. 조조가
말했다.

"용의 변화에 대해 알고 있소?"

"상세한 것은 모르고 있습니다."

"용이란 놈은 크지도 않고 작지도 않소. 높이 날아오르기
도 하고 몸을 움츠리기도 하오. 커지면 구름을 일으키고 작
아지면 먼지 속에도 몸을 감출 수 있소. 높이 오르면 우주 사
이를 날아다니고, 몸을 움츠리면 잔물결 사이에 숨기도 하
오. 지금은 봄이 깊어져서 용이 계절에 변화를 일으킬 때요.
마치 사람이 뜻을 세워 천하를 종횡으로 누비는 것과 같소.

용은 영웅과 비교할 수 있소. 현덕은 오랫동안 여러 곳을 돌아다녔으므로 많은 영웅들을 잘 알고 있을 테지요. 말해보오."

"저와 같은 어리석은 사람이 어찌 영웅을 알아볼 수 있겠습니까?"

"그건 지나친 겸손이오."

"회남의 원술은 군량도 많고 하니 영웅이라고 부를 수 있겠습니다."

조조는 웃으면서 말했다.

"그놈은 무덤의 해골과 같은 자요. 내가 머지 않아 생포할 것이오."

"하북의 원소는 명문 출신이고, 기주를 근거지로 하여 부하들 중에는 유능한 자가 많으니 영웅이라고 할 수 있을까요?"

조조는 역시 웃으면서 말했다.

"원소는 겉으로는 위엄이 있어 보이지만 담력이 약하고 모략을 좋아하나 결단력이 없소. 큰일을 하려는 엄두를 내기는 해도 몸을 사리고 조그마한 이익에 눈이 멀어 목숨을 소홀히 하는 놈이니, 어찌 영웅이라고 할 수 있겠소."

"그럼 여덟 명의 준걸 속에 들어가고 위명(威名)을 구주(九州)에 떨치는 유표는 영웅이라고 할 수 있습니까?"

"유표는 이름만 대단하지 실력이 없으니 영웅이라고 할 수 없소."

"저 혈기가 왕성한 강동의 우두머리 손책이야말로 영웅이 아닐까요?"

“손책은 부친의 위광을 입고 있을 뿐, 영웅이 못 되오.”

“익주의 유장은 어떨까요?”

“유장은 한나라의 황족이지만 주인을 위해 문을 지키는 개에 불과하오. 영웅은 아니오.”

“그럼 장수·장노(張魯)·한수 등은 어떠한지요.”

조조는 손뼉을 치며 크게 소리내어 웃고 나서 대답했다.

“모두 평범한 인간이고, 큰 그릇이 못 되오.”

“그 밖에는 별로 생각나지 않는데요.”

“영웅이란, 가슴에 큰 뜻을 품고 뱃속에 좋은 계략을 숨기고 우주를 에워싸는 호기와 천하를 삼키려는 뜻이 있어야 하오. 그래야 비로소 영웅이라고 할 수 있소.”

“그럼 누가 그런 분일까요?”

조조는 먼저 현덕을 가리키고 나서 다음에 자기를 가리키더니,

“지금은 천하에 단지 그대와 내가 있을 뿐이오.”

하고 말하는데, 그 말이 채 끝나기도 전에 때마침 번갯불이 번쩍 빛나고 천둥이 꽈르릉 울리더니 갑자기 소나기가 내리퍼부었다. 현덕은 깜짝 놀라 쥐었던 젓가락을 떨어뜨리고 엎드렸다. 현덕은 젓가락을 다시 집으며,

“천둥이 무서워 그만 실수했습니다.”

하고 말했다. 조조는 웃으면서,

“대장부가 천둥이 그렇게 무섭소?”

하고 현덕을 겁이 많은 인물이라고 생각했다.

교활한 조조도 바보처럼 얼버무린 현덕에게 완전히 속아넘어 갔던 것이다.

유비의 서주 출정

조조는 이튿날도 현덕을 초대했다. 두 사람이 술을 마시고 있는데 하북 원소의 동태를 정탐하던 자가 돌아와,

"공손찬은 원소에 의해 무너졌습니다."

라고 보고했다.

공손찬은 성이 함락되어 죽고, 원소는 공손찬의 군대를 몽땅 손에 넣어 세력이 크게 확대되었다. 그리고 사촌 동생인 원술이 회남에서 지나치게 사치스러운 생활을 하여 백성들의 원성이 높기 때문에, 회남을 버리고 하북으로 옮기려고 했다. 만일 이 두 사람이 힘을 합치면 두통거리였다.

이런 내용의 보고를 옆에서 듣고 있던 현덕은, 전에 자기를 도와준 공손찬의 죽음을 슬퍼하면서도 마음속으로 이 기회에 조조 곁을 벗어나지 않으면 두번 다시 기회가 오지 않는다고 생각하여 조조에게 말했다.

"원술이 원소와 손을 잡으려고 하면 반드시 서주를 지나게 될 것입니다. 내가 한 부대를 거느리고 도중에 습격하여 원술을 생포하겠습니다."

조조는 이튿날 현덕에게 5만의 군사를 주어 떠나게 했다. 동승은 수도에서 백 리 떨어진 교외까지 전송을 나왔다. 관우와 장비가,

"형님, 이번 출정은 어찌하여 이렇게 성급히 서두르십니까?"

하고 물으니 현덕은,

"지금까지 나는 새장 속에 갇힌 새나 그물에 걸린 물고기였다. 지금 이 출정은 마치 물고기가 바다에서 헤엄치고, 새가 푸른 하늘을 날아가는 것과 같다."
라고 하면서 일행을 재촉했다.

이때 지방에 파견됐던 사자 곽가와 정욱이 돌아와 현덕이 서주로 떠났다는 이야기를 듣고 정욱이 곧바로 조조에게 말했다.

"현덕에게 군사를 내준 것은 용을 바다에 보내고 호랑이를 산에 보내는 것과 같습니다. 나중에 처치하려고 해도 이미 때가 늦습니다."

그러자 이번에는 곽가가,

"한때 적을 잘못 놓아 보내는 것은 만대의 후환거리다라는 말이 있습니다."
라고 말하는 것이었다.

조조는 즉시 허저에게 명하여 현덕을 뒤쫓게 했다. 허저가 현덕에게 군사를 되돌리라고 말하니, 현덕은 천자도 뵙고 조조의 지시를 받아 출발한 이상 이제 되돌아갈 수 없다고 대답하고 그 길로 서주에 도착했다. 조조도 더 이상 추격하려고 하지 않았다.

14. 충신과 역적

원술의 죽음

현덕은 서주에 도착하여 자사 차주(車胄)의 영접을 받고, 부하인 손건과 미축, 그리고 가족과도 만났다.

이윽고 원술이 사촌 형 원소의 영지로 이동하는 도중에, 서주를 공격하기 위해 쳐들어왔다. 선봉에 선 기령이 장비와 10여 차례 싸운 끝에 장비가 한마디 크게 소리치자 말에서 굴러 떨어지고 말았다.

그 다음에는 원술 자신이 군사를 이끌고 공격해 왔다. 현덕은 원술에게,

"이 반역자야. 나는 어명에 의해 네놈을 토벌한다. 무조건 항복하라."

하고 외치자 원술도 질세라 맞서 호령했다.

"가마니를 짜고 짚신을 삼던 놈이 나를 모욕하는 게냐?"

원술의 군사는 현덕의 군사에게 좌우에서 협공을 당해, 시체가 들에 널리고 흐르는 피가 강을 이루었으며, 도망병이 무수했다. 심지어 숭산(嵩山)의 산적이었던 부하에게 군량

과 말 먹이까지 약탈당했다. 수춘으로 돌아가려고 할 때 또다시 도적이 습격하여 원술은 할 수 없이 강정(江亭)에 머물렀는데, 늙은이와 겁쟁이 병사 1천여 명만 남게 되었다. 때가 한여름이었으므로 군량도 부족하여 굶어 죽는 자까지 생겼다.

원술은 밥이 딱딱하여 잘 넘기지 못하고 몹시 못마땅해 했다. 요리사에게,

"꿀물을 가져와라, 목이 마르다."

하고 말했다. 그러자 요리사는 이렇게 대답했다.

"핏물은 있지만 꿀물은 없습니다."

이 말을 들은 원술은 의자 위에서 외마디 소리를 지르고 나서 땅바닥에 쓰러지더니 한 말 가량의 피를 토하고 죽어버렸다. 건안 4년 6월이었다.

조카인 원윤(袁胤)이 원술의 시체와 처자들을 호송하여, 여강군(廬江郡)까지 도망쳤으나 서구(徐璆)라는 자에 의해 몰살당하고 말았다. 서구는 이때 원윤에게서 옥새를 빼앗았다. 그것은 전에 원술이 손책에게서 맡아가지고 있던 황제의 표식이었다. 서구는 그것을 허창으로 가지고 가서 조조에게 바쳤다. 조조는 크게 기뻐했다.

유비와 조조의 불화

원술이 죽었다는 소식을 들은 현덕은 그대로 서주에 머물러 조조가 빌려준 5만의 군사를 서주 방위에 동원시켰다.

조조가 화를 내자 참모 순욱이,

"편지를 차주에게 보내어 현덕을 유인해서 쳐부수는 것이 상책입니다."

하고 말했다.

조조에게서 비밀 편지를 받은 차주는 진등을 불러 의논하였다. 진등이 말했다.

"그건 대단히 쉬운 일이오. 성문 부근에 군사를 잠복시켜 놓고 현덕이 돌아오는 것을 영접하는 체하다가, 그의 말이 가까이 다가왔을 때, 단칼에 베어버리시오. 나는 성 위에서 뒤에 몰려오는 군사를 공격하겠소."

차주는 이에 동의했다. 그런데 진등은 부친 진규와 함께 은근히 현덕의 인품에 이끌리고 있었기 때문에 이 계략을 현덕에게 알리려고 말을 몰아 달려갔다. 마침 관우와 장비가 현덕보다 한 발 앞서 돌아오는 것을 만나서, 진등이 그들에게 여차여차한 그 내막을 얘기하니 장비는 다 듣기도 전에,

"쳐들어갑시다!"

하고 외쳤으나 관우가,

"복병을 숨겨두고 기다리고 있는 곳에 함부로 나서는 것은 위험하다. 내게 한 가지 계책이 있다. 밤중에 조조의 군사가 서주에 당도했다고 속여 차주가 마중을 나갈 때 해치우는 거다."

하고 말했다. 다행히 그들의 부하는 본래 조조의 깃발을 갖고 있었으며 투구나 갑옷도 조조의 군사와 똑같았다.

그날 밤이 깊어지자 관우는 계략대로 일을 추진시켜 차주를 단칼에 베어버렸다. 그 후에 돌아온 현덕은 차주의 목을

보고 깜짝 놀라,

"조조의 심복 장수를 죽였으니 일이 크게 벌어지게 될 것이다. 어떡하면 좋을까?"

하면서 걱정하자 진등이 다음과 같이 말했다.

"조조가 두려워하는 것은 원소뿐입니다. 그는 기주·청주·유주에 걸쳐 세력을 뻗치고 백만의 대군과 문무백관을 거느리고 있습니다. 편지를 내어 도움을 청하는 것이 어떨까요?"

그리하여 원소와는 여러 대에 걸쳐 가까이 지내고 있는 학자 정현(鄭玄)에게 부탁하여 편지를 쓰게 했다.

원소는 편지를 받자,

'현덕은 사촌 동생을 무찌른 사람이므로 도와줄 의리는 없지만, 정현의 부탁이니 구원해줘야겠다'고 생각하고 참모들을 불러 의논했다.

전풍(田豊)과 저수(沮授)는,

"싸움이 계속되어 백성들은 지쳐 있고, 조조의 군사는 규율이 있으며 잘 훈련되어 있으므로 서둘러 출동하면 안 됩니다."

라고 말했다. 그러나 심배(審配)와 곽도(郭圖)는,

"그렇지 않습니다. 조조의 군사를 쳐부수는 것쯤은 손바닥을 뒤집는 것보다도 쉬운 일이니, 잠시도 지체 말고 출동해야 합니다."

라고 주장하여, 네 사람의 논쟁이 그치지 않았다. 의견이 어느 쪽으로도 기울어지지 않아서 망설이고 있을 때 허유(許攸)와 순심(荀諶) 두 사람이 들어와 출병 쪽에 찬성했다.

원소와 조조가 각각 마군과 보병 3군을 일으키다. 《繡像全圖三國演義》에서

원소의 출병

원소는 드디어 출병을 결심하고 30만 대군을 여양현(黎陽縣)으로 진격시키는 한편, 문장이 뛰어난 비서관 진림(陳琳)에게 명하여 조조의 토벌을 천하에 호소하는 격문을 쓰게 했다.

원소는 그 격문을 주와 군에 널리 보내는 한편 모든 나루터와 초소에 붙이게 했다. 이 격문은 드디어 허창에까지 날아들었는데, 그때 조조는 두통으로 자리에 누워 있었다. 시종에게서 격문을 받아 다 읽고 나서 문득 섬뜩하여 온몸에 식은땀이 흐르더니 어느새 두통이 씻은 듯이 가셔버렸다. 조조는 자리에서 벌떡 일어나 물었다.

조조는 유대와 왕충을 보내다. 《新鍥全像通俗演義》 三國志傳卷之四에서

"이 격문은 누가 쓴 거냐?"

"진림이 쓴 것이라고 합니다."

옆에 있던 조홍(曹洪)이 대답하자 조조는 웃으며 말했다.

"문재(文才)가 있는 자는 무용(武勇)으로 이를 충실히 해야 한다. 진림의 문장은 훌륭하지만 원소의 무용은 보잘것 없다."

그리하여 유대(劉岱)와 왕충(王忠)으로 하여금 5만의 군사를 이끌고 서주의 유비를 치게 하고, 조조 자신은 20만 대군을 이끌고 여양으로 진격하여 원소를 무찌르기로 했다.

양군은 80리를 사이에 두고 서로 도랑을 깊이 파고, 성채를 만들어 굳게 방비하고 있을 뿐 좀처럼 출동하려고 하지는 않았으며, 8월부터 10월까지 서로 대치하고만 있었다.

원소의 군 내부에서는 심배가 군사를 지휘하는 데 대해 허유가 불만을 품고 있었으며, 저수도 원소가 자기 주장을 받

관운장은 왕충을 생포하다. 《新鋟全像通俗演義》三國志傳卷之四에서

아들이지 않은 것을 원망하여 서로 사이가 멀어졌다. 그리하여 원소도 어딘가 불안하여 대담한 군사 행동을 취하려고 하지 않았다.

장비의 꾀

한편 조조는 대군의 지휘를 조인에게 맡기고 일단 허창으로 돌아와, 서주의 성 밖에 있는 유대와 왕충에게 공격을 명했다. 그런데 두 사람은 선두에 나서기를 꺼려 누가 앞장설 것인가를 놓고 한참 시비를 하다가,

"차라리 제비를 뽑아 결정하자."

하고 합의하여 제비를 뽑아 왕충이 앞장서게 되었다. 그래서 할 수 없이 왕충은 5천 명의 군사를 이끌고 서주를 공격했다.

유비 편에서는 관우가 3천 명의 기병을 인솔하여 싸운 끝

장비는 유대를 잡아 현덕에 뵈이다. 《新鋟全像通俗演義》三國志傳卷之四에서

에 왕충을 생포했다. 그러자 장비는,

"나는 유대를 생포할 테다!"

하면서 역시 3천 명의 기병을 몰고 뛰쳐나갔다. 그런데 유대는 왕충이 생포된 데다가 상대방이 장비라는 것을 알자 굳게 진지를 방비하고 나서려 하지 않았다. 그리하여 며칠 동안 서로 노려보기만 하다가 드디어 장비가 한 가지 계략을 생각해냈다.

오늘 밤 두 번째 북소리가 울리면 야습을 하도록 명령해놓고, 낮에는 진지에서 술을 마셔 만취된 흉내를 내게 했으며, 병사 중에서 불의를 저지른 자를 찾아내어 실컷 때린 후에 막사에 묶어놓고,

"오늘 밤 야습을 할 때 이놈의 피를 출전의 제물로 하라."

하고 말했다.

그리고 은밀히 부하를 시켜 그자를 풀어주어 도망치게 했다. 결박에서 풀려난 병사는 진지를 빠져 나와 그 길로 곧장 유대의 진지로 달려가서, 그날 밤에 있었던 일을 보고했다.

그러자 유대는 그 병사의 몸이 상처투성이인 것을 보고 그의 말을 그대로 믿었다. 그는 진지를 비우고 밖에 복병을 숨겨 두었다.

장비가 그 역(逆)을 찔러 30여 명의 부하에게 적의 진지로 쳐들어가 불을 지르게 하고 적진의 뒤에 배치한 양쪽 군사를 거느리고 일제히 쳐들어갔다. 유대의 군사는 혼란에 빠져 허둥거리다가 도망쳐버렸고, 장비는 유대가 패잔병을 이끌고 도망치려는 것을 기다리고 있다가 그를 생포했다.

현덕은 생포한 두 장수의 밧줄을 풀어주고 후히 대접해서 조조와 화해하도록 주선하게 했다. 두 장수는,

"목숨을 건져주신 은혜는 결코 잊지 않겠습니다. 승상께 화해를 하도록 진언하겠습니다."

라고 말하고 떠났다.

장수, 조조 편에 가담하다

조조는 돌아온 두 장수를 보자 화가 나서,

"이 뻔뻔스러운 놈들아!"

라고 호령하고 목을 베려 했으나 마침 그 자리에 있던 공융이 말리는 바람에 마음을 돌이켰다. 조조가 현덕을 치려고 하자 공융은 또 반대했다.

"지금은 엄동 설한이라 군사를 동원해서는 안 됩니다. 내년 봄까지 기다려도 늦지 않습니다. 그보다는 사자를 보내 장수와 유표를 우리 편에 끌어들인 후에 서주를 공격하는 것

장수는 가후와 일을 논의하다. ≪新鑴全像通俗演義≫ 三國志傳卷之四

이 유리합니다."

조조는 공융의 말을 받아들여 장수에게 사자를 보냈다.

그런데 이와 때를 같이 하여 원소가 보낸 사자도 와서 편지를 내밀었다. 장수가 펴보니, 역시 자기 편이 되어 달라는 내용이었다. 그러자 장수의 참모 가후가 말했다.

"조조의 편이 되면 세 가지 이득이 있습니다. 조조는 천자의 어명을 받아 천하를 지배하고 있으므로, 이에 따라야 한다는 것이 첫째 이유입니다. 또 원소는 강대하므로 힘이 미약한 우리가 가세해도 크게 등용되지 못할 것입니다. 조조는 약세(弱勢)에 놓여 있으므로 우리가 가세하면 크게 기뻐할 것입니다. 이것이 조조의 편이 되어야 하는 둘째 이유입니다. 조조는 장차 황제가 되려는 꿈을 갖고 있으므로 사사로운 원한을 버리고 그의 덕을 널리 펼치려고 할 것입니다. 이것이 조조를 따라야 하는 셋째 이유입니다."

장수는 그의 의견에 따라 즉시 가후를 비롯한 휘하의 장병을 이끌고 허창으로 가서 조조에게 항복했다. 조조는 장수를 양무장군(揚武將軍)으로 임명하고, 가후를 집금오(執金吾)의 직위에 임명했다.

조조가 이어서 형주의 유표를 돌아오게 하려고 하자 가후가 다음과 같이 말했다.

"유표는 명사들과 어울리기를 좋아하므로, 글로 이름난 사람이 가서 설득하지 않으면 항복하지 않을 것입니다."

그리하여 공융이 적임자로 뽑혔으나 공융은 친구인 예형(禰衡)을 추천했다. 부름을 받은 예형은 조조의 장수들을 무시하므로 조조는 화가 났으나 결국 그를 형주로 파견했다.

예형은 형주에서도 사람을 깔보는 말을 거침없이 하였지만 유표는 그를 다시 강하군(江夏郡)의 황조에게 파견하였다. 황조는 소견이 좁은 인물이었으므로, 예형의 독설에 화가 나서 그의 목을 베어버렸다.

조조는 허창에서 그 소식을 듣자,

"얼빠진 유자(儒者)가 독설로 당했군."

하고 껄껄 웃었으나 유표가 항복하러 오지 않으므로 군사를 몰아 쳐들어가려고 했다. 그러나 순욱이,

"원소도 평정하지 못하고 유비도 아직 멸하지 않았습니다. 그런 형편에 유표에게 출병한다는 것은, 마치 배나 가슴의 병을 그대로 두고 손발의 아픔을 염려하는 것과 같습니다. 먼저 원소를 멸하고 유비를 격파하면 유표쯤은 단칼에 없앨 수 있을 것입니다."

하고 말렸으므로 조조는 이에 동의했다.

동승과 길평은 함께 대작하다. ≪新鋟全像通俗演義≫ 三國志傳卷之四

동승과 길평의 실패

동승은 유현덕이 도성을 떠난 후로 밤낮을 가리지 않고 왕자복을 비롯하여 중신들과 의논을 거듭했으나 손을 쓸 수가 없었다. 건안 5년 설날, 조정의 하례식장에서 조조가 더욱 교만해진 것을 보고, 동승은 분개한 나머지 병이 났다.

천자는 이때 동승에게 시의(侍醫)를 보내주었다. 이 시의의 성은 길(吉), 이름은 태(太), 자는 칭평(稱平)이라고 하여, 사람들은 흔히 길평이라고 불렀는데, 당대의 명의였다. 그는 동승에게 약을 처방하고, 아침부터 밤중까지 곁을 떠나지 않고 돌보았으나, 동승이 언제나 한숨만 쉬고 있는 것을 보고 까닭을 묻지 않을 수 없었다.

정월 보름날 밤에, 동승은 길평과 함께 술을 마시기 시작했다. 밤이 깊도록 술잔을 기울이다가 동승은 졸음이 와서 옷도 갈아입지 않고 그대로 누워버렸다.

왕자복을 위시하여 네 중신이 와서 말했다.

"드디어 소원이 성취되었소."

"유표는 원소와 연합하여 50만의 대군을 이끌고 열 갈래로 쳐들어오고, 마등은 한수(韓遂)와 연합하여, 서량의 군사 72만을 이끌고 북방에서 쳐들어오고 있소. 지금 조조는 허창의 군사를 모두 동원하여 적을 막으러 떠났으므로 성 안은 텅 비어 있소. 우리 다섯 군사들을 모두 합치면 천 명 남짓 될 것이오. 오늘 밤 승상부(丞相府)에서 새해의 축하연이 있으니, 이 기회를 놓치지 말고 저택을 둘러싸고 쳐들어가야 하오."

동승은 크게 기뻐하여 하인들에게 각기 무기를 나눠 주고 자기는 창을 들고 말을 몰아 두 번째 북소리가 울리는 것을 신호로 승상부로 쳐들어갔다. 동승이 한 손에 칼을 들고 뚜벅뚜벅 걸어들어갔을 때, 조조는 안방에서 술을 마시고 있었다. 동승은 큰소리로,

"이놈 조조, 도망칠 생각은 마라!"

하고 소리치고, 동승이 후려치는 단칼에 조조는 그 자리에 쓰러졌다. 그때 정신을 차려보니 모두가 꿈이었다. 그러나 입으로는 여전히 조조를 저주하고 있었다. 그때,

"장군은 조조를 해치려고 합니까?"

하고 옆에서 다그치는 사람이 있었다. 바라보니 길평이었다. 동승은 가슴이 철렁 내려앉았으나 뭐라고 답변할 수 없었다. 그러자 길평은,

"놀랄 것 없습니다. 나는 비록 의원의 몸이지만 한나라 조정을 잊지 않고 있습니다. 장군이 날마다 한숨을 쉬는 것을

보고도 묻지는 않았으나, 방금 꿈결에 하신 말씀은 본심이라고 생각합니다. 만일 제가 이 일에 도움을 줄 수 있다면 일족이 몰살을 당하더라도 후회하지 않겠습니다."

동승이 여전히 의심하고 있으므로 길평은 손가락 하나를 잘라서 맹세했다.

동승은 허리춤에서 밀서를 꺼내 보이면서 상세한 내막을 털어놓았다.

"조조의 목숨은 제 마음 먹기에 달려 있습니다."
하고 길평이 말했다.

"조조는 언제나 두통을 앓고 있는데 뇌수까지 지끈거려서 조금이라도 그런 증상이 나타나면 저를 불러 치료를 받습니다. 이제 다시 부르면 약에 독을 넣어 마시게 하겠습니다. 그러면 그대로 죽게 됩니다."

"그 일이 잘 되면 한(漢)의 조정이 구제되오. 모든 것이 그대의 손에 달려 있소."

동승은 크게 기뻐하여 길평을 집으로 돌려보냈다. 그런데 그날 때마침 동승의 집 하인 진경동(秦慶童)이 좋지 않은 짓을 하여 동승에게 매를 맞고 창고에 갇히게 되었다. 이것을 원망한 진경동이 창고 문 자물쇠를 비틀고 빠져 나와 지붕을 넘어 도망쳐서 그 길로 조조의 저택에 가서 밀고했다.

"왕자복·오자란·충집·오석·마등 등 다섯 사람이 주인의 집에 모여 비밀 의논을 하고 있습니다. 승상 어른을 해치려고 하는 게 틀림없습니다. 길평도 손가락을 잘라 맹세하는 것을 제 눈으로 분명히 보았습니다."

이튿날 조조는 일부러 머리가 아프다고 말하고 길평을 불

태의 길평은 조조를 독살하려다 참형을 당하다. ≪繡像全圖三國演義≫에서

렀다. 길평이 독약을 숨겨가지고 저택으로 들어오자 조조는 자리에 누운 채 약을 달라고 했다. 약탕기에 약을 달여 반쯤 끓었을 때, 길평은 몰래 독약을 넣어 손수 권했다. 조조는 약에 독이 들어 있다는 것을 알고 있었으므로 좀처럼 마시려고 하지 않았다.

"따뜻할 때 드시고 땀을 좀 흘리시면 곧 낫습니다."

조조는 상반신을 일으키고 말했다.

"자네도 학문을 배웠으니 예의는 알고 있겠지. 군주가 병으로 약을 마실 때는 신하가 먼저 맛을 보고, 아버지가 병으로 약을 마실 때는 아들이 먼저 맛을 보는 것이 예의라네. 자네는 나를 섬기는 몸인데 어찌하여 먼저 맛을 보지 않고 권하는가?"

길평은 비밀이 샌 것을 알아차리고 얼른 다가가서 조조의 귀를 붙잡고 억지로 약을 입 속에 흘려 넣으려고 했다. 조조가 그 손을 뿌리쳤으므로 약이 아래로 쏟아지고, 좌우에 있던 사람들이 재빨리 길평을 붙잡았다.

조조는 형구를 갖추어 길평을 고문했다. 몸을 꽁꽁 묶어서 땅바닥에 굴리며 꾸짖었으나, 길평은 조금도 얼굴빛을 변치 않고 두려워하는 기색도 보이지 않았다. 조조는 비웃으면서 말했다.

"네놈은 하찮은 돌팔이 의원이니, 감히 날 독살할 엄두를 내지 못했을 게다. 반드시 부추긴 놈이 있을 텐데, 그 이름을 대면 용서해주겠다."

길평은 날카로운 어조로,

"네놈은 황제를 우습게 아는 역적이다. 천하에 네놈을 죽이려고 하지 않는 자가 없다."

조조는 거듭 족쳤으나 길평은 결코 자백하지 않았다. 그러자 화가 난 조조는 옥졸에게 길평을 세게 치라고 명령했다. 길평은 피부가 찢기고 살점이 갈라져 피가 낭자했다.

이튿날 조조는 연회를 열고 대신들을 초대했다. 동승만은 병을 핑계로 나타나지 않았으나, 왕자복 등은 조조에게 의심받을 것이 두려워 마지못해 참석했다.

형틀에 매인 길평이 연회 석상에 끌려 나왔다. 조조는,

"여러분은 모르고 있겠지만 이놈은 악당들과 짜고 조정에 거역하여 나를 죽이려 했으나 그 흉계가 드러났소."

하고 곤장으로 세게 치게 하여 길평이 실신하자 얼굴에 물을 끼얹게 했다. 의식을 되찾은 길평은 눈을 부릅뜨고 이를 갈면서 호통을 쳤다.

"조조야, 날 얼른 죽일 일이지 뭘하고 있는 게냐?"

"너희 패들은 처음엔 여섯 놈이었는데 네놈을 합치면 일곱 놈이겠구나."

하고 조조가 말했다. 왕자복 등 네 명은 얼굴을 서로 마주 보면서 바늘 방석에 앉은 심정이었다. 조조는 길평을 다시 곤장으로 세게 치게 하고 찬물을 끼얹게 했다. 그래도 길평은 살려 달라는 말은 한마디도 하지 않았다. 끝내 자백하지 않을 것으로 안 조조는 길평을 끌고 가라고 명령했다.

연회가 끝난 후 왕자복 등 네 명만은 남아 있게 했다. 조조는 진경을 증인으로 불러내어 약을 독에 타라고 부추긴 것은 동승이 아니냐고 물었으나, 왕자복 등은 모른다고 대답했다. 조조는 네 사람을 붙잡아 옥에 가두었다.

이튿날 조조는 1천여 명의 군사를 이끌고 동승의 집에 문병을 가서 물었다.

"어제 저녁에는 어찌하여 연회에 나오지 않았는가?"

"병이 아직 낫지 않아 외출을 삼가고 있습니다."

"그 병은 나라를 너무 걱정하여 생긴 거겠지?"

동승은 가슴이 철렁했다. 자리에 앉은 조조가,

"그런데 길평의 일을 알고 있는가?"

"아니, 모르는데요."

조조는 쓴웃음을 지으면서,

"모를 리가 없다."

하고 좌우의 사람에게 말했다.

"길평을 데려다가 동승의 병을 고치라고 해라."

길평이 뜰에 끌려왔다. 길평은 큰소리로,

조조는 동승과 길평을 대증하다. 《新錄全像通俗演義》 三國志傳卷之四

"이 역적, 조조야!"

하고 욕했다. 그러자 조조가 길평에게 말했다.

"누가 네놈더러 약에 독을 넣으라고 말했느냐? 어서 대라!"

"하늘이 내게 역적을 죽이라고 명령했다."

하고 길평이 대답했다.

조조는 화가 나서 세게 치라고 명했으나, 벌써 전신이 상처투성이라서 곤장을 칠 데가 없었다. 동승은 이것을 바라보자 마치 칼로 가슴을 에이는 듯하였다. 조조는 길평에게 말했다.

"네놈의 손가락이 열 개였는데 어찌하여 지금은 아홉 개밖에 없느냐?"

"잘라서 나라의 역적을 죽이려는 맹세를 했다."

조조는 부하에게 그 아홉 개의 손가락을 마저 잘라버리게 하고,

"손가락을 모두 잘랐으니 더욱 굳게 맹세를 해봐라!"
하고 말하자,

"아직 역적을 욕할 입과 혀가 남아 있다."
하고 길평은 말했다.

조조가 혀도 잘라버리라고 명령하자 길평이 말했다.

"잠깐만 기다려라. 나도 네놈의 고문을 더 이상 참지 못하
겠다. 자백할 테니 이 밧줄을 풀어라."

"어려울 것 없다. 풀어줘라"

밧줄을 풀어주자 길평은 궁전을 향해 엎드려,

"내가 나라를 위해 역적을 무찌를 수 없었던 것은 하늘의
뜻입니다."
하고 돌계단에 머리를 부딪쳐 죽어버렸다.

조조는 부하에게 진경동을 데려오게 하고,

"동승, 이 사람의 얼굴을 본 적이 있겠지?"

"승상께서는 어찌하여 이런 놈의 말을 믿습니까?"

"왕자복 패거리들은 모두 붙잡혀서 자백을 했소. 그래도
시치미를 뗄 건가?"

조조가 부하를 시켜 동승을 체포하고 그의 방을 뒤지게 하
니, 띠 속에서 밀서와 연판장이 나왔다.

조조는 저택으로 돌아와 밀서를 참모들에게 보인 후 헌제
를 폐위시키고 다른 천자를 세울 것을 의논했으나, 정욱이
말리는 바람에 생각을 돌이켰다. 그러나 동승 등 5명과 그
일족 700여 명을 몰살시켰다.

조조는 그래도 화가 풀리지 않아, 동승의 여동생 동 귀비
(董貴妃)를 끌어내어 궁전 문 밖에서 목을 베었다.

曹操勒死董貴妃

조조는 동 귀비를 죽이도록 명하다. ≪新鎸全像通俗演義≫ 三國志傳卷之四

조조는 정욱에게 말했다.

"동승 일파는 모조리 죽어버렸지만 아직 마등과 유비가 남아 있다. 저들도 한패이니 어떻게 해서든지 없애야겠다."

15. 흩어진 삼형제

유비와 장비의 패배

정욱이 말했다.

"마등의 군사는 서량에 진을 치고 있기 때문에 쉽사리 무찌르기가 어려울 것입니다. 도성에 유인하여 공략하는 것이 좋을 줄 압니다. 그리고 유비는 지금 서주에서 수비를 게을리하지 않으니, 이것도 섣불리 건드려서는 안 될 것입니다. 게다가 원소의 군사가 끊임없이 이곳 허창을 노리고 있는 판국입니다. 만일 우리가 유비를 치면, 유비는 원소에게 구원을 청할 것입니다. 그때 원소가 허를 찔러 쳐들어오면 어떻게 하시렵니까?"

조조가 말했다.

"그렇지 않다. 유비야말로 만만치 않은 인물이다. 지금 쳐부수지 않아 세력이 커지면 그때는 이미 늦은 거다. 원소는 지금은 강대하지만 결단력이 없으므로 두려워할 것 없다."

그때 곽가가 들어와서 말했다.

"원소는 지혜가 모자라고 의심이 많은 데다가 부하인 참모들도 서로 질투하고 있으므로 별로 걱정할 것 없습니다. 유비는 지금 새로운 군사를 손에 많이 넣어서 아직은 모두 다 잘 순종한다고 볼 수 없습니다. 그러므로 승상께서 쳐들어가시면 단번에 무찌를 수 있을 것입니다."

"내 생각이 바로 그거다."

조조는 기꺼이 20만 대군을 이끌고 서주로 향하였다. 이 사실을 알게 된 현덕은 손건을 사자로 보내 하북의 원소에게 도움을 청했다.

그런데 바로 그때 원소는 다섯 아들 중에서 제일 사랑하는 막내가 병으로 목숨이 위태로운 상태였다. 원소는 얼굴이 햅쑥해지고 다른 일을 생각할 경황이 없었다. 부하인 전풍이,

"지금 조조가 군사를 이끌고 유현덕을 정벌하러 나섰기 때문에 허창성은 텅 비어 있습니다. 이 기회에 의병을 일으켜 쳐들어가면 위로 천자의 심려를 덜어드리고, 아래로 만민을 구하게 됩니다. 지금이야말로 절호의 기회입니다. 주공께서는 결단을 내리십시오."
하고 권유했으나 원소는 별로 마음이 내키지 않았다.

"다섯 아이 중에서 그 애가 가장 똑똑한데 만일 간호를 게을리하여 죽게 되면 천추의 한이 될 것이다."
하고 출병을 보류하기로 결심하고 손건에게 말했다.

"돌아가면 현덕에게 이 사유를 말하고 만일의 경우가 일어나면 연락하도록 하시오. 도와주겠소."

현덕은 이 보고를 듣자 당황하여 두 아우에게 물었다.

"장차 어찌하면 좋단 말인가?"

장비가 말했다.

조조는 바람에 장군기가 부러진 징조에 대해 언급하다. ≪新鋟全像通俗演義≫
三國志傳卷之四

"형님, 걱정 마십시오. 조조의 군사는 먼 길을 오느라고 지쳐 있을 것입니다. 이곳에 도착하자마자 밤에 기습을 하면 무찌를 수 있을 것입니다."

현덕은 이에 동의하고 야습할 준비를 서둘렀다.

그런데 조조의 군사는 행군 중에 갑자기 돌풍을 만나 조조의 말 앞에 있던 장수의 깃대가 우지직 하고 꺾어졌다. 이것은 오늘 밤에 적이 야습해 올 징조라고 깨달은 조조는, 즉시 전군을 아홉 부대로 나누고 그 한 부대만 전진하고 다른 부대들은 사방 팔방에 복병으로 숨겨두었다.

이날 밤, 희미한 달빛 아래 현덕과 장비는 두 군데로 갈라져 양쪽으로 쳐들어갔다. 장비는 이것이야말로 묘계라고 생각하면서 기병을 이끌고 조조의 진영으로 돌진했다. 그러나 그곳에 나타난 것은 예상과는 달리 얼마 되지도 않고 엉성하기 짝이 없는 부대였다. 장비가 어리둥절하여 주위를 두리번거리고 있을 때, 갑자기 사방에서 횃불이 비치더니 함성이

유현덕은 패하여 원소에게 투항하다. ≪繡像全圖三國演義≫에서

요란하게 울려 퍼졌다.

장비는 적의 계략에 빠진 것을 깨닫고 급히 진지에서 벗어나려고 했으나, 동쪽에서 장요(張遼), 서쪽에서 허저, 남쪽에서는 우금, 북쪽에서 이전(李典), 동남은 서황(徐晃), 서남은 악진, 동북은 하후돈, 서북은 하우연 등 팔방에서 대군이 에워쌌다. 장비가 거느리고 있는 군사도 전에는 조조의 부하였으므로, 도저히 당해낼 수 없다고 생각하여 모두 항복했다. 장비는 전후 좌우를 누비면서 서황과 열 차례 남짓 싸웠으나, 뒤에서 악진이 덤벼드는 바람에 포위망을 뚫고 도망쳐버렸다. 이때 장비를 따르는 부하는 10여 명의 기병뿐이었다. 소패로 돌아가려고 했으나 조조의 대군에 의해 퇴로가

차단되고, 서주와 하비로 가려고 해도 조조의 대군이 가로막고 있어, 장비는 할 수 없이 망탕산으로 도망쳤다.

한편 현덕도 적에게 포위되어 겨우 30여 명의 기병을 거느리고 도망쳤으나, 소패성에는 벌써 불길이 솟아오르고 있는 것이 멀리 바라보이고, 서주와 하비 쪽에도 조조의 대군이 쏟아져 나오며 길을 막았다. 그때 문득 "만일의 경우가 일어나면 연락해 달라" 라고 했던 원소의 말이 생각나, 잠시 그에게 의지하여 재기를 꾀할 수밖에 없다고 생각했다.

그리하여 북방으로 도망치다가 다시 적군에게 포위되어 현덕은 부하를 모조리 잃고 혼자서 청주성에 도착했다.

청주의 자사인 원소의 장남 원담(袁譚)이 정중히 맞았다. 원담은 현덕을 부친 원소에게 안내했다.

조조는 그날 밤으로 소패를 함락시키고 이어서 서주로 진격했다. 미축·간옹(簡雍)은 도저히 버티지 못해 성을 버리고 도망쳤으며, 진등이 이 성을 조조에게 넘겨주었다.

하비성의 관우

이제 남은 것은 관우가 지키고 있는 하비성뿐이었다. 조조는 다시 하비성을 함락시키기 위해 참모들과 의논했다. 순욱이 말했다.

"관우는 현덕의 처자를 호위하고 이 성을 사수할 터이니, 되도록 빨리 쳐부셔야 합니다. 지체하면 원소에게 기회를 줄 우려가 있습니다."

조조가 말했다.

"나는 전부터 관우의 무예와 인품이 마음에 들었다. 어떻게 해서든지 이번 기회에 우리 편으로 끌어들이고 싶은데 그를 설득하여 항복시킬 수는 없을까?"

"관우는 의리를 존중하는 사나이므로 절대로 항복하지 않을 것입니다."

곽가가 이렇게 대답했을 때 천막 사이에서,

"제가 관우와 가까운 사이이니 설득해보겠습니다."

하고 말하는 사나이가 있었다. 그는 장요였다. 정욱이 말했다.

"장요가 관우와 가까운 사이기는 하지만 내가 보기에는 말만으로는 아무래도 설득하기가 어려울 것입니다. 그러므로 내가 생각한 계략대로, 관우가 진퇴 유곡에 빠져 허덕일 때 장요가 설득에 나서면, 그도 반드시 항복할 것입니다."

"그게 어떤 계략인가?"

조조가 물었다.

"유비의 부하 중에서 항복한 병사들이 적지 않으니 그들 중에서 우리가 믿을 수 있는 자들을 골라 도망친 것처럼 하비성에 보내어 관우와 내통하게 합니다. 그리하여 관우를 유인하고, 이쪽에서 일부러 패한 체하여 그를 끌어낸 다음 복병으로 퇴로를 차단하고 나서 설득하는 것이 좋을 줄 압니다."

조조는 이에 동의하고 서주에서 항복한 병사 수십 명을 골라 즉시 하비의 관우에게 보냈다. 관우는 예전 부하가 도망쳐 온 줄 알고 다시 받아들이고 조금도 의심하지 않았다.

이튿날 하후돈이 앞장서서 5천의 병사를 이끌고 쳐들어왔다. 관우는 처음에는 상대하지 않았으나 하후돈이 성 밑에서 부하를 시켜 악담을 퍼붓게 했으므로 화가 잔뜩 나서 3천 명의 군사를 이끌고 성 밖으로 뛰쳐나갔다. 하후돈은 이와 맞서 싸우다가 슬금슬금 뒤로 물러섰다. 관우는 한동안 적을 뒤쫓았으나 얼마 후에 너무 깊숙이 추격한 것을 알고 군사를 되돌리려고 했다. 그때 쇠뇌포 소리가 울려 퍼지더니 왼쪽에서 서황, 오른쪽에서 허저가 군사를 이끌고 퇴로를 차단했다. 관우는 혈로를 열고 도망치려 했으나 양쪽 복병이 쏘아대는 화살은 마치 메뚜기 떼가 날아드는 것 같았다.

관우는 힘껏 싸웠으나 이윽고 날이 저물어, 어느 민둥산에 도달하여 병사들을 잠시 쉬게 했다. 그러자 얼마 후에 조조의 군사가 쳐들어와 산기슭을 에워쌌다.

산꼭대기에 있던 관우는 멀리 하비성에서 하늘 높이 치솟는 불길을 보게 되었다. 이것은 항복한 그의 병사들이 일부러 몰래 성문을 열었으므로, 조조가 직접 이끄는 대군이 성 안에 침입하여 불길을 올려 관우의 마음을 현혹시키려는 계책이었다.

관우는 이것을 보자 걱정이 되어, 그날 밤 안으로 여러 차례 산에서 내려오려고 했으나 번번이 수많은 화살이 쏟아져 내려 많은 사람과 말만 잃었다.

관우의 항복

겨우 새벽녘이 되어 다시 진영을 정비하고 산에서 내려오

장요는 관운장을 설득하기 시작하다. ≪新鎪全像通俗演義≫ 三國志傳卷之五

려고 했을 때 갑자기 한 기병이 산으로 올라오는 것이 보였
다. 자세히 보니 장요였다.

관우가 앞을 막아 서서,

"네놈이 여기서 승부를 가릴 테냐?"

하고 묻자 장요는 칼을 던지고 말에서 내렸다.

"그렇지 않소. 옛정을 생각하여 일부러 만나러 왔소."

"너는 나를 설복하여 너희 편으로 만들려고 하는구나."

"그렇지 않소. 전엔 당신이 나를 구해줬으니, 오늘은 내가
당신을 도와줄 차례요."

"그럼 나에게 힘이 되어주겠다는 건가?"

"아니오. 그런 것이 아닙니다."

"그렇다면 무엇하러 이곳에 왔는가?"

"유현덕과 장비도 생사와 존망을 알 수 없소. 어젯밤에 승
상은 하비를 함락시켰으나 성 안의 군민은 무사하고 또 사람
을 보내 현덕의 가족을 보호하게 하여 만일 무례한 짓을 하

는 자가 있으면 목을 베겠다고 명령하였소. 먼저 이것을 당신에게 알리려고 왔소."

관우는 화가 치밀어,

"역시 항복을 권하러 왔군. 나는 지금 이처럼 절망적인 처지에 있지만 죽음을 두려워하지는 않는다. 어서 돌아가거라. 나는 곧 산에서 내려가 싸움을 결판 짓고 말겠다."

하고 말했다.

장요는 껄껄 웃고 나서 말했다.

"당신의 말은 천하의 웃음거리밖에 되지 않소."

"나는 충의(忠義)를 위해 죽는 것이다. 천하의 웃음거리가 될 리 없다."

"당신이 여기서 죽으면 세 가지 죄를 짓게 되오."

"세 가지 죄라니?"

"옛날 유현덕이 당신과 의형제를 맺을 때, 함께 죽자고 했소. 그런데 지금 당신이 여기서 죽게 되면 현덕이 다시 일어나 당신의 도움을 받으려고 해도 불가능하게 될 것이오. 이것은 그 서약을 어기는 것이 되오. 이것이 첫번째 죄요. 그리고 전에 현덕은 자기 가족을 당신에게 맡겼소. 당신이 만일 죽는다면 현덕의 신뢰를 저버리는 것이 되오. 이것이 둘째 죄요. 또 당신은 무술이 뛰어나고 고전과 역사를 많이 읽었는데, 현덕과 함께 한나라 왕실을 돕지 않고 함부로 용맹을 발휘하는 것을 과연 정의라고 할 수 있겠소? 이것이 셋째 죄가 됩니다."

"그럼 나더러 어떻게 하라는 건가?"

"지금은 사방 어디를 바라보나 조조의 군사뿐이오. 항복

둔토산의 관운장은 세 가지 일을 약속하도록 하다. 《繡像全圖三國演義》에서

하지 않으면 목이 달아날 수밖에 없소! 이것을 가리켜 개죽음이라고 말하오. 그보다는 차라리 조조에게 항복하는 것이 좋을 거요. 그 후에 현덕의 소식이 들려와 그가 어디 있는지 알게 된다면 그때 그리로 가면 되지 않겠소? 그렇게 하면 첫째로 현덕의 부인이 안전할 수 있고, 둘째로 옛날 복숭아밭의 맹세를 어기지 않게 되며, 셋째로 자기 목숨도 건지게 되어 후일 유용하게 쓸 수 있는 세 가지 이득이 있소. 잘 생각해보오."

관우가 대답했다.

"그렇다면 나는 세 가지 약속을 하고 싶소. 만일 승상이 동의한다면 나도 갑옷을 벗고 항복하겠소. 만일 내 요구를 거절한다면 세 가지 죄를 저지르더라도 목숨을 버릴 수밖에 없소."

"승상은 도량이 넓은 분이므로 거절할 리가 없소. 그 세 가지 약속이란 대체 무엇이오?"

"첫째로 나는 유 황숙과 함께 한의 왕실을 돕자는 맹세를 했었소. 이번에도 한나라의 천자에게 항복하는 것이지 조조에게 항복하는 것이 아니오. 둘째로 황숙의 부인에게는 황숙과 같은 봉록(俸祿)을 주어 봉양하기 바라오. 그리고 누구를 막론하고 부인이 거처하는 곳에는 출입을 금지시켜야 하오. 셋째로 유 황숙의 행방을 알게 되는 즉시, 설사 천리 만리 떨어져 있다 하더라도 반드시 찾아가게 해 주오. 이 세 가지 중에 어느 하나라도 들어주지 않는다면 항복할 수 없소."

장요는 조조에게 돌아와 이것을 보고했다. 조조는 웃으면서 말했다.

"나는 한나라의 승상이니 한나라란 곧 나를 말하는 것이다. 그러니 첫째의 조건은 들어줘도 무방하겠지. 둘째 조건인 봉록은 두 갑절을 주기로 하겠다."

그러나 셋째 조건만은 고개를 옆으로 흔들면서 난색을 보였으므로 장요가 말했다.

"유현덕은 관우에게 다만 은혜를 베풀어주었을 뿐입니다. 그러므로 승상께서 현덕 이상으로 은혜를 베풀어주시면 관우도 감동해서 잘 따르게 될 것입니다."

"옳아, 자네 말이 맞다. 세 가지 약속을 모두 들어주지."
하고 말했다.

장요는 다시 산에 올라가 관우에게 조조의 뜻을 전했다. 관우는 산에서 내려와 하비성에 가서 유비의 부인에게 사정을 말하고, 조조에게 가서 항복했다.

미염공 관우의 지조

이튿날 조조는 허창으로 돌아왔다. 허창에 돌아오자 조조는 관우에게 특별히 집 한 채를 주어 살게 하고, 자주 연회를 베풀어 극진히 대접했다. 그리고 비단과 금은 그릇을 관우에게 보내고, 열 명의 미녀로 하여금 관우의 시중을 들게 했다. 그러나 관우는 그 물건들은 모두 유비의 부인에게 맡기고 여자들은 부인의 하녀로 일하게 했다. 조조는 이것을 알고 점점 더 관우에게 감탄했으나 관우는 조금도 기쁜 얼굴을 보이지 않았다.

어느 날 조조는 관우가 입고 있는 초록색 비단옷이 낡은 것을 보고 고급 비단으로 옷을 한 벌 지어주었다. 관우는 이것을 받아 내의로 입고, 그 위에 본래의 옷을 걸치고 있었다. 조조가 웃으면서 물었다.

"운장, 어찌하여 그렇게 검약하오?"

관우가 대답했다.

"검약한 것이 아닙니다. 전의 옷은 유 황숙이 주신 것이라, 이것을 걸치고 있으면 형의 얼굴을 보는 것 같은 느낌이 듭니다. 승상으로부터 새 옷을 받았다고 해서 형의 모습을 잊을 수는 없습니다. 그래서 그냥 입고 있을 뿐입니다."

조조는 감탄하여,

"참으로 의사(義士)시오."

하고 입으로는 칭찬했으나 마음속은 언짢았다.

관우의 턱수염은 길고 멋있었다. 조조는 수염을 싸는 주머

조조는 관운장을 위해 연회를 베풀고 전포를 내리다. 《新鐫全像通俗演義》三國志傳卷之五

니로 사용하라고 얇은 비단을 선사했다. 어느 날 관우가 궁중에서 천자를 뵈었을 때, 천자가 그의 가슴에 비단 주머니가 달려 있는 것을 보고 그게 무엇이냐고 물었다.

"신의 수염이 좀 길기 때문에 승상께서 이 속에 넣으라고 주머니를 주셨습니다."

하고 관우가 대답했다.

천자가 주머니에서 수염을 꺼내 보니 수염이 아랫배에 닿을 정도였다. 천자는,

"참으로 아름다운 수염이군."

하고 말했다. 그 후부터 사람들은 관우를 미염공(美髥公)이라고 부르게 되었다.

어느 날 조조는 관우의 말이 여윈 것을 보고 웬일이냐고 물었다. 관우가 대답했다.

"저의 몸이 무거워 말이 힘겨워하기 때문에 말의 살이 빠집니다."

조조는 말과 함께 곁에 있던 부하에게 말 한 마리를 끌어 오게 했다.

"이 말을 본 기억이 있소?"

자세히 보니 전신이 피워놓은 숯불처럼 빨갛고 윤기가 흐르며 용감한 모습을 하고 있었다.

"여포가 타고 있던 적토마가 아닙니까?"

"그렇소."

조조는 말과 함께 안장과 등자(鐙子)를 관우에게 주었다. 관우가 두 번 절하며 감사해 하자 조조가 말했다.

"나는 가끔 미녀와 금은과 비단을 그대에게 주었는데 그때는 한 번도 고맙다고 절한 적이 없었소. 그런데 오늘은 말을 주었다고 이렇게 기뻐하다니, 그대는 사람보다 가축을 더 귀히 여기오?"

관우가 대답했다.

"이 말은 하루에 천 리를 달린다고 전부터 듣고 있었습니다. 이 말만 있으면 형의 거처를 아는 즉시 천 리나 떨어져 있어도 하루에 달려갈 수 있을 것입니다."

조조는 아차 하고 후회했다. 그는 장요를 불러 말했다.

"내가 운장을 아무리 후대해도 언제나 떠날 생각만 하고 있으니 어떻게 된 건가?"

장요는 관우를 만나 본심을 물었다. 관우가 말했다.

"물론 승상의 후대는 잘 알고 있네. 그렇지만 유 황숙의 은의(恩義)는 함께 죽기로 맹세한 사이라 어길 수 없네. 언제까지나 이곳에 머물러 있을 수는 없지. 그렇지만 어떻게든지 승상을 위해 공을 세우고 나서 떠나려고 하네."

장요의 보고를 듣자 조조는 한숨을 내쉬고,

"주인을 바꿔도 근본을 잊지 않으니 천하의 의사로다."

하고 말했다. 순욱이 옆에서,

"그가 공을 세우고 가겠다면 그에게 공을 세울 기회를 주지 말아야 합니다. 그러면 그는 갈 수 없을 것입니다."

하고 말했다. 조조도 고개를 끄덕였다.

공을 세운 관우

현덕은 원소에게 얹혀 지내면서 언제나 번민이 그치지 않았다. 하루는 원소가 물었다.

"현덕은 어찌하여 마음이 늘 흐려 있소?"

현덕이 대답했다.

"두 아우는 소식을 알 수 없고 처자는 조조의 손에 잡혀 있으며, 나라에 보답하기는커녕 가정 하나 제대로 거느리지 못하는 신세니 어찌 마음이 갤 수 있겠습니까?"

"나도 허창에 쳐들어가려고 전부터 생각하고 있었소. 지금은 봄이라 싸우기에 좋은 계절이오."

그리하여 조조를 격파하기 위한 의논이 시작되었다. 그런데 전풍이 지구전(持久戰)을 주장하면서 출병에 반대하고 나서자 현덕이 말했다.

"그것은 붓대에 의지하는 선비의 의논입니다. 저들은 싸움을 싫어하여 평안한 나날을 보내면서 봉록이나 타먹을 생각만 합니다. 조조는 천자를 우습게 아는 역적입니다. 만일

曹伐共興紹勸備

유현덕은 원소에게 군사를 일으켜 조조를 칠 것을 권하다. ≪新鋟全像通俗演義≫ 三國志傳卷之五

장군이 그를 쳐부수지 않는다면 대의에 어긋나 천하의 웃음거리가 될 것입니다."

"현덕의 말이 옳소."

원소는 안량을 앞세우고 백마현(白馬縣)으로 진격했다.

대군이 여양현에 도착했을 때 동군 태수인 유연(劉延)이 급히 허창에 보고하였다. 조조는 급히 군사를 이끌고 싸움에 나섰다.

관우는 이것을 알자 조조를 만나,

"승상, 출병하시면 저를 선봉에 세워주십시오."

하고 청했다. 그러나 조조는,

"장군의 수고를 끼칠 것까지는 없소. 싸우다가 필요하면 부탁을 드리겠소."

하고 거절했다.

조조는 15만 대군을 세 부대로 나누고, 스스로 5만 병력을 이끌고 앞장서서 백마현에 당도하여 민둥산 위에 진을 쳤다.

멀리 바라보니 넓은 평야에 안량이 이끄는 선발 부대 10만
이 진을 치고 있었다. 조조는 뒤를 돌아보고 송헌(宋憲)에게
말했다.

"그대는 여포 휘하의 맹장이었으니 안량과 한번 겨루어
보게."

송헌은 기꺼이 창을 들고 말을 몰아 나갔다. 안량은 칼을
들고 맨 앞줄 붉은 깃발 밑에 버티고 있다가 큰소리로 외치
며 말을 몰고 나가 불과 세 차례 싸운 끝에 송헌을 찔러 말에
서 떨어뜨렸다. 그러자,

"제가 나가서 원수를 갚겠습니다."
하고 송헌의 친구 위속(魏續)이 창을 들고 말을 몰아 나갔
다. 위속이 안량에게 욕설을 퍼부었지만 안량은 말없이 말을
몰아 단칼에 위속의 목을 베어버렸다. 조조가 외쳤다.

"누구 나설 사람 없나?"

서황이 나가서 안량과 20차례나 싸웠으나 당하지 못하여
본진으로 도망쳐 왔다. 장수들이 모두 벌벌 떨 뿐이었다.

정욱이 말했다.

"안량을 상대할 자가 한 사람 있습니다."

"그게 누구냐?"

"관우입니다."

"그는 공을 세우면 떠날 사람이 아닌가?"

"유비가 살아 있다면 아마 원소에게 얹혀 살고 있을 것입
니다. 만일 운장이 원소의 군사를 무찌르면 원소는 유비를
의심하여 죽여버릴 것입니다. 유비가 죽으면 운장은 갈 곳이
없어집니다."

관운장은 단기로 나가 안량을 베다. ≪新鋟全像通俗演義≫ 三國志傳卷之五

조조는 기꺼이 관우를 데려오도록 했다. 관우가 도착하자 조조는 산 위에서 적진을 가리키면서,

"하북의 군세는 대단하오."

하고 말하자 관우가 대답했다.

"제 눈에는 들의 닭이나 개로 보입니다."

조조는 다시 적진을 가리키면서,

"저 아래 칼을 들고 말에 올라탄 자가 바로 안량이오."

하고 말했다. 관우는 한참 바라보다가,

"안량이라는 사나이는 내 눈에는 '이 목을 팔겠다' 는 표찰을 달고 있는 것처럼 보입니다."

하고 말한 뒤 적토마에 올라타 손에는 청룡도를 들고 두 눈을 부릅뜬 채 쏜살같이 적진으로 뛰어갔다.

하북의 군세는 성난 파도처럼 좌우로 갈라지고 한복판에 한가닥의 길을 냈다. 그 사이로 관우가 날아갈 듯이 뛰어들었다. 안량은 관우를 보자 소리를 치려고 했으나, 적토마는 발이 빨라 금세 눈앞에 달려들어 안량이 미처 손쓸 여지도 없이 관우의 단칼에 나가 떨어졌다.

관우는 급히 말에서 내려 안량의 목을 잘라 말의 목에 동여매고, 말 등에 뛰어올라 적진을 향해 돌진하자 마치 무인지경을 가는 것과 같아서, 하북의 군사들은 어안이 벙벙하였다. 이 틈을 타서 조조의 군사들이 쳐들어가자 그들은 우왕좌왕하면서 도망쳐버렸다.

관우가 산 위에 올라와 안량의 목을 내밀자 조조는,

"장군의 무술은 귀신 같구려!"

하고 감탄했다.

"저같은 것은 아무것도 아닙니다. 저의 동생 장비는 백만의 적군을 헤치고 대장을 죽이기를 마치 주머니 속에 들어 있는 물건 꺼내듯 합니다."

관우의 이 말에 조조는 깜짝 놀라 옆에 있는 부하들에게,

"앞으로 만일 장비라는 자를 만나면 함부로 싸우지 마라."

하고 당부했다.

16. 삼형제의 만남

위기를 넘기는 현덕의 지혜

안량의 패잔병은 도망치는 도중에 원소를 만나, 얼굴이 붉고 수염이 길며 청룡도를 쓰는 대장이 단칼에 안량을 쳐죽였다고 보고했다. 원소는 깜짝 놀라,

"그게 누구더냐?"

하고 묻자 참모 저수(沮授)가 대답했다.

"유현덕의 동생 관운장이 틀림없습니다."

원소는 화가 머리끝까지 치밀어 현덕을 죽이려고 했다. 그러나 현덕은 얼굴빛 하나 변하지 않고 가까이 다가가서,

"저는 서주의 싸움에 패한 후로 동생 운장의 생사도 모르고 있습니다. 세상에는 용모가 비슷한 사람도 적지 않습니다. 얼굴이 붉고 수염이 긴 자가 반드시 관우라고 단정할 수는 없지 않습니까?"

하고 말했으므로, 원래 마음이 잘 흔들리는 원소는 옳은 말이라고 생각하여 오히려 저수를 꾸짖었다.

그리하여 안량의 원수를 갚기 위해 의논하는데,

"안량과 저는 형제나 마찬가지였습니다. 이 원한은 반드시 갚겠습니다."
하고 나서는 자가 있었다. 키가 8척이고 해태같이 괴상한 얼굴을 한, 하북의 명장 문추(文醜)였다. 원소는 그에게 10만의 군사를 내주어 황하를 건너 조조를 공격하라고 명령했다. 그러자 현덕이 출전을 자원했다. 원소는 기꺼이 승낙하여, 문추가 7만의 군사를 이끌고 먼저 출발하고, 현덕은 3만의 군사를 이끌고 뒤를 따르게 되었다.

한편 조조는 관우가 안량의 목을 자른 후로 더욱 그를 존경하여, 조정에 상주(上奏)해서 한수정후(漢壽亭侯)로 봉하고 그 인감을 만들어주었다.

문추가 황하를 건너 연진(延津) 부근까지 쳐들어왔다.

조조는 일부러 군량의 수송대를 먼저 보냈다. 문추의 군사가 수송대에 덤벼들어 군량과 수레 등을 약탈하고 다시 말을 빼앗으려고 대열이 흩어졌을 때, 산에 진을 치고 있던 조조의 군사가 일제히 내려와 공격하기 시작했다. 문추의 군사는 큰 혼란에 빠져 저희끼리 싸우기도 했다. 문추는 혼자 분전했으나 조조의 군사를 감당할 수 없어 마침내 말 머리를 돌려 도망쳤다.

산 위에서 조조가 그를 가리키면서,

"문추는 하북의 명장이다. 그를 생포할 자는 없느냐?"
하고 외쳤다. 장요와 서황이 나란히 말을 몰아 쫓아갔다. 그러나 장요는 문추가 쏜 화살에 얼굴을 맞아 말에서 떨어졌다. 서황은 큰 도끼를 휘두르면서 문추와 싸웠으나 도리어 역습을 받아 말 머리를 돌려 도망쳐 왔다. 그 뒤를 문추가 뒤

원소는 병사와 장수를 잃다. ≪繡像全圖三國演義≫에서

쫓았다.

그때 갑자기 10여 명의 기병이 깃발을 날리면서 달려 나왔다. 맨 앞에서 한 장수가 칼을 휘두르며 말을 몰았다. 관운장이었다.

"이놈, 도망치지 마라!"

하고 큰소리로 외치고 문추와 세 차례나 싸웠다. 문추는 겁이 나서 말을 돌려 강기슭으로 도망쳐버렸다. 관우의 말은 발이 빨라 금세 문추를 따라잡아 뒤를 후려쳐서 문추는 단칼에 말에서 떨어졌다. 이때 조조의 군사가 일제히 쳐들어가니 하북의 군사는 거의 강물에 빠져 죽고, 군량과 말 등은 다시 조조의 손으로 돌아왔다.

이때 현덕의 3만 병력이 도착했다. 감시병이 현덕에게,

"이번에도 붉은 얼굴에 수염이 긴 사나이가 문추를 쳐죽였습니다."

하고 보고했다. 현덕이 허겁지겁 말을 몰아 가보니, 강 맞은 편에 한 떼의 기마병이 여기저기 뛰어다니고, 깃발에는 '한 수정후 관운장'이라는 일곱 자가 씌어 있었다. 현덕은 마음 속으로 몰래 천지 신명에게 감사하고,

'동생은 역시 조조의 밑에 있었구나.'

하고 생각하고는, 어떻게 해서든지 동생을 만나려고 했으나 조조의 대군이 쳐들어와 할 수 없이 뒤로 물러갔다.

원소는 이번에도 관우가 문추를 죽였다는 말을 듣고,

"올빼미 같은 놈, 말도 안 된다."

하고 현덕에게 욕설을 퍼붓고, 당장 목을 베라고 명령했다. 그러자 현덕은 정색을 하고 원소에게 말했다.

"조조는 본래 나를 몹시 미워하고 있습니다. 내가 영주님 과 힘을 합치는 것이 두려운 나머지 관우를 내세워 두 장수 를 치게 한 것입니다. 이로써 화가 치민 영주님의 손을 빌려 나를 죽이려는 흉계입니다. 잘 생각해보시기 바랍니다."

원소는 옳은 말이라고 생각하여 다시 생각을 바꾸었다. 현 덕은 원소에게 감사하며 말했다.

"믿을 만한 자에게 밀서(密書)를 주어 관우에게 보내 내 소식을 전하면, 관우는 반드시 밤중이라도 이곳으로 와서 우 리를 도와 함께 조조를 멸하여 안량과 문추의 원수를 갚게 될 것입니다. 어떻게 생각하십니까?"

원소는 크게 기뻐하여,

"운장이 내 편만 된다면 안량·문추의 열 배는 힘이 될 것
이오."
하고 무양(武陽)까지 후퇴하여 진영을 정비했다.
조조는 하후돈에게 관도(官渡)를 지키게 하고 자기는 허
창으로 개선하여 관우의 전공을 치하했다. 그때 여남(汝南)
방면에서 황건적의 잔당인 유벽(劉辟)·공도(龔都)등이 행
패를 부리고 있다는 보고가 들어왔다.

떠나는 관우

관우가 토벌에 나서겠다고 하자 조조는 5만의 군사를 내
주어 떠나게 했다. 여남 근처까지 전진하여 진을 쳤는데, 그
날 밤 적의 정탐꾼 두 놈을 잡았다. 관우가 보니 그 중에서
한 사람은 아는 얼굴이었다. 그는 손건이었다. 관우는 옆에
있는 자들을 물러가게 하고 그에게 물었다.
"서주에서 패한 후에 오랫동안 행방을 몰랐는데 어떻게
이곳에 나타나게 되었나?"
손건이 대답했다.
"나는 겨우 도망쳐서 여남 근처를 헤매다가 다행히 유벽
에게 의지하게 되었습니다. 장군은 어찌하여 조조의 밑에 있
게 되었습니까? 사모님은 무사하십니까?"
관우가 자초 지종을 상세히 이야기하자 손건이 말했다.
"요즈음 소문에 들으니 현덕 공은 원소의 밑에 계신 모양
입니다. 저도 그쪽으로 가려고 생각했으나 길이 없습니다.

유벽과 공도는 원소와 손을 잡고 조조를 치려고 합니다. 장군께서 이리로 진군하신다는 말을 듣고 저는 정탐꾼으로 가장하고 연락을 취하러 왔습니다. 이번 싸움에서 유벽과 공도는 일부러 진 체하고 도망칠 터이니, 장군은 빨리 사모님과 함께 원소에게 가서 현덕 공을 만나십시오."

"형님이 원소에게 가 계시다면 나는 밤중이라도 꼭 찾아가겠네. 그런데 내가 원소의 장수 두 사람을 죽인 것이 마음에 걸리는데, 이 때문에 난동이 일어나지 않을까?"

"제가 먼저 가서 형편을 살펴보고 알려드리겠습니다."

"형님을 한 번이라도 만날 수 있다면 죽어도 괜찮지만, 일단 허창에 돌아가서 조조에게 작별 인사를 해야겠네."

관우는 그날 밤 몰래 손건을 돌려보냈다.

이튿날 관우가 군사를 이끌고 쳐들어가자 과연 유벽·공도 두 사람은 일부러 패한 체하고 여남을 비워주었다.

관우는 허창에 개선하자 현덕의 부인에게 현덕이 하북에 살아 있다는 소식을 몰래 전하였다. 그런데 조조도 이것을 알고 장요를 시켜 관우의 마음을 떠보게 했다. 장요가 관우에게,

"장군과 현덕의 사이는 장군과 나 사이와 어떻게 다르오?"

하고 묻자 관우가 대답했다.

"당신과 나는 친구 사이지만, 현덕과 나는 친구 사이기도 하고 형제 사이기도 하며 또한 군신 사이기도 하네. 그러니 어떻게 같다고 볼 수 있겠나?"

"현덕 공이 하북에 있다고 들었는데, 장군은 그리로 가려

고 하오?"

"옛날의 약속을 어떻게 어기겠는가? 문원(文遠 : 장요의 자), 나의 이 심정을 승상에게 전해주게."

장요는 조조에게 돌아가서 관우의 말을 그대로 전하자 조조가 말했다.

"그를 붙잡아두는 방법이 있다."

관우가 이것저것 생각하고 있는데, 원소의 부하인 진진(陳震)이라는 자가 찾아와서 한 통의 편지를 꺼냈다. 펴보니 현덕의 필적이었다.

"너와 나는 복숭아밭에서 의형제를 맺고 같은 날에 죽기로 약속했는데, 너는 어찌하여 이 약속을 버렸느냐? 네가 만일 공로와 명예와 돈과 지위를 원한다면 내 목을 주려고 한다. 그것을 가지고 출세하기를 바란다. 편지로는 내 마음을 다 전할 수 없다. 답장을 기다린다."

이런 내용이 씌어 있었다. 다 읽고 난 관우는 소리내어 울면서,

"내가 형님을 찾아가려고 생각하지 않은 날이 하루도 없었네. 다만 어디 계시는지 알 수 없었을 뿐이네. 돈이나 지위에 눈이 어두워 옛날의 맹세를 잊은 것이 아니네."

하자 진진이 이렇게 말했다.

"현덕 공은 장군을 몹시 만나고 싶어합니다. 어서 가 뵙도록 하십시오."

관우가 다시 말했다.

"인간으로서 하늘과 땅 사이에 태어나서 마음이 한결같지 않으면 어찌 군자라고 할 수 있겠는가. 나는 이곳에 왔을 때

에도 떳떳했으니, 떠날 때도 떳떳해야겠네. 편지를 쓸 테니 형님에게 전해주게. 나는 조조에게 작별 인사를 하고 형수님을 모시고 형님을 찾아가겠네."

이렇게 말하고, 관우는 현덕에게 답장을 써서 진진에게 주고, 승상부에 가서 조조에게 작별 인사를 하려고 했다.

그런데 조조는 이것을 미리 알아차리고 '면회 사절'이라는 팻말을 문에 걸어놓았으므로 만날 수 없었다. 관우는 언제든지 떠날 수 있도록 거마(車馬)를 준비하는 한편, 조조로부터 받은 물건은 모두 집 안에 놓아두고, 주위 사람들에게도 절대 손대지 말라고 당부했다.

그러나 이튿날도, 그 다음날도 몇 번이나 조조를 찾아갔으나 도저히 만날 수가 없었다. 할 수 없이 장요와 의논하려고 찾아갔으나, 그도 병을 핑계대면서 만나주지 않았다. 관우는 부득이 작별을 고하는 편지를 써서 조조에게 보내고 지금까지 여러 차례 받은 금은 등은 모두 싸서 창고에 넣고, 한수정후라는 도장도 관저에 걸어놓았다. 그리고 유비의 부인을 수레에 태우고, 자신은 적토마를 타고 청룡도를 손에 든 채 성문을 나왔다.

대장부 대 대장부

조조는 관우의 편지를 읽고 크게 놀랐다. 그 편지에는 관우가 수레와 짐 이외에 20여 명의 권속을 데리고 북쪽으로 떠난다는 사연이 적혀 있었다. 그때 채양(蔡陽)이라는 장수가 조조 앞에 나서서 말했다.

"제가 철기병(鐵騎兵) 3천을 거느리고 뒤쫓아가서 관우를 생포하여 승상께 데려오겠습니다."

조조의 부하 장수들 중에서 장요와 서황이 관우와 가장 가까웠으나 다른 사람들도 모두 관우를 존경하고 있었다. 다만 채양만은 관우의 태도가 못마땅했던 것이다. 그러나 조조는,

"옛 주인을 잊지 않고 처음부터 끝까지 떳떳이 행동하는 관우야말로 진짜 대장부다. 그대들도 본받도록 하라."

하고 채양을 책망하고 뒤쫓아가지 말라고 명령했다.

그러나 정욱이 다시 인사도 하지 않고 떠나는 것은 무례한 짓이며, 그가 원소의 편이 되면 호랑이에게 날개가 돋힌 격이 될 것이라고 하면서 추격을 주장했으나 이번에도 조조는,

"나도 일단 그와 약속한 이상 신의를 지켜야 한다."

하고 장요에게, 관우에게 선물을 주려고 하니 급히 가서 알리라고 명령했다.

관우가 타고 있는 적토마는 하루에 천 리를 달리는 말이지만, 수레와 짐을 호위하기 위해 고삐를 당겨 천천히 가고 있었다. 그때 뒤에서 큰소리로,

"운장님, 잠깐만 기다리시오."

하고 외치는 소리가 들려왔다. 돌아보니 장요가 말을 타고 달려왔다. 관우는 수레와 권속들에게 먼저 가라고 이르고 적토마의 고삐를 돌리고 물었다.

"문원, 당신은 나를 데리러 왔소?"

장요가 대답했다.

"그렇지 않소. 승상은 장군이 떠났다는 말을 듣고 작별 인

아름다운 수염의 관운장, 단기로 천리를 달리다. ≪繡像全圖三國演義≫에서

사를 나누려고 이리로 오고 있소. 그래서 당신에게 전하려고 왔소.”

“비록 승상의 군사가 몰려온다 하더라도 나는 목숨을 내 걸고 싸울 거요.”

관우는 말을 다리 위에 세우고 앞을 바라보았다. 조조가 수십 명의 기병을 이끌고 쏜살같이 달려왔다. 그 뒤를 따르는 자는 허저·서황·우금·이전 등이었다.

조조는 관우가 칼을 들고 말을 다리 위에 세워놓은 것을 보자, 장수들에게 말을 양쪽에 세우도록 명령했다. 관우는 그들이 무기를 갖지 않은 것을 보고 비로소 마음을 놓았다. 조조가 말했다.

“운장, 무엇 때문에 이렇게 급히 떠나는 거요?”

관우가 말 위에서 몸을 굽히고,

"내가 전에 말씀드린 바와 같이 지금 전 주인이 하북에 있다는 소식을 들은 이상 급히 가야겠습니다. 여러 번 저택을 찾아갔으나 뵐 수 없어 서면으로 작별 인사를 대신했습니다."

하고 대답했다. 조조는,

"나는 신의를 존중하는 사람이오. 약속은 지키겠소."

하고 갖고 온 황금을 여비로 주려고 했으나 관우는,

"그것은 승상께서 차라리 장병들에게 나눠 주시는 것이 좋겠습니다."

하고 사양했다. 조조는 웃으면서 말했다.

"운장은 천하의 의사(義士)요. 내가 붙잡아둘 수 없는 것은 유감스럽기 짝이 없소. 이 비단옷으로라도 작별의 섭섭함을 표시하고 싶소."

한 장수가 말에서 내려 옷을 내놓았다. 관우는 말 위에서 청룡도를 내밀어, 그 끝에 옷을 걸어서 몸에 걸치고 고삐를 잡아당겨 말 머리를 돌렸다.

"고맙게 받겠습니다. 또 뵐 때가 오겠지요."

하고 북쪽을 향해 길을 재촉했다.

다섯 관문을 통과한 관우

관우는 곧 현덕의 처자 일행을 뒤쫓아가서 여행을 계속하여 그날 저녁 어느 민가에 들어가 하룻밤 묵어 가기를 청했다. 주인은 머리도 수염도 새하얀 노인이었다.

"장군의 성함은 무엇입니까?"

하고 그 노인이 물었다.

"나는 유현덕의 동생 관우라 하오."

"그럼 안량과 문추의 목을 자른 관 장군이신가요?"

하고 묻자 관우는,

"그렇소."

하고 대답했다. 노인은 크게 기뻐하여 집 안으로 맞아들였다. 관우가 성명을 묻자 노인은,

"내 성은 호(胡), 이름은 화(華)라고 부릅니다. 환제 때 의랑 벼슬까지 하다가 지금은 은퇴했습니다. 아들 호반(胡班)이 형양(滎陽) 태수 왕식(王植) 밑에서 속관(屬官)을 하고 있어서 만일 그 근처를 지나시는 일이 있다면 편지로 알리려고 합니다마는."

하고 말했다. 관우는 쾌히 승낙했다.

이튿날 호화에게 작별 인사를 하고 길을 떠나 낙양으로 향했다. 이윽고 동령관(東嶺關)이라는 관문에 이르렀다. 이 관문은 공수(孔秀)라는 장수가 몇백 명의 병사를 거느리고 지키고 있었다. 관우가 고개를 올라가니 공수는 관문 앞까지 나와 물었다.

"장군, 어디로 가십니까?"

"승상께 휴가를 얻어 하북으로 형을 찾아가는 길이오."

"하북의 원소는 승상의 적이니 그곳에 가신다면 승상의 증명서를 갖고 계시겠군요."

"급히 떠나는 바람에 증명서를 갖고 오지 않았소."

"그러시다면 저희가 사자를 보내어 승상께 여쭈어보고 통과시키겠습니다."

"그렇게 하면 내 갈 길이 너무 늦어지오."

"규정이 그렇게 되어 있으니 어쩔 수 없습니다."

"그럼 당신은 날 통과시키지 못하겠다는 건가?"

관우는 불쾌한 표정으로 물었다.

"꼭 통과하시려면 부인들을 인질로 두고 가시오."

관우는 화가 나서 칼을 뽑아 들고 목을 베려고 했다. 그러자 공수는 재빨리 관문으로 도망치면서 북을 울렸다. 군사를 모아 투구와 갑옷으로 무장을 하고 관문에서 내려와,

"이래도 우기겠소?"

하고 외쳤다. 관우는 칼을 빼들고 말을 몰아 공수에게 덤벼들었다. 공수는 창을 휘둘러 싸웠으나 두 마리의 말이 엇갈리면서 커다란 칼이 높이 치솟더니 공수는 말에서 곤두박질쳤다. 병사들은 일제히 말 앞에 꿇어 엎드렸다. 관우는 낙양을 향해 길을 재촉했다.

이 사실을 재빨리 낙양의 태수 한복(韓福)에게 보고한 병사가 있었다. 한복은 부하 장수들과 의논했다.

"관우의 용맹은 안량과 문추도 쓰러뜨릴 정도니, 힘으로는 도저히 당해낼 수 없을 것이다. 계략을 써서 생포하는 수밖에 없다."

그러자 장수인 맹탄(孟坦)이 말했다.

"내가 한 가지 계략을 생각해냈습니다. 가시나무 울타리로 관문 입구를 막고, 관우가 오면 내가 군사를 이끌고 싸우다가 일부러 패하여 도망치면서 유인할 터이니, 그때 일제히

활을 쏘아 관우가 말에서 떨어지면 사로잡아서 허창으로 호
송합시다. 그러면 승상은 큰 상을 내릴 것입니다."

그들이 이렇게 계획을 세웠을 때 관우 일행이 도착했다.

한복은 천 명의 기병을 관문 앞에 도열시켜놓고,

"거기 오는 자는 누구냐?"

하고 외치자 관우가 말 위에서 몸을 굽히고,

"나는 한수정후 관우요, 이곳을 지나가게 해주시오!"

"승상의 증명서를 갖고 있소?"

"급히 떠나느라고 가지고 오지 못했소."

"나는 승상의 명령에 따라 이곳을 지키고 있소. 간첩의 왕
래를 엄중히 단속하라는 명령을 받고 있소. 증명서가 없다면
밀행이라고 볼 수밖에 없소."

관우가 화가 나서 말했다.

"동령관의 공수도 목이 날아갔다. 목숨이 아깝지 않느
냐?"

"저 관우를 잡을 사람 없느냐, 저놈을 잡아라."

그러자 맹탄이 말을 몰아 두 자루의 칼을 휘두르면서 관우
에게 덤벼들었다. 서너 번 싸우다가 맹탄은 재빨리 말 머리
를 돌려 도망치기 시작했다. 그는 관우를 유인하려고 했으나
관우의 말은 하루에 천 리를 달리는 적토마였다. 금세 따라
잡은 관우의 단칼에 맹탄은 쓰러져버렸다.

말 머리를 돌려 달려오던 관우는 관문에서 한복이 쏜 화살
에 왼쪽 팔꿈치를 맞았다. 관우는 화살을 입으로 물어서 빼
버린 뒤 흘러내리는 피를 씻지도 않은 채 병사들을 제치고
한복에게 덤벼들어 칼로 머리로부터 어깨까지 내려쳐서 말

보정은 관운장을 들게 하다. ≪新鋟全像通俗演義≫ 三國志傳卷之五

아래로 떨어뜨렸다.

관우는 헝겊을 찢어 팔꿈치의 상처를 동여매고 그 밤으로 기수관까지 갔다. 이 관문의 장수는 변희(卞喜)라는 사람으로 사슬낫〔鎖鎌〕의 명수였다. 그는 관문에서 가까운 진국사(鎭國寺)에 200여 명의 복병을 숨겨놓고, 그곳으로 관우를 유도한 다음 술잔을 던지는 것을 신호로 하여 일제히 관우에게 덤벼들기로 했다.

변희는 관문 밖에서 관우를 맞아들였다.

"장군의 명성은 천하에 널리 퍼져 장군을 공경하지 않는 사람이 없습니다. 유 황숙에게로 돌아가신다니 장군의 깊은 충성심을 알 만합니다."

관우가 공수와 한복의 목을 자른 이야기를 들려주자,

"그것은 어쩔 수 없는 일이라고 생각합니다. 제가 승상을 뵙고 사정을 상세히 말씀드리겠습니다."

하고 말했다. 그리고 기뻐하는 관우를 진국사로 안내했다.

이 절에는 30여 명의 승려가 있었는데, 그 가운데는 관우와 동향인 보정(普淨)이라는 자도 있었다. 보정은 변희의 계략을 알아차리고 변희가 관우에게 상냥하게 말하면서 주지의 방으로 인도할 때, 관우에게 눈짓을 했다. 그러자 관우는 눈치를 채고 옆에 있는 자에게 칼을 지니고 자기 곁을 떠나지 말라고 지시했다. 변희는 관우를 법당에 마련한 연회석에 안내했다. 관우가 그에게 물었다.

"당신은 나를 친절히 초대했는데, 그것은 진심에서 우러난 호의인가, 아니면 딴 생각이 있어서인가?"

변희가 답변도 하기 전에 관우는 벽에 친 장막 안에 복병이 숨어 있는 것을 재빨리 간파하고 큰소리로 호령을 했다.

"네 이놈, 내 편인 줄 알았더니 못된 계략을 꾸미고 있었구나!"

계략이 드러나자 변희는 큰소리로,

"자, 덤벼라!"

하고 외쳤다. 좌우의 부하들이 덤벼들려고 했으나 관우가 뽑아든 칼에 모조리 목이 달아났다. 변희는 법당에서 몸을 피해 복도로 도망을 쳤다. 관우가 뒤쫓아가자 변희는 숨겨둔 사슬낫을 휘둘렀으나 관우가 칼로 막고 후려친 단칼에 쓰러졌다. 관우는 보정에게 고맙다는 인사를 하고 현덕 부인이 타고 있는 수레를 호위하면서 형양으로 향하였다.

형양 태수 왕식은 한복과 친한 사이였으므로 관우가 오면 원수를 갚으려고 벼르고 있었다. 관우가 도착하자 왕식은 관문 밖에서 웃는 얼굴로 그를 맞아들였다.

"장군, 먼 길을 오시느라고 수고가 많습니다. 그리고 부인

은 수레에 시달려 얼마나 피곤하시겠습니까? 우선 성 안에
서 하룻밤 푹 쉬십시오."
하고 일행을 숙소로 안내한 다음, 몰래 부하 호반을 불러,
　"관우는 무술이 뛰어나다. 자네가 오늘 밤에 천 명의 군사
를 이끌고 그의 숙소를 에워싼 다음, 각각 횃불을 하나씩 갖
게 하여 북이 세 번 울리면 일제히 불을 질러서 모조리 태워
죽여라. 나도 군사를 이끌고 나가 뒤를 봐주겠다."
하고 말했다. 호반은 곧 군사를 이끌고 쉽게 불이 붙는 나무
를 몰래 숙소 입구에 운반하게 하여 만반의 준비를 했다.
　그러다가 그는 문득, '관운장의 이름은 전부터 들었으나
대체 어떤 얼굴을 하고 있는지 들여다보자'고 생각하며 가
만히 숙소 앞까지 가보았다. 관우는 왼손으로 수염을 쓰다듬
으면서 등불 아래 책상에 기대어 책을 읽고 있었다.
　호반의 입에서는 자기도 모르는 사이에,
　"실로 천신(天神)의 모습이구나."
하는 소리가 흘러 나왔다. 관우가 이 말을 듣고 외쳤다.
　"너는 누구냐?"
　"형양 태수 부하 호반이라고 합니다."
　"혹시 허창성 밖에 사시는 호화의 아들이 아니냐?"
　"그러하옵니다."
　관우는 호화가 써준 편지를 꺼내어 호반에게 넘겨주었다.
그 편지를 읽고 나서 호반은 한숨을 쉬면서,
　"하마터면 의사 한 분을 죽일 뻔했습니다."
하고 왕식의 계략을 알리고 빨리 성 밖으로 몸을 피하라고
일렀다. 성문을 열고 관우의 일행이 멀리 사라지는 것을 보

자 호반은 객사에 불을 질렀다.

　이윽고 관우 일행이 도망친 것을 알게 된 왕식은 군사를 이끌고 뒤쫓아갔으나, 오히려 관우의 칼에 맞아 그 자리에서 죽었다. 관우는 호반에게 감사한 뒤 활주(滑州)의 경계에 이르렀다.

　자사 유연이 성 밖으로 마중을 나왔다. 관우는 전에 안량과 문추를 이 근처에서 쳐부수고, 유연의 곤경을 구해준 일이 있었다. 유연이 말했다.

　"지금 황하의 나루터에 있는 관문을 하후돈의 부하 장수인 진기(秦琪)가 굳게 지키고 있는데, 아마도 장군을 건네어 주지 않을 것입니다."

　관우는 유연에게 배를 빌려 달라고 부탁했으나 유연은 후에 화가 자기에게 미칠까 봐 내주지 않았다. 관우는 유연의 도움을 받을 수 없을 것이라고 생각하고, 수레를 몰아 황하 나루터에 이르렀다. 그러자 진기가 군사를 이끌고 나타나 물었다.

　"거기 오는 사람은 누구시오?"

　"한수정후 관우이네."

하고 관우가 대답했다.

　"어디로 가시오?"

　"하북에 있는 형님 유현덕을 찾아가니 건너게 해주게."

　"승상의 증명서가 있습니까?"

　"나는 승상의 지시를 받지 않으므로 증명서 같은 건 없네."

　"나는 하후 장군의 명령에 의해 이 나루터를 지키고 있소.

관운장은 진기를 참해 두 동강 내다. ≪新鋟全像通俗演義≫ 三國志傳卷之五

날개가 달렸다고 해도 건너가게 할 수 없소."

관우는 화가 치밀어,

"내가 오는 도중에 훼방하는 자들의 목을 모조리 베어버린 것을 모르고 있나?"

"이름도 없는 졸개들을 죽였다고 해서 나도 목이 달아날 줄 아시오?"

"네놈이 안량·문추와 견줄 수 있느냐?"

진기도 크게 화가 치밀어 칼을 들고 말을 달려 정면으로 관우에게 덤벼들었다. 말이 서로 어긋나면서 관우가 내려친 칼에 진기의 목이 땅에 떨어졌다.

황하를 건너자 벌써 원소의 영지였다. 이제까지 관우가 지나온 관문은 다섯 군데고, 목을 베어버린 장수는 모두 여섯 명이었다.

관우는 말 위에서 한숨을 내쉬고,

"도중에 사람을 죽인 것은 부득이한 일이었지만, 조조가 이것을 안다면 배은 망덕한 자라고 생각할 테지."

하고 중얼거리면서 말을 몰아 길을 재촉하는데 갑자기 기병한 사람이 나타나 큰소리로,

"운장 장군님, 잠깐만 기다리십시오."

하고 외쳤다. 자세히 보니 손건이었다.

손건은 전에 여남에서 관우와 헤어진 뒤 하북의 원소를 찾아갔으나, 휘하의 장병들이 서로 질투하고 원소 자신도 의심이 많고 변덕스러운 사나이므로, 현덕과 의논한 끝에 현덕과 함께 여남의 유벽에게 의지하기로 했다. 이것을 관우에게 알리기 위해 달려왔던 것이다. 그리하여 관우는 길을 바꾸어 여남으로 향했다.

도중에 하후돈이 부하의 원수를 갚기 위해 200여 명의 기병을 거느리고 뒤쫓아왔으나, 뒤이어 장요가 말을 몰아 뛰어와서 조조의 명령을 전했다. 조조는 관우가 관문의 장수들의 목을 베었다는 보고를 받고, 도중에 불상사가 더 이상 있어서는 안 되겠다는 생각에서 관우를 자유롭게 통과시키도록 명령을 내린 것이다. 관우는 장요에게,

"문원, 승상을 만나거든 내 사과의 뜻을 잘 전해주시오."

하고 작별했다.

그 후 며칠이 지나 산등성이 고갯길에 접어들자 황건적 잔당으로 지금은 산적 두목이 된 배원소(裵元紹)라는 자를 만났으며, 또 와우산(臥牛山)에 사는 주창(周倉)이라는 호걸을 만나게 되었다.

두 사람은 그 졸개들과 함께 관우의 부하가 되기를 원했으나, 전부 데리고 갈 수도 없는 처지였으므로 주창 한 사람만

데리고 가기로 하고 나머지 사람들은 배원소를 우두머리로
하여 와우산에 남겨둔 채 후에 맞으러 오기로 약속하고 작별
했다.

관우와 장비의 만남

다시 여행을 계속하여 얼마 후에 앞에 한 산성이 보였다.
그 고장 사람들에게 물었더니,
"저것은 고성(古城)이라고 하는데, 몇 달 전에 성은 장
(張)이고 이름은 비(飛)라는 어떤 장군이 수십 명의 기병을
거느리고 쳐들어와서 현의 관리를 내쫓고 이 고성을 차지한
다음 군사를 모집하고 군마를 사들이는 한편 군량도 마련하
여 지금은 4, 5천명의 병사를 거느리고 있으므로, 이 근처에
서는 감히 대적하려는 자가 없습니다."
하고 대답했다. 관우는 이 말을 듣고 무척 기뻐서,
"서주에서 헤어진 후 반년 동안 동생의 행방을 모르고 있
었는데, 여기에 있다니……."
하고 손건을 성에 먼저 보내어 형수 일행을 맞으러 오게
했다.
한편 장비는 망탕산에서 산적이 되어 달포 가량 지내다가,
현덕의 소식을 알아보기 위해 마을에 나오는 길에 그 고성
옆을 지나게 되어 군량을 얻으려고 했으나 현의 관리가 응하
지 않았으므로, 화가 나서 관리를 쫓아내고 현령의 관인을
빼앗아 이 성을 점령하고 임시로 머물러 있었다.

장비는 손건의 말을 듣더니 곧 갑옷을 걸치고 창을 들고 1천여 명의 군사를 거느려 말을 몰아 성문 밖으로 나왔다. 관우는 장비가 뛰어오는 것을 보자 기쁨에 넘쳐 말을 타고 마주 달려갔다. 그런데 장비는 눈을 크게 부릅뜨고 호랑이 수염을 곤두세우더니 우레 같은 소리를 지르며 창을 휘둘러 관우를 찌르려고 했다. 관우는 깜짝 놀라,

"동생, 왜 이러나, 복숭아밭의 맹세를 잊었느냐?"

하고 외쳤다. 그러자 장비가 호령했다.

"너는 의리를 모르는 놈이다. 무슨 낯짝으로 내 앞에 나서는 거냐!"

"내가 의리를 모르다니, 그게 무슨 소리냐?"

"형을 배반하고 조조에게 항복하여 무슨 후(侯)의 벼슬까지 한 주제에 나를 속일 셈이냐? 자, 내 창을 받아라!"

"그게 아니다. 너는 아무것도 모른다. 내 입으로 말하기는 어려우니 여기 계시는 형수님께 직접 물어보아라."

현덕의 부인은 이 말을 듣자 수레 문을 열고서 장비에게 이때까지의 자초 지종을 들려주었다. 그러나 장비는,

"형수님, 속아서는 안 됩니다. 충신은 죽는 한이 있더라도 욕된 짓은 하지 않습니다. 대장부가 어찌 두 주인을 섬길 수 있겠습니까?"

하고 말했다. 그러자 관우가 말했다.

"아우, 오해하지 말게."

손건도 거들었다.

"운장은 일부러 장군을 찾아오셨습니다."

그러나 장비는 호통을 쳤다.

"네놈까지도 허튼 소리를 하는 게냐. 이놈이 나를 찾아왔다구? 나를 잡으러 온 게로구나."

관우가 다시 말했다.

"만일 너를 잡으로 왔다면 군사를 이끌고 왔을 게 아니냐?"

그러자 장비는 손을 들어 관우의 등 뒤를 가리키면서,

"봐라, 저것이 군사가 아니고 무엇이냐?"

관우가 뒤돌아보니, 과연 먼지를 뿌옇게 일으키면서 많은 군사가 몰려오고 있었다. 바람에 나부끼는 깃발을 보니 분명히 조조의 군사였다. 장비는 더욱 펄펄 뛰면서,

"이래도 변명할 거냐?"

하고 창을 들고 찌르려 했다.

관우는 급히 이것을 제지하면서 말했다.

"아우야, 잠깐만 기다려라. 내가 저기 오는 장수를 네 눈앞에서 베어 본심을 보여주겠다."

"그게 사실이라면 내가 북을 세 번 치는 동안에 저 장수의 목을 베어라."

조조의 군사는 어느새 가까이 쳐들어왔다. 앞장선 장수는 바로 채양이었다. 그는 관우와 사이가 좋지 않아, 관우가 도성을 떠났을 때 뒤쫓아가려다가 조조에게 책망을 들은 자로 관우가 황하 나루터에서 목을 벤 진기의 숙부였다.

채양은 칼을 들고 말을 달려 조카의 원수를 갚기 위해 덤벼들었으나 관우의 칼이 번쩍하자 목이 땅바닥에 떨어져버렸다. 다른 병사들은 이것을 보고 뿔뿔이 흩어져서 도망쳐버렸다. 관우는 채양의 깃발을 든 병사를 사로잡았다. 장비는

관운장이 채양을 참하니 형제간의 의심이 풀리다. ≪繡像全圖三國演義≫에서

이 병사로부터 관우가 허창에 있을 때의 모습을 자세히 듣고 겨우 납득하게 되었다.

이때 갑자기 성 안에서 한 병사가 뛰어와,

"성의 남문 밖에 10여 명의 기병이 달려오고 있는데, 정체를 알 수 없습니다."

하고 보고했다. 장비가 급히 남문으로 뛰어가 보니, 활과 화살을 가진 기병이 장비를 보자 급히 말에서 뛰어내렸다. 미축과 미방 형제였다.

이들 형제는 서주에서 조조에게 패한 후에 고향으로 피난하여 현덕의 행방을 찾아 돌아다니다가 어제 길에서 만난 길손에게서 장이라는 성을 가진 장군이 고성을 빼앗아 차지하고 있다는 말을 듣고 찾아왔던 것이다.

장비는 이들과의 재회를 기뻐하며 성 안에 들어가 그 동안 있었던 일들에 대해 이야기를 나누었다.

현덕과 운장의 만남

이튿날 관우는 손건과 함께 여남으로 향했다. 유벽과 공도가 마중을 나왔으나 현덕은 벌써 그곳을 떠나고 없었다. 유벽의 병력이 너무 적어 하북의 원소에게로 되돌아갔다는 것이었다.

두 사람은 일단 고성으로 돌아가 장비에게 성을 지키도록 부탁하고 다시 하북으로 가려고 했다. 관우는 주창을 불러 물었다.

"와우산의 배원소에게는 어느 정도의 병력이 있는가?"

"병사의 수는 500여 명이고, 말은 5, 60필 정도 있을 것입니다."

하고 주창이 대답했다.

"우리는 지름길을 통해 형에게 갈 터이니, 자네는 와우산에 가서 병사들을 데리고 길가에서 기다리고 있게."

주창은 기꺼이 말을 몰아 와우산으로 향하고, 관우와 손건은 불과 20여 명의 기병을 거느리고 하북으로 향했다.

그들은 하북 경계에 이르러 일단 기다리기로 했다. 원소의 두 장수 안량과 문추를 죽였으므로 섣불리 나타났다가는 신변이 위험했기 때문이다. 관우는 장원 한 채를 발견하고 하룻밤 묵어 가게 해 달라고 말했다. 이때 지팡이에 의지한 노인이 나타나 자기 이름은 관정(關定)이라고 하면서 안방을 내주었다.

손건은 혼자 기주에 가서 현덕을 만나 지금까지의 경위를 말했다. 현덕은 자기와 마찬가지로 원소에게 의지하고 있는 간옹을 불러, 셋이 몰래 이곳을 탈출하는 방법에 대해 의논했다.

이튿날 현덕은 원소에게 말했다.

"유표는 형주, 양양의 아홉 고을을 근거지로 하여 군사가 강하고 군량도 많습니다. 그와 손을 잡으면 조조를 무찌를 수 있을 것입니다."

"나도 그렇게 생각하고 사자를 보낸 적이 있으나 그가 듣지 않았소."

"그와 저는 종씨이므로 제가 가서 설득하면 거절하지 못할 것입니다."

"유표만 끌어들인다면 유벽보다는 훨씬 힘이 될 거요."

원소는 이렇게 말하고 현덕에게 출발하도록 지시했다. 현덕이 물러나자 간옹이 원소에게 가서 말했다.

"현덕은 이번에야말로 다시는 돌아오지 않을 것입니다."

"그럼 어떻게 하는 것이 좋겠나?"
하고 원소가 물었다.

"제가 함께 가서 힘을 합쳐 설득하는 한편 유비를 감시하겠습니다."

원소는 좋은 의견이라고 생각하여 곧 간옹에게 동행을 명령했다. 또 곽도가 원소에게 말했다.

"유비는 전에도 유벽을 설득한다고 말했지만 성공을 거두지 못했습니다. 이번에 또다시 유표를 설득한다지만 이번에야말로 돌아오지 않을 것입니다."

"자네는 무슨 일에나 의심이 너무 많다. 간옹에게는 생각이 따로 있다."

곽도는 한숨을 내쉬면서 원소의 앞을 물러 나왔다.

한편 현덕은 손건을 먼저 관우에게 보내고 나서, 자기는 간옹과 함께 원소에게 작별 인사를 하고 말을 몰아 유유히 성을 나섰다.

경계까지 오자 손건이 마중을 나와 관정의 장원으로 안내했다. 관우는 문 밖으로 마중을 나와 현덕의 손을 잡고 눈물을 흘렸다.

장원의 주인 관정에게는 두 아들이 있었다. 차남인 관평(關平)은 무예를 익히고 있었는데, 관정은 이 아들로 하여금 관우를 섬기게 하고 싶다고 말했다.

"나이가 몇이지?"

하고 현덕이 물었다. 관정이 대답했다.

"열여덟입니다."

"그럼 동생은 자식이 없으니 양자로 삼는 것이 어떤가?"

하고 현덕이 말했다. 관정은 크게 기뻐하며, 곧 관평에게 명하여 관우를 아버지, 현덕을 큰아버지라 부르게 했다. 그들은 원소의 추격이 두려워 곧 그곳을 떠났다.

현덕과 장비 · 자룡의 만남

관우가 앞장서서 와우산으로 향하고 있는데, 갑자기 주창이 수십 명의 부상자를 데리고 나타나 말했다.

"제가 와우산에 도착하기도 전에 어떤 장수가 혼자 말을 타고 달려와서 배원소를 단칼에 찔러 죽이고 동료들을 모조리 부하로 삼고 산의 성채를 빼앗았습니다. 제가 동료들을 불러 모으려고 했더니, 지금 여기 있는 자들만 오고 다른 자들은 두려워 얼씬도 하지 않았습니다. 저는 화가 나서 그 장수와 대결했으나 번번이 패하여 세 군데나 상처를 입었습니다."

"그 사람은 어떻게 생겼으며 이름은 무어라고 하던가?"
하고 현덕이 물었다.

"몹시 사나웠는데 이름은 모르겠습니다."

그리하여 관우는 와우산을 향해 말을 몰아 앞장서고 현덕이 그 뒤를 따랐다. 주창이 산기슭에서 큰소리로 욕설을 퍼붓자 그 장수는 전신에 갑옷을 걸치고, 창을 들고 많은 부하들과 함께 말을 타고 산에서 내려왔다. 그것을 보자 현덕이 재빨리 앞에 나와 큰소리로,

"그대는 자룡(子龍)이 아닌가?"
하고 외쳤다. 장수는 현덕을 보자 말에서 곤두박질치듯이 뛰어내려 길바닥에 엎드렸다. 그는 조운이었다.

"주인 공손찬은 원소에게 죽음을 당했습니다. 그리고 원소도 여러 차례 저를 자기 편으로 삼으려고 했으나, 사람을

감·미 두 부인은 고성에서 유현덕을 만나다. ≪新錄全像通俗演義≫ 三國志傳卷之五

쓸 줄 모르는 인물 같아서 거절했습니다. 그 후 서주에 가서 장군을 뵈려고 했으나 조조에게 패하여 원소에게 의지하고 계시다는 말을 듣고 여러 번 찾아가려고 했지만, 원소가 달갑게 여기지 않을 것 같아 여기저기 방황하면서 몸둘 곳을 찾고 있었습니다. 조금 전에 이곳을 지나는데 배원소가 내 말을 빼앗으려고 하여 쳐죽이고, 이 산에 잠시 머물기로 했습니다. 무엇보다도 뵙게 되어 다행으로 생각합니다."

현덕도 크게 기뻐하며 말했다.

"처음 자룡을 만났을 때부터 귀한 인물이라고 생각했는데 만나게 되어 참으로 다행이오."

조운은 평생의 소원이 이루어지기라도 한 듯 기뻐하며 부하들을 이끌고 현덕을 따라 고성으로 향하였다.

장비·미축·미방 등은 성 밖으로 마중을 나와 오랜만에 다시 만난 기쁨을 나누고, 헤어진 후에 일어난 일들에 대해

서로 이야기했다. 현덕은 소와 말을 잡아 천지 신명께 제사를 올려 재회를 감사하고 병사들의 노고를 위로하기 위해 연회를 베풀었다.

이렇게 하여 현덕·관우·장비의 형제가 다시 만나게 되고, 손건·간옹·미축·미방 등의 참모에 조운이 가세하게 되었다. 관우는 관평·주창 등의 장수를 거느리게 되었으며 이들 10명 이외에 보병과 기병을 합쳐 약 4, 5천 명을 헤아리게 되었다.

현덕이 고성을 버리고 여남으로 옮길 의논을 하고 있을 때 유벽·공도가 맞으러 왔으므로 함께 여남으로 이동하여 그곳에서 다시 군사를 모집하고 군마를 사들여 세력을 확장하기 시작했다.

17. 강동의 새 실력자 손권

손책과 원소의 동맹

한편 원소는 현덕이 돌아오지 않으므로 크게 화가 나서 토벌에 나서려고 하였다. 이때 곽도가 말했다.

"유비는 방치해둬도 무방합니다. 조조야말로 강적입니다. 그를 제거해야 합니다. 형주의 유표는 두려워할 상대가 못 됩니다. 강동의 손책이야말로 삼강(三江)을 다스리고 땅은 여섯 고을에 걸쳐 위력을 떨치고 있으며 모사(謀士)와 무장을 많이 거느리고 있습니다. 손책과 손을 잡고 남북으로 조조를 협공해야 합니다."

원소는 그 말에 따라 편지를 써서 진진을 사자로 손책에게 보냈다.

손책은 강동 지방을 평정하여 병력이 강하고 군량도 풍부했으며, 건안 4년 겨울에는 여강(廬江)과 예장(豫章)에까지 세력이 확대되었다. 이런 소문을 들은 조조는 한숨을 내쉬며,

"그놈은 사자새끼와 같아서 겨루기가 쉽지 않겠구나

......."

하고, 조인의 딸을 손책의 막냇동생 손광(孫匡)과 결혼시켜 사돈을 맺었다. 이때 손책은 대사마(大司馬) 벼슬을 달라고 했으나, 조조가 응하지 않았으므로 큰 원한을 품고 허창을 공격할 기회를 노리고 있었다.

그런데 오군(吳郡) 태수 허공(許貢)이라는 자가 몰래 조조에게 사자를 보내어, 손책을 계속 지방에 두면 후환이 두려우니 도성에 불러들이는 것이 좋겠다는 내용의 편지를 전하려 했다.

사신이 그 비밀 편지를 가지고 장강을 건너려고 했을 때 그곳을 지키고 있던 장수에게 붙잡혀 손책에게 호송됐다. 편지를 본 손책은 크게 화가 나서 허공을 데려오게 하여 부하를 시켜 죽여버렸다.

그러자 허공의 집에 얹혀살던 세 사나이가 원수를 갚기 위해 기회를 노렸다.

어느 날 손책이 산에서 사슴 사냥을 하고 있을 때, 그들은 활을 쏘고 창으로 찔러 얼굴과 넓적다리에 심한 상처를 입혔다. 세 사나이는 손책의 부하에게 죽음을 당했으나 손책의 상처도 심했다. 명의 화타(華陀)의 제자가 치료했으나 잘 낫지 않았는데 그가 말했다.

"화살 끝에 독약을 발라 그 독이 뼛속까지 스며들고 있습니다. 백 일 동안 잘 조리하면 위험은 없으나 만일 화를 내어 자극하면 완치하기가 어렵습니다."

손책은 워낙 성급한 사람이었다. 도성에 몰래 보낸 밀사가 돌아와서,

허공의 가객이 손책을 찌르려 하다. ≪新鏤全像通俗演義≫ 三國志傳卷之五

"조조는 영주님을 대단히 두려워하여 사자새끼 같다고 말
한답니다."
하고 보고하자 손책은 웃으면서 물었다.

"조조의 참모들도 나를 두려워하던가?"

"곽가만은 대단치 않게 생각하고 있습니다."

"곽가가 뭐라고 하던가?"

"곽가가 조 승상에게 하는 말이 '……손책은 두려워할 상
대가 못 됩니다. 경솔하고 성급하며 지모가 없습니다. 그것
은 필부(匹夫)의 용기라는 것입니다. 후일에 반드시 이름도
없는 졸개들의 손에 죽음을 당하게 될 것입니다' 하고 말했
습니다."

이 말에 손책은 크게 화가 나서,

"그놈이 제딴에는 내 마음을 꿰뚫어 보았다고 생각하겠
지. 하지만 반드시 허창을 쳐부수고야 말 테다."
하고 상처가 낫기를 기다리지도 않고 출병을 의논하려 했다.

장소가 이것을 만류하여 말했다.

"의원이 백 일 동안 정양(靜養)해야 한다고 했는데, 화가 난다고 천금 같은 몸을 함부로 다뤄서는 안 됩니다."

이때 원소가 보낸 사자 진진이 도착했다. 진진은 원소가 손책과 동맹을 맺고 남북으로 조조를 협공하고 싶어한다는 내용을 상세히 전했다. 손책은 크게 기뻐하여 즉시 장수들을 모아 성루(城樓)에서 연회를 베풀고 진진을 크게 환영했다.

우길 선인

그런데 술을 마시는 중에 갑자기 장수들이 뭐라고 수근거리더니 몇 사람씩 짝을 지어 아래로 내려갔다. 손책이 영문을 몰라 그 까닭을 묻자 측근 하나가 대답했다.

"우길 선인(于吉仙人)이 지금 성루 아래를 지나가고 있습니다. 그래서 장수들도 절하러 내려갔습니다."

손책이 아래를 내려다보니 한 선인이 학창의(鶴氅衣 : 새털 등으로 만든 겉옷)를 걸치고 손에는 명아줏대로 만든 지팡이를 짚고 길 한복판에 서 있었다. 그 주위에는 사람들이 향을 피우고 엎드려 절하고 있었다. 손책은 화를 내면서,

"요망스런 늙은이로다. 빨리 붙잡아 오도록 하라."

하고 말했다. 한 측근이,

"그분은 동방에 살고 있는데 오회(吳會)를 왕래하면서 부적이나 주술을 외워 물로 만병을 고치고 계십니다. 세상 사람들은 그를 신선이라고 부르고 있습니다. 함부로 대해서는

안 됩니다."

하고 말했다. 그러자 손책은 더욱 화를 내면서 호통을 쳤다.

"어서 체포하지 못할까? 명령을 어기는 자는 목을 벨 테다."

부하들은 할 수 없이 아래로 내려가 우길 선인을 성루 위로 데리고 왔다. 손책이,

"이 미친놈아, 어찌하여 사람들을 미혹시키느냐!"

하고 호령하자 우길은,

"내가 어느 날 산 속 깊이 약을 캐러 들어갔다가 샘가에서 흰 명주에 붉은 글씨를 쓴 두루마리를 손에 넣었습니다. 거기에는 병을 고치는 주문이 씌어 있었습니다. 나는 이것으로 하늘을 대신하여 덕을 세우고 널리 만인을 구제하였으나, 조금도 그 대가를 받은 적이 없습니다. 그런데도 사람들을 미혹시킨다고 하십니까?"

"네놈은 사람들로부터 물건을 받지 않는다고 말하는데, 옷이나 음식은 어디서 얻느냐? 네놈은 황건적 장각과 한패가 틀림없다. 살려둔다면 반드시 후환이 될 거다."

손책은 이렇게 말한 후 주위 사람들에게 명하여 우길의 목을 베게 했다. 장소가 이것을 만류하며 말했다.

"우길 선인은 강동에 온 지 수십 년이 되었지만 그는 아무 잘못도 하지 않았습니다. 죽여서는 안 됩니다."

손책이 말했다.

"이런 요망한 놈을 없애는 것은 개 잡는 것과 같다."

부하들이 입을 모아 만류하고 진진도 말렸으므로, 손책은 아직 화가 가시지 않았으나 한동안 옥에 가둬두라고 일렀다.

진진은 숙소에 돌아와 쉬었다.

손책이 저택에 돌아오니, 모친이 우길 선인에 대한 이야기를 듣고 손책에게 말했다.

"그 사람은 사람들의 병을 고치고 모두들 존경하고 있으니 해치면 안 된다."

"그놈은 마법사입니다. 이상한 주술을 부려 사람들을 미혹시키기 때문에 살려둘 수 없습니다."

모친이 되풀이해서 말렸으나 손책이 말했다.

"어머니, 세상 사람들의 허튼 소리에 귀를 기울여서는 안 됩니다."

장소 등 수십 명의 장수들도 탄원서를 내어 우길의 석방을 간청했으나 손책은 전혀 받아들이려 하지 않았다.

"그대들은 명색이 배운 사람으로서 어찌하여 이만한 이치도 분간 못하는가. 이상한 주술을 하는 놈치고 변변한 놈을 보았는가? 나는 우길을 쳐서 미혹을 뿌리 뽑겠다."

그러자 참모 여범이 말했다.

"우길 선인은 바람을 일으켜 비가 오게 하는 능력이 있다고 합니다. 요즈음 가뭄이 계속되니 비가 오게 하여 값을 치르게 하는 것이 어떻겠습니까?"

"그렇다면 그 마법사가 무슨 짓을 하는지 두고 보겠다."
하고 손책이 말했다.

이리하여 감옥에서 끌려나온 우길은 곧 몸을 깨끗이 씻고, 옷매무시를 고친 다음 스스로 새끼줄로 몸을 묶고 햇볕에 나섰다. 그는 거리의 구경꾼들이 길을 메운 가운데서 이렇게 말했다.

우길은 비를 빌고 백성은 감복하다. ≪新鋟全像通俗演義≫ 三國志傳卷之五

"나는 하늘에 청해 석 자의 비를 내리게 하여 만인의 고난을 건지겠소. 그러나 나는 죽음을 면치 못할 것이오."

손책은 만일 오시(午時)까지 비가 오지 않으면 우길을 화형에 처하라고 명령하고 잘 마른 장작을 쌓아 올려 화형할 준비까지 시켰다.

정오가 가까웠을 무렵에 갑자기 회오리바람이 불어닥쳤다.바람이 지나가자 구름이 점점 하늘을 뒤덮었다. 손책은,

"벌써 오시가 지났는데도 구름뿐이고 비는 오지 않는다. 마법사가 틀림없다."

하고 우길을 장작 위에 올려놓고 사방에서 불을 붙이게 했다. 불길이 바람을 타고 활활 타오르기 시작했을 때, 갑자기 한 줄기 검은 연기가 하늘 높이 치솟는가 했더니, 요란한 우렛소리와 번개가 잇달아 일어나면서 장대 같은 비가 쏟아져 내렸다. 순식간에 거리 전체가 물바다로 변하고, 강물이 넘쳐 강우량이 석 자에 이르렀다. 우길은 장작더미 위에 반듯

이 누워 큰소리로 뭐라고 외쳤다. 그러자 구름이 걷히고 비가 멎더니 다시 해가 쨍쨍 내리쬐었다.

그리하여 관리들은 우길을 장작더미 위에서 내려놓고 새끼줄을 풀어주었다. 그리고 그에게 절하며 감사했다. 손책은 관리들까지도 옷이 더러워지는 것도 개의치 않고 물 속에 엎드려 있는 것을 보자 크게 화를 내며,

"비가 오고 안 오는 것은 천지의 조화다. 마법사가 운이 좋아 그때 비가 온 거다. 그런데 어찌하여 속아넘어가는가?"

하고 외치더니 허리에 차고 있던 보검을 빼어 곁에 있는 부하에게 즉시 우길의 목을 치라고 명령했다. 관리들은 한사코 말렸으나 손책은 더욱 화를 내면서,

"너희들이 우길과 한패가 되어 흉계를 꾸미는 게냐?"

하고 호령했다. 그러자 관리들도 입을 다물어버렸다.

손책은 무사에게 명령하여 단칼에 우길의 목을 베게 했다. 그러자 한 줄기 푸른 기운이 솟아올라 동북쪽으로 나부끼며 사라져갔다. 손책은 그의 시체를 구경거리로 거리에 걸어놓고 수상한 주술을 행하는 자들에게 본보기를 보였다.

망령에 시달리는 손책

이날 밤, 비바람이 세차게 몰아치더니 새벽녘에는 우길의 시체가 온데간데없이 사라져버렸다. 시체를 지키고 있던 병사가 이것을 손책에게 보고하자 손책은 화가 나서 그 병사의 목을 베려고 하였다. 이때 갑자기 한 사나이가 대청 앞에서

손책은 대노하여 우길을 참하다. ≪繡像全圖三國演義≫에서

조용히 걸어오는 것이 보였다. 그는 우길이었다. 손책은 화가 치밀어 칼을 들어 목을 치려다가 기절하여 그 자리에 쓰러졌다. 옆에 있던 부하들이 바로 침실에 옮기자 얼마 후에 겨우 정신을 되찾았다. 모친이 문병을 와서,

"아무 죄도 없는 선인을 죽였기 때문에 이런 변을 당하는 걸세."

하고 말하자 손책은 웃으면서 대답했다.

"저는 어렸을 때부터 아버님을 따라 출정(出征)하여 적을 수없이 죽였지만, 그 때문에 재난을 받은 일은 한 번도 없었습니다. 그 마법사를 없앴으니 이제 화근이 없어졌습니다. 그것이 재앙의 원인이 되다니 말도 안 됩니다."

"믿음이 없어서 그렇게 된 것이네."

모친은 측근에게 당부하여 굿을 하게 했다.

그날 밤 손책이 안방에서 자고 있는데 갑자기 싸늘한 바람이 불더니 촛불이 꺼질 듯 가물거리다가 다시 살아났다. 그 불빛에 우길의 모습이 침상을 향해 서 있는 것이 보였다. 손책은 큰소리로 욕을 퍼붓고,

"나는 수상한 짓을 하는 놈을 세상에서 없애고 천하를 평온하게 하고자 서약했다. 왜 망령이 되어 나타나는 거냐?"

하고 머리맡에 놓아둔 칼로 후려치자 그 모습이 사라져버렸다. 이 말을 들은 모친은 더욱 걱정스러워, 도교(道敎)의 사원에 가서 액막이 법사(法事)를 하도록 손책에게 일렀다.

손책도 모친의 분부는 거역할 수 없어 마지못해 가마를 타고 도교의 사원으로 갔다. 사원의 도사(道士)들이 마중을 나와 손책에게 향을 피우고 기도하도록 권했다. 그는 향은 피웠으나 기도는 하지 않았다. 그런데 향불의 연기가 사라지지 않고 한 곳에 엉겨서 하나의 꽃삿갓 모양이 되더니 그 위에 우길이 단정히 앉아 있었다. 손책은 화가 나서 욕을 퍼부은 다음 본당에서 나왔다. 그러자 이번에는 우길이 문어귀에 서서 손책을 노려보고 있었다. 손책은 옆에 있는 자들에게,

"너희들에게는 저 악마가 보이지 않느냐?"

하고 물었다. 그러자 그들이 대답했다.

"보이지 않습니다."

손책은 더욱 화가 나서 칼을 뽑아 우길을 향해 던졌다. 그 칼에 맞아 푹 고꾸라진 자가 있었다. 자세히 보니 그는 전날 우길의 목을 벤 병사로 칼끝이 머리에 꽂혀 눈 · 코 · 입 할 것 없이 얼굴이 온통 피투성이가 되어 죽어 있었다. 손책은

시체를 묻으라고 일렀다.

이윽고 손책이 그 절을 나서려고 하는데 우길이 또다시 절 대문으로 들어서는 것이 보였다.

"이 절은 악마의 소굴이다."

손책은 500명의 무사를 불러 절을 무너뜨리게 했다. 무사들이 지붕에 올라가 기와를 아래로 떨어뜨리려고 하자 우길이 지붕 위에서 기와를 집어 던지는 것이 보였다. 손책은 화가 나서 본당에 불을 지르게 했다. 불길이 솟아오르자 그 속에 또 우길의 모습이 보였다.

손책은 급히 저택으로 돌아왔다. 그런데 저택 대문 앞에 또 우길이 서 있었다. 그는 이제 저택으로 들어가기가 싫어 3만의 기병을 성 밖에서 야영하게 하고 그날 밤은 진중에서 잤다. 그런데 그날 밤에 또 머리카락이 부스스한 우길의 모습이 나타났다. 손책은 막사 안에서 밤새 호통을 쳤다.

손책의 죽음

이튿날 손책은 집으로 돌아와 모친을 만났다. 모친은 그의 까칠한 모습을 보고 물었다.

"얼굴이 왜 그런가?"

그는 거울에 비친 자신의 얼굴을 보고 깜짝 놀랐다. 옆에 있는 측근에게,

"어찌하여 내 모습이 이렇게 되었나?"

하고 말을 마치기도 전에 또다시 우길의 모습이 거울 속에

보였다. 손책은 거울을 손으로 치면서 큰소리로,

"악마다!"

하고 외쳤다. 그러자 전에 입었던 상처가 다시 찢어지고 눈이 어지러워지며 그 자리에 쓰러지고 말았다. 모친이 그를 침대에 눕혔다. 이윽고 의식을 되찾은 손책은,

"이제 다시 살아나기는 어렵겠구나!"

하고 곧 장소를 비롯하여 참모들을 불러놓고,

"천하는 지금 어지러워, 오(吳)·월(越)의 백성과 삼강의 토지를 손에 넣으면 일을 충분히 해나갈 수 있을 테니 동생을 잘 받들어주게."

하고 인장(印章)을 동생인 손권에게 넘겨주고,

"강동의 대군을 이끌고 싸움터에서 기회를 잘 잡아 천하를 판가름하기 위해 승부를 내는 데는 네가 나를 따르지 못할 것이다. 그러나 현자(賢者)를 등용하여 힘을 합쳐 강동을 다스려 나가는 일에는 내가 너를 따르지 못한다. 아버님과 나의 창업(創業)의 고난을 명심하여 일을 소홀히 하지 마라."

하고 말했다.

손권은 울면서 인장을 받았다. 손책은 모친에게 말했다.

"저는 이제 목숨이 다해 어머님을 모실 수 없습니다. 동생은 저보다도 열 갑절이나 실력이 있습니다. 나라 안의 정치에서 결정하기 어려운 일이 있으면 장소와 의논하고, 나라 밖의 일에 대해서는 주유와 의논하십시오. 다만 주유가 이곳에 없어 직접 부탁하지 못하는 것이 유감입니다."

그리고 나서 동생들을 모두 불러놓고,

"너희들은 모두 중모(仲謀)를 잘 도와야 한다."
하고 당부했다. 중모는 손권의 자(字)다. 다음에 아내를 불러,

"당신과 영원히 이별을 하게 되었소. 어머님을 잘 섬기오. 당신의 여동생이 오거든 내 대신 남편 주유에게 전하라고 하시오. 동생을 잘 도와 달라고 내가 부탁하더라고……."

말을 마치자 숨을 거두었다. 그때 손책의 나이는 겨우 26세였다.

손권의 등장

손권은 나면서부터 턱이 네모지고 입이 컸으며 눈은 파랗고 수염은 자색이었다. 손책의 형제들은 모두 재기가 뛰어났으나, 특히 그는 제왕이 되어 장수할 관상이라고 사람들이 말했다.

그는 형의 유언에 따라 강동의 주인이 되었으나 형을 잃은 슬픔에 잠겨 아직 일이 손에 잡히지 않고 있을 때 파구(巴丘)를 방비하고 있던 주유가 돌아왔다.

주유는 손책의 유언을 듣자 손권에게 충성을 서약하며,

"재능이 뛰어나고 원대한 안목을 가진 인사를 찾아 도움을 받으시면 강동은 안정될 것입니다."
라고 말했다.

"돌아가신 형의 유언에 의하면, 나라 안의 일은 자포(子布)에게, 나라 밖의 일은 공근(公瑾)에게 맡기라고 합니다."

"자포는 현명하고 식견이 있으므로 나라의 큰일을 맡을

손책은 운명하고 그의 위패를 세우다. ≪新鋟全像通俗演義≫ 三國志傳卷之五

수 있을 것입니다만, 저는 우매하여 이 무거운 소임을 감당키 어렵습니다. 그래서 장군을 보필할 인물을 추천하려고 합니다."

주유는 이렇게 말하고 임회군(臨淮郡) 동천현(東川縣)에 사는 성은 노(魯), 이름은 숙(肅), 자는 자경(子敬)이라는 인물을 추천했다.

손권은 곧 노숙을 불러들였다. 두 사람은 곧 서로 뜻이 통해 하루 종일 담론해도 끝이 없었다. 때로는 밤을 새워가면서 잠자리에서 천하의 경륜을 논하기도 했다. 노숙은 다시 한 사람을 추천했다.

성은 제갈(諸葛), 이름은 근(瑾), 자는 자유(子瑜)라고 하며, 낭야군 남양현 사람이었으나 난을 피해 강동에 와 있는 박식한 재사였다.

제갈근이,

"원소와는 가까이 하지 마시고 지금은 조조와 손을 잡는 것이 좋을 줄 압니다. 나중에 기회를 보아 원소에게 손을 쓰십시오."

하고 말했으므로 손권은 이에 따라 원소가 보낸 사자 진진을 돌려보내고, 원소와는 교제를 끊겠다는 내용의 서신을 보내게 했다.

한편 조조는 손책이 죽었다는 말을 듣고 강동을 공략하려고 했으나, 손책이 전에 도성에 보낸 장굉이 만류하므로 뜻을 바꾸어, 천자에게 상주하여 손권을 토로 장군(討虜將軍)으로 봉하고, 아울러 회계군의 태수로 임명했다. 그리고 장굉에게 관인을 주어 강동으로 돌려보냈다.

손권은 크게 기뻐하여 장굉을 높이 등용하여 장소와 함께 정사를 보도록 했다. 장굉도 한 인물을 추천했다. 말이 적고 술을 입에 대지 않는 대단히 공정한 인물로 성은 고(顧), 이름은 옹(雍), 자를 원탄(元嘆)이라고 불렀다.

이로부터 손권의 위세는 강동에 널리 퍼졌으며, 날로 인망(人望)이 높아갔다.

18. 관도 · 창정 싸움

조조와 원소의 싸움

진진은 강동에서 돌아와 원소에게 손책이 죽고 그 뒤를 손권이 이었으며, 조조가 그에게 장군의 칭호를 보내어 자기 편으로 끌어들였다고 보고했다. 원소는 크게 화가 나서 70만 대군을 거느리고 다시 허창을 공격하기 위해 관도를 향해 떠났다. 조조는 7만 군사를 이끌고 이와 맞서 싸우기 위해 진격하고 순욱을 허창에 남겨두어 지키게 했다.

원소가 출발할 무렵에도 옥중에 있는 전풍이 출병을 반대했었는데, 조조 군대와 대치한 뒤 이번에는 저수가 지구전을 주장하며 공격에 반대했다. 원소는 화가 나서,

"전풍이 우리 군사의 사기를 꺾어놓았기 때문에 조조를 무찌르고 돌아오면 목을 베려고 했는데, 자네까지도 그런 말을 하는가?"

하고 저수를 진중에 감금했다. 그리고 70만 대군의 진영을 정비하게 했는데 그 둘레가 90리도 넘었다.

참모인 심배(審配)는 양쪽에 쇠뇌를 든 군사 1만 명을 복

병으로 숨겨두고, 활을 든 군사 5천을 가운데에 매복시켰다. 그리하여 돌쇠뇌 쏘는 것을 신호로 해서 일제히 쏘도록 했다. 원소는 황금 투구와 갑옷을 걸친 다음 구슬띠로 허리를 졸라매고 말을 타고 앞장섰으며, 그 양쪽에 장합(張郃)·고람(高覽)·한맹(韓猛)·순우경(淳于瓊) 등의 장수가 나란히 섰다.

조조의 진영에서는 조조가 말을 몰아 출전하고 허저·장요·서황·이전 등이 그 앞뒤를 에워쌌다. 조조는 원소를 가리키며,

"나는 천자에게 상주하여 네놈을 장군으로 봉했는데 어찌하여 반역하느냐?"

하고 호령하자 원소도 큰소리로 응수했다.

"네놈은 한나라의 승상이라고 하지만 사실은 역적이다. 거듭되는 죄악은 왕망(王莽)이나 동탁보다도 더 심하다. 그 주제에 남에게 반역 운운하느냐?"

조조가 격분하여,

"장요, 나가라."

하고 외치니 장요가 말을 몰아 쳐들어갔다. 원소 쪽에서는 장합이 말을 달려 이를 맞아 싸웠다. 두 장수가 4, 50차례나 계속 싸웠으나 좀처럼 승부가 나지 않자, 허저가 검을 휘두르면서 말을 몰아 정면에서 덤벼들었다. 저쪽에서는 고람이 창을 들고 이와 대결하여 네 장수의 싸움이 시작되었다. 그래도 여전히 승부가 나지 않았다.

조조는 하후돈과 조홍에게 각각 3천 명의 군사를 이끌고 적진을 격파하라고 명령했다. 심배가 이것을 보고 곧 신호인

돌쇠뇌를 쏘았다. 그러자 양쪽 옆에서 쇠뇌를 일제히 쏘아대
고 한복판의 궁수들은 한꺼번에 진지 앞까지 전진하여 세차
게 활을 쏘았으므로 조조의 군사는 뿔뿔이 흩어져 관도까지
후퇴했다.

그러자 심배는 하나의 계략을 생각해냈다. 즉 조조의 진지
근처에 50개의 흙산[土山]을 쌓아 올리고, 그 위에 높은 망
루를 세운 다음, 쇠뇌와 활을 쏘는 군사 절반을 동원하여 망
루에서 맹렬히 활을 쏘게 했다. 조조의 군사는 이것이 두려
워 방패로 머리 위를 가리거나 땅에 엎드렸다. 흙산 위에서
딱다기 소리가 울릴 적마다 화살이 비오듯 쏟아졌다. 원소의
군사들은 이 모습을 보고 환성을 지르며 웃었다.

조조는 참모들을 모아놓고 의논했다. 유엽(劉曄)이,

"돌을 쏘는 발석거(發石車)로 격파해야 합니다."

하고 한 장의 도면을 꺼냈다. 그래서 조조는 곧 밤낮을 가리
지 않고 발석거 수백 대를 만들어 흙산 망루 정면에 배치했
다. 적이 활을 쏘기 시작했을 때 이 수레를 가동시켰다. 그러
자 돌덩이가 공중을 날아 망루에 명중하여 망루 위의 사수들
이 연달아 쓰러졌다. 마치 벽력 같은 요란한 소리를 내었으
므로, 원소의 군사들은 이 수레를 '벽력거(霹靂車)'라고 하
며 두려워서 망루에 올라가 활을 쏘려고 하지 않았다.

그러자 심배는 또 하나의 계략을 생각해냈다. 그것은 병사
들에게 쟁기와 괭이를 가지고 땅굴을 파게 하여 조조의 진지
까지 이르게 하는 것으로, 이것을 '굴자군(掘子軍)'이라고
불렀다.

이것을 알게 된 조조는 다시 유엽과 의논했다. 유엽이 말

조조의 군사는 한맹이 실어 오는 군량미를 불사르다. ≪新鋟全像通俗演義≫
三國志傳卷之五

했다.

"진지의 주위에 깊은 도랑을 파면 땅굴은 쓸모가 없게 될
것입니다."

조조는 그날 밤으로 즉시 도랑을 파게 했다. 그러자 원소
군사의 땅굴은 이 도랑에 차단되어 그 이상 파고 들어갈 수
가 없게 되었다.

조조가 관도를 수비하기 시작한 것이 8월이었는데 9월말
에 이르자, 병사들은 점점 피로를 느끼고 군량은 부족했다.
조조는 편지로 허창에 있는 순욱에게 의견을 묻고, 이에 따
라 관도를 계속 지키기로 했다.

원소 쪽에서도 장수 한맹에게 군량의 보급을 명령했으나
조조의 장수 서황이 도중에 습격하여 군량을 불살라버렸다.
그 때문에 한맹은 직위를 빼앗기고 병사로 강등되었다.

조조와 허유

　한편 조조 쪽에서는 군량이 점점 부족하여, 말을 잘 달리는 사자를 허창으로 보내어 순욱에게 빨리 군량을 보내도록 명령했다. 그런데 사자가 진지를 나오자마자 원소의 군사에게 붙잡혀 참모 허유에게 끌려갔다.

　허유는 교만한 데다가 치부(致富)에 능하였다. 어렸을 때는 조조와 아는 사이였으나 이 때는 원소의 참모로 있었다.

　그는 사자가 갖고 있는 편지를 보자 원소에게 가서 방비가 허술한 허창을 기습하는 동시에 군량이 거의 없는 관도의 조조 군대를 공격할 때라고 주장했다. 그러나 의심이 많은 원소는 이 편지도 적의 속임수일지 모른다는 생각에서 받아들이려 하지 않았다.

　두 사람이 대담하고 있을 때 마침, 허유가 백성으로부터 뇌물을 받아 사복(私腹)을 채우고 있다는 보고가 들어왔다. 원소가 격분하여,

　"네놈은 조조와도 어렸을 때부터 잘 아는 사이니, 그놈의 뇌물을 먹고 첩자가 되어 나를 속이러 온 게 분명하다. 목을 베어야 마땅하지만 당분간 네놈의 목숨을 맡아두겠다. 빨리 나가라. 네놈의 얼굴은 두번 다시 쳐다보기도 싫다."

하고 큰소리로 꾸짖었다.

　허유는 원한을 품고 몰래 진지를 빠져 나와 곧바로 조조의 진지로 향했다.

　조조는 허유를 기꺼이 맞아들여 극진히 대접했다. 그는 허

유에게 사정을 듣고 나서,

"원소가 만일 그대의 계책대로 공격했다면 우리는 살아 남을 수 없었소. 원소를 무찌를 방법이 없겠소?"

하고 묻자 허유가 되물었다.

"지금 승상의 군량은 얼마나 남아 있습니까?"

"1년 치는 준비가 되어 있소."

"그렇지 못할 겁니다."

"사실은 반년 치밖에 없소."

허유는 갑자기 얼굴빛을 바꾸고 자리에서 일어나,

"저는 진심에서 도와드리려고 왔는데 이런 농담만 하시다니 실망했습니다."

하고 급히 그곳을 떠나려고 했다. 조조는 뒤쫓아가서 그를 붙잡고 말했다.

"너무 화내지 마시오. 사실을 말하겠소. 군량은 석 달 치밖에 없소."

허유는 웃으면서 말했다.

"세상 사람들이 맹덕은 교활한 영웅이라고 말하고 있는데, 과연 그렇습니다그려."

조조도 웃으면서,

"전쟁에 속임수는 으레 따르게 마련이오."

하고 그의 귀에 입을 대고 속삭였다.

"사실 진중에는 이 달 치의 군량밖에 없소."

허유는 큰소리로 말했다.

"농담 마십시오. 군량은 동이 났지요?"

조조는 가슴이 뜨끔하여 물었다.

"어떻게 그것을 알고 있소?"

허유는 순욱에게 보내는 편지를 꺼내 보였다. 더욱 놀라는 조조에게 사자가 붙잡힌 이야기를 했더니 조조는 다시 원소를 쳐부술 계략을 물었다. 허유가 말했다.

"원소의 군량과 군수품은 오소(烏巢)에 비축되어 있습니다. 지금 그곳을 지키고 있는 장수 순우경은 술고래로 방비도 제대로 하지 못합니다. 승상의 정병을 골라 원소의 군으로 가장하여 파견하고, 만일 저쪽에서 물으면, 장기(蔣奇) 장군의 지시에 따라 군량을 호송하러 왔다고 대답하라고 하십시오. 그리고 기회를 노려 군량 창고에 불을 지르면 원소의 대군은 사흘도 못 가서 큰 혼란에 빠지게 될 것입니다."

조조는 크게 기뻐하여 보병과 기병 가운데 정예 5천 명을 뽑고 원소의 군기 등을 준비했다.

그리고 적의 기습에도 대비하여, 순유·가후·조홍 등은 허유와 함께 본진을 지키게 하고 하후돈과 하후연은 한 부대를 인솔하여 왼쪽에 복병으로 숨게 하는 한편, 조인과 이전은 다른 부대를 이끌고 오른쪽에 복병으로 잠복케 했다.

그리고 장요·허저를 선발대로 앞세우고 서황·우금을 후진으로 수비를 맡게 한 다음, 조조는 중간에서 장수들을 지휘했다. 도합 5천 명이 원소의 군기를 들고, 병사들은 마른 풀과 장작을 메고 저녁때가 되자 오소를 향해 진군했다. 건안 5년 10월 23일, 별이 빛나는 밤이었다.

조조는 허유와 병기를 논하다. ≪新鋟全像通俗演義≫ 三國志傳卷之五

조조의 승리

한편 원소의 진지에 감금되어 있는 저수는 이날 밤 별이 반짝이는 하늘을 쳐다보니, 문득 태백성(太白星)이 유(柳)와 귀(鬼)의 성좌(星座) 중간으로 역행하여 그 빛이 견우와 북두의 성좌를 침범하고 있는 것을 발견하고 원소에게 면회를 청하여,

"이것은 적군이 우리 후방을 기습할 징조입니다. 오소에 있는 군량을 조심하십시오."

하고 말했다. 그러나 원소는,

"죄인인 주제에 허튼 소리를 하여 사람을 미혹시키지 마라."

하고 책망했다.

한편 조조의 군사는 원소의 진지 근처를 지나갔으나,

"장기 장군의 지시에 따라 오소로 군량을 지키러 간다."

오소에 쌓아둔 군량미와 말먹이풀도 모두 조조에게 소실되다. ≪繡像全圖三國演義≫에서

라고 말하자 조금도 의심하지 않았다. 오소에 도착한 조조는 병사에게 명령하여 주위에 불을 지르게 하고 북소리를 울리면서 일제히 쳐들어갔다.

순우경은 장수들과 술을 마셔 만취가 되어 자고 있다가 함성 소리에 벌떡 일어났으나 곧 붙잡히고 말았다. 그는 귀와 코, 손가락까지 잘린 채 원소에게 보내졌다.

원소는 오소에 불이 났다는 보고를 듣고 장수와 참모들과 의논했다. 장합이 앞에 나와,

"제가 고람과 함께 구하러 가겠습니다."

라고 말하자 곽도가,

"그건 안 됩니다. 군량을 습격한 것으로 보아 조조 자신이 출전한 것이 틀림없습니다. 그의 본진은 텅 비어 있을 것이

니 그곳을 공략해야 합니다."

하고 조조의 본진을 공격할 것을 거듭 주장했다. 원소는 장합과 고람에게 5천의 군사를 이끌고 관도를 공격하게 하고 장기에게는 1만의 군사를 이끌고 오소를 구원하게 했다.

그러나 장기의 군사는 순우경의 부하를 무찌른 조조의 군사와 싸웠으나 금세 패하고, 장기는 장요의 칼에 목이 날아가고 말았다. 또한 장합과 고람은 조조의 본진에 대기하고 있던 하후돈 · 조인 · 조홍 등에게 세 방면에서 협공을 당하고 뒤에서 조조의 군사에게 공격을 받아 혼비 백산하여 도망쳐버렸다.

귀와 코가 잘린 순우경이 원소에게 돌아왔다. 그가 술에 취해 적에게 기습을 당한 것을 알아차린 원소는 화가 치밀어 그 자리에서 그의 목을 자르게 했다.

곽도는 자기가 조조의 본진을 공격할 것을 주장하여 결과적으로 실패하게 되었으므로, 장합과 고람이 패하여 돌아올 것이 두려워 원소에게 그들을 모함했다.

"장합과 고람은 원래 조조에게 항복할 마음이 있었기 때문에 적의 본진을 공격하러 출전했지만, 힘껏 싸우지 않아 많은 병사들을 죽음으로 몰아넣었습니다."

원소는 크게 화가 나서 곧 사자를 보내어 두 장수를 소환하여 문책하려고 했다. 곽도는 몰래 두 사람에게 사자를 보내어,

"영주가 당신들을 죽이려 하오."

하고 알렸다. 그때 원소의 사자가 나타났다. 고람이 물었다.

"영주가 우리를 부르는 이유는 뭔가?"

敗軍紹勝大兵曹

조조군은 대승을 거두고 원소군은 참패하다. ≪新鋟全像通俗演義≫ 三國志傳卷之五

사자가 대답했다.

"그 이유는 알 수 없습니다."

고람은 갑자기 칼을 뽑아 사자의 목을 치려고 했다. 장합은 깜짝 놀랐다.

고람이 장합에게 말했다.

"원소는 남의 모함을 믿는 사나이니 언젠가는 조조에게 당할 걸세. 그런데도 우리는 팔장을 끼고 앉아 죽음을 기다리고 있어야 하나? 차라리 조조에게 항복하는 편이 낫겠네."

장합이 대답했다.

"나도 진작부터 그렇게 생각하고 있었네."

두 사람이 항복하자 조조는 기꺼이 맞아들여 장군과 제후로 삼아 후대하였다.

원소의 진영은 두사람의 장수가 배반했을 뿐만 아니라, 오소의 군량을 잃어 병사들의 사기가 크게 떨어졌다. 조조는 이것을 노려 밤에 기습을 감행하여 적이 큰 혼란에 빠지자 도망치는 자들을 추격했다. 원소의 대군은 뿔뿔이 흩어져, 원소가 황하를 건너 도망쳤을 때에는 그를 따르는 기병이 불과 800여 명밖에 되지 않았다.

조조의 군사는 대승을 거두어, 원소의 군사가 버리고 간 무기와 장비를 많이 얻었다. 그런데 그 노획물 속에서 한 묶음의 편지가 나왔다. 그것은 모두 허창에 있는 관리와 조조의 장병들이 원소와 몰래 내통한 편지였다. 순유가 말했다.

"그 편지를 한 통씩 점검하여 그자들을 붙잡아 극형에 처해야 합니다."

그러나 조조는,

"원소의 세력이 강대해지고 나는 세력이 약해졌을 때 생긴 일이다. 모두들 불안해 했던 것은 당연하다."

하고 그 편지를 모조리 태우고, 이것을 문제삼지 않았다.

원소의 진지에 감금되어 있던 저수는 도망치지 못하고 생포되어 조조의 앞에 끌려 나왔다. 저수는 전부터 조조와 아는 사이였으나, 조조를 보자 큰소리로,

"이 저수는 항복하지 않을 테다."

하고 외쳤다. 조조는 그를 자기 편으로 삼기 위해 후히 대접하여 진중에 머물게 했으나, 말을 훔쳐 타고 도망치려고 하자 화가 나서 죽여버렸다. 그러나 저수는 죽는 순간까지 얼굴빛이 변하지 않았다. 조조는 탄식하면서,

"이런 충성심이 강한 사람을 죽인 것은 나의 잘못이다."

하며 슬퍼했다. 그는 저수의 장례를 성대히 치러 황하의 나루터에 안장하고 '충렬저군지묘(忠烈沮君之墓)'라는 비석

을 세워 주었다.

원소의 재도전

원소는 800명 가량의 기병을 이끌고 기주로 향했다. 하루
는 거치른 산 속에서 야영하고 있는데, 어디선가 울음 소리
가 들려왔다. 귀를 기울이니 그것은 패잔병들이 모여, 형제
와 부모를 잃은 슬픔을 못 이겨 울면서 넋두리하는 소리였
다.

"만일 장군이 전풍의 말을 들었더라면 이 지경이 되지는
않았을 거야."
하는 소리가 들려왔다. 원소는 크게 후회하여,

"전풍의 말을 듣지 않았기 때문에 싸움에 지고 많은 장병
을 잃었다. 이번에 돌아가면 차마 얼굴을 들 수 없겠구나."
하고 말했다.

이튿날 마중을 나온 봉기(逢紀)에게 이 말을 했더니, 봉기
는 전풍을 모함했다.

"전풍은 옥중에서 우리가 패했다는 소식을 듣고 손벽을
치면서 '내가 예상했던 대로구나' 하고 말했습니다."

원소는 이 말을 듣고 몹시 화가 나서,

"뭐, 나를 비웃었다고? 그를 살려둬서는 안 되겠다."
하고 사자를 먼저 보내어 전풍을 죽이라고 명령했다. 이것을
예상하고 있던 전풍은 스스로 목을 매어 죽었다. 전풍이 죽
었다는 소식을 전해 듣고 사람들은 저마다 애석해 했다.

目 左 煥 中 射 尚 袁

원상은 화살로 사환의 왼쪽 눈을 명중시키다. ≪新鋟全像通俗演義≫ 三國志
傳卷之六

　　원소는 기주에 돌아와서도 마음이 산란하여 정사가 손에
잡히지 않았다.

　　그에게는 아들 셋이 있었다. 장남 원담은 청주를 지키고,
차남 원희(袁熙)는 유주(幽州)를 지키고, 막내 원상(袁尚)
은 그가 특히 사랑하여 곁에서 떠나지 못하게 했다. 이 밖에
조카 고간(高幹)이 병주를 지키고 있었다.

　　이윽고 원희·원담·고간 등이 각각 5, 6만의 군사를 이끌
고 기주로 모여왔다. 그리하여 원소는 다시 한 번 조조와 싸
우기 위해 네 주의 군사를 모아 도합 30만의 병력을 이끌고
창정(倉亭)에다 진을 쳤다.

　　조조는 전군을 이끌고 진격하여 성 앞에 가서 큰소리로 원
소에게 외쳤다.

　　"원소, 이미 계략도 힘도 다하지 않았나? 그래도 항복할
의사가 없는가? 목에 칼이 들어간 후에는 후회해도 늦는다."

원소는 화가 머리끝까지 치밀어 외쳤다.

"누가 나가 싸워라!"

그러자 원상이 부친 앞에서 무술 솜씨를 보이기 위해 양손으로 칼을 휘두르면서 말을 몰아 나갔다. 조조 편에서도 한 장수가 창을 들고 나왔다. 서황의 부하인 사환(史渙)이었다. 두 필의 말이 서로 엇갈리며 3합을 겨루다 말고 원상이 말머리를 돌려 살짝 도망치기 시작했다. 사환이 이를 뒤쫓아가자 원상은 화살을 쏘아 사환의 왼쪽 눈에 명중시켰다. 사환은 말에서 떨어져 죽었다.

원소는 아들이 승리하자 말 채찍을 흔들어 불러들였다. 이와 때를 같이하여 대군이 일제히 진격하여 혼전이 벌어져 저녁때까지는 쌍방이 많은 사상자를 냈다.

조조는 장수들과 작전을 의논했다. 정욱이 십면매복(十面埋伏)의 계략을 말했다.

"아군을 황하 기슭까지 후퇴시킨 다음 10대(隊)의 복병을 잠복시키고 원소를 강기슭까지 유인합니다. 아군은 퇴로가 없으므로 결사적으로 싸워 반드시 승리를 거둘 수 있을 것입니다."

이 작전은 훌륭히 들어맞아 강기슭까지 유인된 원소의 군사는, 조조의 군사에게 반격을 당해 도망치는데 좌우의 복병이 공격하여, 간신히 혈로를 열었다 싶으면 다시 좌우의 복병이 맹공을 가하곤 하여 원소 군사의 시체가 들을 덮고 유혈이 강물을 이루었다.

그곳을 간신히 뚫고 본진으로 돌아와 식사를 시작했을 때, 다시 좌우에서 복병이 진지로 쳐들어왔다. 원소는 허둥지둥 말을 몰아 창정에 이르니 사람과 말은 지칠 대로 지쳤다. 잠시 쉬고 있는데, 뒤에서 다시 조조의 대군이 쳐들어오고 좌우에서 복병이 나타나 길을 가로막았다.

원소의 죽음

원소는 힘껏 싸워 포위망을 간신히 뚫었으나, 이날 밤에 병사의 태반을 잃었다. 원소는 세 아들을 부둥켜안고 대성통곡을 하다가, 정신이 어지러워 그 자리에 쓰러졌다. 사람들이 부축하여 일으켰으나, 원소는 계속 피를 토했다. 그는 길게 한숨을 내쉬고 말했다.

"지금까지 적과 수십 번을 싸웠으나 이런 곤경은 처음 당했다. 하늘이 나를 멸하는 모양이다. 너희들은 각자 본래의 주(州)로 돌아가 군사를 모아 반드시 조조와 다시 한 번 자웅을 겨뤄야 한다."

그리하여 원담·원희·고간은 본래의 주로 돌아가고, 원소는 원상 등과 함께 기주로 돌아가 병을 치료하면서 군사의 지휘는 원상과 심배, 봉기에게 맡겼다.

이듬해 건안 7년이 되었다. 원소의 병이 겨우 조금씩 나아갔으므로, 허창을 공략할 의논을 하고 있는데, 조조의 군사가 관도로 진격해 왔다는 보고가 들어왔다. 원소는 원담·원희·고간 등을 불러 사방에서 일제히 공격하여 조조를 격파하려고 했다.

그러나 원상은 전에 사환과 겨뤄 이긴 후부터 자기의 무용을 믿고, 원담 등의 도착을 기다리지 않고 홀로 수만 명의 군사를 이끌고 여양으로 나가 조조의 선발대를 무찌르려고 했다. 제일 먼저 말을 달려 나온 것은 장요였다. 원상은 창을 들고 서너 번도 못 싸워 크게 패하여 도망쳐 왔다.

원소는 원상이 패퇴한 소식을 듣고 충격을 받아 병이 도져 많은 피를 토하고 정신이 어지러워 그 자리에 쓰러졌다. 부인이 달려와 거실에 옮겼으나 중태에 빠졌으므로, 곧 심배·봉기 등이 병실에 모여 후계자에 대해 의논했다. 원소는 뭐라고 손짓만 할 뿐 말을 하지 못했다. 부인이,

"원상이 뒤를 이어도 될까요?"

하고 묻자 원소는 고개를 끄덕이고 돌아누워 신음 소리를 내더니 한 말 가량의 피를 토하고 죽어버렸다. 때는 건안 7년 여름이었다.

19. 영웅과 천우 신조

유비의 위기

이야기는 원소가 죽기 1년 전으로 다시 거슬러 올라간다.

여남에 있던 현덕은 유벽과 공도의 군사 몇만 명을 산하에 거느리게 되어 다시 세력을 키워가기 시작했다. 그러나 조조가 원소를 치기 위해 하북으로 출정한 것을 알자, 그 기회에 허창을 공략하려고 했다. 그리하여 유벽에게 여남을 지키게 하고, 자신은 관우·장비·조운 등과 함께 군사를 이끌고 출전했다.

조조는 이때 창정에서 원소의 군사와 싸워 대승했으나 허창을 지키고 있던 순욱으로부터 이 소식을 듣자, 조홍에게 황하 기슭의 방위를 맡기고 스스로 대군을 이끌고 여남으로 떠났다.

양군은 양산(穰山) 근처에서 마주쳤다. 조조는 현덕에게,

"나는 네놈을 손님으로 후히 대접했는데 어찌하여 은혜를 저버리느냐?"

하고 욕하자 현덕은,

"네놈은 한나라의 승상이라고 하지만 사실은 나라의 역적
이다. 나야말로 한나라 황실의 혈통을 이은 몸, 천자의 뜻에
따라 역적을 치는 것이다."
하더니 말 위에서 큰소리로 칙어(勅語)를 읽어내려갔다. 지
금은 세상을 떠난 동승이 천자로부터 받은 띠 속에 들어 있
던 비밀 칙어였다.

조조는 격노하여 허저에게 나가 싸우게 했다. 그러자 현덕
은 뒤에 있던 조운을 내세웠다. 두 사람이 30여 차례 싸웠으
나 승부가 나지 않았다. 그때 갑자기 함성이 일어나며 관우
와 장비의 군사가 양쪽에서 덤벼들었으므로, 멀리서 행군을
해온 조조의 군사는 그 기세에 눌려 뿔뿔이 흩어져 5, 60리
나 물러났다.

현덕이 기뻐하자 관우는,

"그들을 얕보아서는 안 됩니다. 조조는 꾀가 많으므로 어
떤 계략이든 다시 세울 것입니다."

과연 조조는 아무리 이쪽에서 쳐들어가도 싸우려 하지 않
았다. 열흘쯤 지나 현덕이 이상하게 생각하고 있는데 갑자
기 군량을 운반해 오던 공도가 도중에 적에게 포위되었다는
보고가 날아들었다. 현덕은 급히 장비에게 구원에 나서게
했는데, 또다시 하후돈이 후방으로 돌아 여남을 공격하고
있다는 보고가 들어왔다. 현덕은 깜짝 놀라 관우를 그곳으
로 보냈다.

그 후 반나절도 지나지 않아서 하후돈이 벌써 여남을 점령
하여, 유벽은 성을 버리고 도망치고 관우는 포위되었다는 보
고가 들어왔다. 현덕이 당황해 하고 있을 때 또다시 공도를

조자룡과 허저는 대전을 벌이다. ≪新鋟全像通俗演義≫ 三國志傳卷之六

구하러 갔던 장비도 적에게 포위되었다는 보고가 들어왔다.

현덕은 그날 밤 진지를 옮겨 몰래 후퇴했다. 도중에 한 민둥산을 돌았을 때, 횃불이 일제히 타오르더니 누군가 산 위에서 큰소리로 외쳤다.

"유비야, 어디로 도망치는 거냐. 승상이 이곳에서 기다리고 계시다!"

현덕은 당황해 하였으나 조운이,

"걱정하실 것 없습니다. 저를 따라오십시오."

하고 창을 들고 말을 달려 혈로를 열어나갔다. 현덕은 양손으로 칼을 휘두르면서 그 뒤를 따랐다. 허저가 뒤쫓아오자 조운이 맞서 싸웠으나, 그 뒤로 우금과 이전이 또 달려들었다. 현덕은 간신히 그 자리를 벗어나, 점점 멀어지는 후방의 함성을 들으면서 산 속의 오솔길로 혼자서 도망쳤다.

새벽녘이 되자 갑자기 옆 산모퉁이에서 한 떼의 군병이 나타났다. 깜짝 놀란 현덕이 자세히 보니 유벽이 패주한 기병

1천여 명을 이끌고 현덕의 가족을 호위하여 여남에서 도망쳐 오는 길이었다. 손건·간옹·미방 등도 보였다.

그 뒤 얼마간 행군했을 때 갑자기 북소리가 울리더니 앞길에 한 떼의 복병이 나타났다. 선두에 나선 장수는 장합이었다. 현덕이 뒤로 물러서려고 했을 때, 뒷산 위에 붉은 깃발이 나부끼더니, 또 한 떼의 복병이 산비탈에서 나타났다. 앞장선 장수는 고람이었다.

"이제 끝장이구나!"

하고 현덕이 하늘을 쳐다보았다. 유벽이 고람에게 덤벼들었으나 세 번 싸운 끝에 고람의 칼에 목이 달아났다. 그때 갑자기 적진을 헤치고 나타난 장수가 창으로 고람을 찔러 말에서 떨어뜨렸다. 그는 뒤쫓아온 조운이었다.

조운은 이어서 앞에 있는 적의 무리를 해치우고 장합과 싸웠다. 이때 관우와 관평·주창 등이 300여 명의 군사를 이끌고 나타나 함께 공격하여 장합을 물리쳤다. 관우는 이윽고 장비를 만나 현덕에게로 돌아왔다.

현덕은 불과 1천 명도 되지 않는 패잔병을 이끌고 물러났다. 얼마 못 가서 앞에 큰 강이 보였다. 그곳 사람에게 물어보니 그것은 한강(漢江)이었다. 현덕은 한숨을 내쉬면서 한탄했다.

"모두들 뛰어난 재능을 갖고 있으면서, 불행하게도 나 유비를 섬겨왔다. 이제 무운(武運)이 다해 송곳을 세울 만한 땅도 없는 신세가 되어 따르는 자들에게 폐를 끼치고 있다. 어찌하여 나를 버리고 훌륭한 영주를 섬겨 공명을 세우려고 하지 않는가?"

"형님, 무슨 말씀을 하시는 겁니까? 옛날 한의 고조는 항우(項羽)와 천하를 겨루어 때때로 패했으나, 최후의 일전에 승리하여 드디어 한조(漢朝) 400년의 기틀을 쌓아 올렸습니다. 승패는 병가(兵家)의 상례(常例)입니다. 약해져서는 안 됩니다."

하고 관우가 말하자 이어서 손건이 말했다.

"이곳에서 형주는 가깝습니다. 유표는 9군을 다스리고 있는 영웅으로 군사도 강하고 군량도 산더미처럼 쌓여 있습니다. 게다가 그는 주공과 같은 한나라 황실의 후손이니 그를 의지하는 것이 어떻겠습니까?"

현덕은 크게 기뻐하며 손건을 먼저 형주로 보냈다. 손건의 이야기를 들은 유표는 기꺼이 현덕을 맞이하여 후히 대접했다. 건안 6년 가을의 일이었다.

원담·원상의 다툼

조조는 현덕이 유표에게 의지하고 있다는 사실을 알고 즉시 군사를 동원하여 쳐들어가려고 했으나 정욱이,

"지금 형주를 공격했다가 만일 원소가 북방에서 쳐들어오면 어떻게 합니까? 그보다는 일단 허창에 돌아가 군사의 사기를 북돋우고, 내년 봄에 먼저 원소를 격파한 다음 형주를 공략하는 것이 순서인 줄 압니다. 그렇게 되면 남북을 동시에 손에 넣을 수 있을 것입니다."

하고 말했다. 조조는 고개를 끄덕였다.

조조는 창정에서 원소를 대파하다. ≪繡像全圖三國演義≫에서

이듬해 건안 7년 봄에 조조는 원소를 무찌르기 위해 스스로 대군을 이끌고 관도로 향했다. 원소의 셋째 아들 원상이 대적했으나 조조의 선발대장 장요에게 패하였다. 이 소식을 들은 원소가 병이 갑자기 악화되어 많은 피를 토하고 죽었다는 것은 앞에서 이미 말했다.

원소가 죽자 유언에 따라 원상이 그 뒤를 이었으나, 청주에서 달려온 장남 원담이 이를 인정하지 않자 두 사람은 자리 계승을 놓고 서로 싸우게 되었다. 심배와 봉기가 원상의 편에 서고, 곽도와 신평(辛評)이 원담의 편에 서자, 부하들도 두 패로 갈라져서 다투게 되었다. 이래 가지고는 조조에게 도저히 대항할 수 없었다.

조조의 군사는 승리를 거듭하여 건안 8년 2월에는 원담이

원상은 기주를 장악하여 형 원담과 겨루다. ≪繡像全圖三國演義≫에서

수비하던 여양을 함락시키고, 하북의 본거지인 기주까지
공략했다. 그제서야 원담과 원상 형제는 힘을 합쳐 성을 지
켰다.

조조의 참모 곽가가 말했다.

"위급할 때에는 형제가 서로 돕고 그것이 사라지면 다시
싸울 것입니다. 그러므로 잠시 군사를 이끌고 남으로 가서
형주의 유표를 물리칩시다. 그동안 원씨 형제는 무슨 사건을
일으킬 것입니다. 그때 쳐들어가면 됩니다."

조조는 이 건의를 받아들여 대군을 철수시켰다. 과연 원씨
형제는 다시 싸움을 일으켰다. 그 싸움에 패한 원담이 조조
에게 항복을 하고자 했다. 형주로 향하던 조조는 다시 기주
로 말 머리를 돌렸다. 때는 건안 8년 10월이었다.

조조의 군사는 업군(業郡)을 점령하고 한단(邯鄲)을 공략하여 드디어 기주를 포위했다. 평원으로 원담을 치러 갔던 원상은 급히 군사를 이끌고 돌아왔으나, 조조의 군에게 대패하여 중산군(中山郡)으로 도망쳤다. 기주성은 참모인 심배가 지켜 조조의 공격을 막아냈다. 조조는 허유의 작전에 따라 물을 대어 공격했다. 그러자 성 안은 군량이 떨어졌고 안에서 문을 몰래 열어주는 자가 생겨 드디어 함락되었다.

성을 지키던 심배는 생포되었다. 조조가 그에게 말했다.

"나에게 항복할 의사가 없느냐?"

심배가 대답했다.

"항복하지 않을 테다. 나는 살아 있는 동안은 원씨의 부하요, 죽어서는 원씨의 귀신이 되련다. 어서 목을 베라!"

하고 말했다. 그는 목을 벨 때,

"우리 영주는 북에 계시니, 남쪽을 향해 죽을 수 없다."

하고 북쪽을 향해 무릎을 꿇고 죽었다. 때는 건안 9년 7월이었다. 조조는 심배의 충성심을 갸륵하게 여겨, 성의 북쪽에 안장했다.

이때 한 사나이가 또 붙잡혀왔다. 그는 진림(陳琳)이었다. 조조는 그에게 다그쳤다.

"네가 일찍이 원소를 위해 격문을 썼을 때 나의 죄를 열거한 것은 좋지만 어찌하여 나의 조부나 부친까지도 욕했느냐?"

"당겨진 화살은 쏠 수밖에 없었다."

하고 진림은 대답했다. 좌우에 있던 측근들은 죽이라고 권했으나 조조는 그 재능을 아껴 자기의 비서로 삼았다.

조조의 승리

조조는 장수들을 거느리고 기주에 입성했다. 성문을 들어서려고 할 때, 허유가 조조의 어렸을 때의 이름을 부르며,

"이봐, 아만(阿瞞), 내가 아니었더라면 이 문을 지나갈 수 없었을 텐데."

하고 채찍을 들어 성문을 가리켰다. 조조는,

"그렇다."

하고 껄껄 웃었다.

이튿날 허저가 말을 달려 동문을 들어서려고 할 때 허유를 만났다. 허유가 그를 불러 세우고,

"당신도 내가 없었더라면 이 문에 들어설 수 없었을걸."

하고 말했다. 허저는 화가 나서 쏘아붙였다.

"우리는 목숨을 걸고 피투성이가 되어서도, 끝까지 싸워 이 성을 빼앗은 거다. 네가 무슨 큰소리를 치는 게냐."

"이 놈팡이가 뭐라고 지껄이는 거야?"

하고 허유가 야유하자 허저는 화가 나서 칼을 빼들고 그의 목을 베어버렸다. 그 목을 들고 조조에게 가서,

"허유가 건방지게 굴어 죽였습니다."

하고 보고했다. 조조는,

"허유는 나의 소꿉친구다. 농담을 한 건데 그를 왜 죽였느냐?"

하고 호되게 꾸짖고 허유의 장례를 훌륭히 치르게 했다.

한편 원담은 원상이 중산 쪽으로 패주했다는 소식을 듣고

왕수는 원담이 효수되자 곡을 한다. ≪新鐭全像通俗演義≫ 三國志傳卷之六

즉시 추격했다. 원상은 유주로 도망쳐 둘째 형 원희에게 몸을 맡겼다. 원담은 원상의 군사를 모두 자기 손에 넣고 기주를 다시 탈환하려고 했으나, 거꾸로 조조의 공격을 받아 하북의 남피(南皮)에서 전사했다. 이때 참모인 곽도도 전사했다. 때는 건안 10년 정월이었다.

조조는 다시 유주로 진격했다. 원상과 원희는 당할 수 없어 성을 버리고, 요서(遼西)의 오환족(烏桓族)의 왕에게 몸을 맡겼다. 조조는 곽가의 권유를 받아들여 오환족을 정벌하였다. 도중에 곽가가 풍토병에 걸려 죽자 조조는 몹시 애통해 하였다.

원상 등은 다시 동북의 요동으로 도망쳐 태수인 공손강(公孫康)에게 몸을 맡기려고 했다. 운이 좋으면 공손강을 죽이고 그 땅을 빼앗을 심산이었다. 이것을 알아챈 공손강은 조조가 쳐들어오지 않을 것을 확인하고 나서 원상과 원희를 죽여 그 목을 조조에게 보내 화의를 맺었다.

崔銅得光金見操

조조는 금광을 본 후 동작을 얻다. ≪新鎊全像通俗演義≫ 三國志傳卷之六

이미 곽가가 죽기 전에 이것을 예견하고 조조에게 편지를 써서 남겨놓았다. 조조는 38세로 죽은 참모 곽가의 죽음을 다시금 아까워했다.

북방을 평정하고 기주에 돌아온 조조가, 그날 밤 하늘의 별들을 바라보고 있을 때 갑자기 한 가닥 금빛이 한 곳에서 솟아올랐다. 그곳을 파보니 하나의 청동 참새가 나왔다. 순유가,

"옛날 순(舜)의 어머니는 옥으로 된 참새가 호주머니에 들어온 꿈을 꾸고 순을 낳았다고 합니다. 청동 참새를 손에 넣은 것은 길운의 징조입니다."

하고 말했다. 조조는 크게 기뻐하여 그곳에 기념으로 높은 대를 만들게 하고 동작대(銅雀臺)라고 불렀다. 장남 조비(曹丕)와 셋째 아들 조식(曹植)에게 공사 감독을 맡기고, 자신은 원씨의 옛 부하 5, 60만 명을 이끌고 허창으로 개선했다.

신야로 옮긴 유비

현덕은 형주의 유표에게 의지하고 있었다. 유표는 그를 아우로 후히 대접했다. 강하군에서 장무(張武)와 진손(陳孫) 두 장수가 반란을 일으켰을 때, 현덕은 그 토벌에 출전하여 조운이 장무를, 장비가 진손을 각각 죽이고 개선했으며, 그때 장무가 타고 있던 말을 손에 넣었다. 이 말은 달리는 것으로 보아 명마인 듯했다. 현덕이 말했다.

"이놈은 천리마가 틀림없다."

유표는 잔치를 베풀어 노고를 위로하며 말했다.

"장군과 같은 용장이 형주에 있으니 마음이 든든하오. 그러나 남월족(南越族)이 끊임없이 경계를 침범하여 걱정이고, 장로(張魯)나 손권 등도 골칫거리요."

"나의 세 장수가 도움이 될 것입니다. 장비에게는 남월족과의 경계선을 지키게 하고, 관우에게는 고자성(固子城)을 지키게 하여 장로의 침범에 대비하게 하고, 조운에게는 삼강을 지키게 하여 손권의 침입에 대비하게 하면 걱정할 것이 없습니다."

하고 유비가 말했다. 유표는 기꺼이 이 의견을 받아들이려고 했으나 가로막는 자가 있었다.

유표의 처남인 장수 채모(蔡瑁)는 현덕이 유표를 찾아왔을 때부터 현덕을 달갑게 여기지 않았다. 현덕은 처음에 여포를 따르고, 후에 조조를 섬기고, 다시 원소에게 의지했는데, 어디서나 오래 가지 않았다. 이런 인물을 받아들이는 것

은 위험한 일이며, 더구나 조조와 등지게 되면 형주를 위해
아무 도움이 되지 않는다는 것이었다.
　채모는 누이인 채 부인에게,
　"유비가 세 장수를 밖에 내보내고 자기는 형주에 머물게
되면 머지 않아 반드시 재앙이 될 것입니다."
하고 말했다. 채 부인이 그날 밤 유표에게 말했다.
　"소문에 듣자하니 당신 부하 가운데 유비에게 마음이 쏠
려 내통하고 있는 자들이 많은 모양입니다. 조심해야 합니
다. 그를 성 안에 두는 것은 위험한 일이니 딴 곳으로 보내십
시오."
　"현덕은 의리를 아는 사람이오."
　"아닙니다. 세상 사람이 모두 당신 같은 마음을 갖고 있는
것이 아닙니다."
　이튿날 유표가 성 밖에서 현덕이 근사한 말을 타고 있는
것을 보고 웬말이냐고 물었더니 장무가 타던 말이라고 대답
했다. 유표가 탐내는 듯 하여 현덕은 그 말을 바쳤다. 유표는
대단히 기뻐하며 그 말을 타고 성으로 돌아왔다. 괴월(蒯越)
이 이것을 보고 말했다.
　"이 말은 눈 아래 눈물 주머니가 있고 이마에 흰 점이 있
습니다. 이런 말은 적로(的盧)라고 해서 타는 주인에게 액운
이 따릅니다. 장무도 이 말 때문에 죽었습니다. 타서는 안 됩
니다."
　이 말을 듣고 이튿날 유표는 현덕을 불러,
　"어제 명마를 준 것은 고맙게 생각하오. 그러나 장군은 늘
싸움에 나서는 몸이라 필요할 때가 많을 터이니 다시 그대에

게 돌려주려고 하오. 그리고 장군이 언제나 이곳에 머물러만 있다면 무예를 연마하는 데 지장이 많을 것이오. 양양의 관내인 신야(新野)라는 현에는 군량과 재물도 있으니, 그곳으로 휘하의 군사를 이끌고 가 있는 것이 어떻겠소?"

현덕은 고맙다고 말하고 이튿날 부하를 데리고 신야로 향하였다. 성문을 나서자 한 사나이가 말 앞에 나서서,

"이 말은 타시면 안 됩니다."

하고 말했다. 그는 유표의 식객인 이적(伊籍)이라는 사람이었다. 까닭을 물으니 이적은 어제 들었던 괴월의 말을 전했다. 현덕은,

"염려해줘서 고맙소. 그러나 인간의 생사는 하늘에 달려 있소. 말 한 필이 정해진 운명을 바꿀 수 있겠소?"

하고 말했다. 이적은 현덕의 깊은 생각에 감탄하여 그 후부터 현덕과 더 가까워지게 되었다.

현덕이 신야에 도착하자 군대와 백성들이 모두 기뻐하였다. 이 해, 그러니까 건안 12년 봄에 감 부인(甘夫人)이 유선(劉禪)을 낳았다. 그날 밤 한 마리의 흰 학이 현청(縣廳) 지붕 위에 날아와 소리 높여 40여 차례나 계속해서 울고 서쪽으로 날아갔다. 아들을 낳았을 때는 이상한 향기가 방 안에 가득 차 있었다. 감 부인은 북두 칠성이 입 속으로 들어오는 꿈을 꾸고 나서 태기(胎氣)가 있었으므로, 이 아이의 아명(兒名)을 아두(阿斗)라고 지었다.

유비의 위기

조조가 원상을 추격하여 북방으로 출정했을 무렵, 현덕은
형주에 가서 유표를 만나 말했다.

"조조는 지금 전군을 이끌고 북방으로 정벌을 떠나고, 허
창은 비어 있었습니다. 이 기회에 쳐들어가면 반드시 성공을
거둘 수 있을 것입니다."

그러자 유표가 말했다.

"나는 아홉 고을을 다스리는 것만으로도 충분하오. 다른
데까지 손댈 생각은 없소."

현덕은 아무 말도 하지 않았다. 유표는 그를 안방에 불러
들여 술을 마셨다. 술이 거나하게 취하자 유표는 갑자기 한
숨을 내쉬었다.

"형님, 속상한 일이라도 있습니까?"
하고 현덕이 물었다.

"속상한 일이 있지만 뭐라고 말할 수는 없소."

현덕이 재차 물어보려 했을 때 채 부인이 나타났으므로,
유표는 고개를 떨군 채 아무 말도 하지 않았다.

그 해 겨울 어느 날 현덕은 유표의 부름을 받아 형주로 갔
다. 그때 유표가 말했다.

"근자에 조조가 허창에 돌아가 그 세력이 날로 커져서, 이
형주도 침략할 계획이라고 들었소. 전에 장군의 말을 받아들
이지 않아 그 기회를 놓친 것이 유감이오."
하고 말했다.

유표는 유현덕에게 조조의 일을 묻다. ≪新鋟全像通俗演義≫ 三國志傳卷之六

"지금 천하는 이쪽저쪽으로 나뉘어 싸움이 그치지 않으니 기회는 한 번만 있는 것이 아닙니다. 후회하실 것 없습니다."

두 사람은 마주 앉아 술을 마셨다. 갑자기 유표가 흐느껴 울기 시작했다. 현덕이 까닭을 물었다.

"진작 털어놓으려고 했는데……."

하고 말꼬리를 흐렸다.

"제가 도울 수 있는 일이라면 목숨도 아끼지 않겠습니다."

"실은 전처인 진씨가 낳은 장남 유기(劉琦)는 나면서부터 영리하지만 대가 약해서 쓸모가 없소. 후처인 채씨가 낳은 차남 유종(劉琮)은 꽤 똑똑하여 이 아이에게 대를 물리려고 하지만 이것은 법도에 어긋나는 일이오. 그렇다고 장남에게 대를 물려 주면, 채씨 일족이 군의 실권을 잡고 있으므로 반드시 말썽이 날 것이오. 그래서 어떻게 해야 좋을지 모르겠소."

채 부인은 병풍 뒤에서 유표와 유현덕이 주고받는 말을 엿듣는다. ≪繡像全圖三
國演義≫에서

"옛날부터 장남을 폐하고 동생에게 대를 물리면 분란의
원인이 되어왔습니다. 채씨의 권력이 너무 강하니 점차 그것
을 약화시키도록 하십시오."

채 부인은 전부터 현덕을 의심하여 현덕과 유표가 이야기
를 나눌 때는 언제나 몰래 엿들었다. 이날도 병풍 뒤에서 현
덕이 하는 말을 듣고 그를 더욱 미워하게 되었다. 그녀는 동
생 채모에게 이 이야기를 전했다. 채모는 현덕의 숙소를 습
격하여 그를 죽이려고 계획했다.

현덕은 자기가 주제넘는 말을 했다고 생각했다. 그날 밤
숙소에서 자려고 하는데 갑자기 문을 두드리는 소리가 들려
왔다. 이적이었다. 그는 채모의 흉계를 알고 일부러 밤중에
알리러 왔던 것이다. 현덕은 곧 말을 타고 그날 밤으로 신야

로 돌아갔다.

채모는 발을 구르며 아쉬워하였으나 곧 다음 계략을 세웠다. 나라 안의 관리들을 양양에 불러 풍년을 축하하는 큰 잔치를 베풀고, 그 자리에서 현덕을 죽이려는 흉계였다. 유표는 기분도 내키지 않고 두 아들도 아직 어리므로, 잔치 접대의 주인 역할을 현덕에게 맡기기로 했다.

신야에 돌아온 현덕에게 이튿날 사자가 와서 양양으로 오라고 전했다. 그러자 손건이 말했다.

"어제 급히 이곳에 돌아오셨는데 형주에서 무슨 일이 있었던 게 아닙니까? 지금 갑자기 잔치에 나오라고 하지만 섣불리 나서지 않는 것이 좋겠습니다."

현덕이 어제 있었던 일에 대해서 말하자 관우가 말했다.

"형님은 실언했다고 생각하지만 유표는 과히 탓하지 않을 것입니다. 만일 가지 않는다면 오히려 의심을 삽니다."

장비가 말했다.

"특별히 가셔야 할 이유가 없습니다. 가시지 않는 게 좋겠습니다."

"제가 기병과 보병 300명을 거느리고 따라가지요."
하고 조운이 말했다.

"그게 좋겠다."
하고 현덕이 말했다.

현덕은 조운을 데리고 양양으로 갔다. 채모는 공손히 성 밖까지 마중을 나오고, 유기·유종도 관리를 거느리고 맞아주었으므로 현덕은 마음을 놓았다. 조운은 숙소에 가서도 현덕의 곁을 떠나지 않고 지켰다.

두 공자는 유현덕을 영접하다. ≪新鋟全像通俗演義≫ 三國志傳卷之六

이튿날 형주의 아홉 고을 관리들이 모여 소와 말을 잡고 성대한 잔치를 베풀었다. 주인의 자리에 앉은 현덕의 옆에 조운이 칼을 든 채 도사리고 있었다.

채모의 부하가 와서,

"무관의 자리는 밖에 따로 마련했습니다."

하고 그리로 가라고 권했으나 조운은 거절하고 움직이려고 하지 않았다. 현덕이 가라고 명하자 마지못해 밖으로 나갔다.

채모는 잔치하는 주변을 철통같이 에워싸고, 현덕의 군사 300명은 모두 숙소 밖으로 내보냈다.

술이 서너 차례 돌았을 때였다. 이적이 술잔을 들고 현덕의 앞에 오더니 눈짓을 하면서 작은 소리로,

"옷을 갈아입으십시오."

하고 말했다. 현덕은 눈치를 채고 자리에서 일어나 변소로 갔다. 이적은 급히 뒷뜰로 가서,

"채모가 장군을 죽이려고 계략을 꾸며, 이미 성 밖의 동·

현덕은 말을 몰아 단계를 건너뛰다. ≪新鋟全像通俗演義≫ 三國志傳卷之六

남·북쪽은 군대를 배치하고 서문만 열려 있습니다. 어서 피
하십시오."
하고 나직하게 귓속말로 했다.

현덕은 깜짝 놀라 곧 적로마에 올라타고 혼자 서문을 빠져
나갔다. 얼마 못 가서 앞에 큰 강이 길을 가로막았다. 단계
(檀溪)라는 이 강은 강 폭도 넓고 물결도 몹시 세찼다. 도저
히 건너 갈 수 없을 것 같아서 말 머리를 돌려 되돌아가려고
하는데 멀리서 흙먼지를 일으키면서 한 떼의 군사가 뒤쫓아
왔다.

"이제야말로 운이 다했구나!"
하고 다시 강기슭으로 말을 몰았다. 돌아다보니 추격자가 가
까이 다가왔다.

현덕은 다급한 나머지 말을 물 속으로 몰았다. 몇 걸음 떼
어 놓지 않아서 말이 물살에 밀려 앞발을 꺾는 바람에 현덕

의 갑옷이 흠뻑 젖었다.

　현덕은 필사적으로 말에 채찍을 가하면서,

　"적로! 적로! 나에게 기어이 액운을 안겨주는구나!"

하고 큰소리로 외쳤다.

　유현덕의 말이 끝나기도 전에 갑자기 적로마가 크게 한 번 울더니 허공으로 뛰어올라 날듯이 건너편 언덕에 닿았다. 마치 구름과 안개 속을 헤치고 내리는 듯했다.

　단계를 건넌 현덕은 동쪽으로 계속 말을 달렸다.

20. 유비, 제갈공명을 얻다

남장의 수경 선생

벌써 해가 서산에 기울고 있었다. 현덕은 남장(南漳)을 향해 말을 달리고 있었다.

문득 저쪽에서 한 목동이 소의 등에 올라타고 피리를 불면서 다가왔다.

"아, 나의 신세는 저 목동만도 못하구나!"

현덕이 한숨을 내쉬면서 가만히 바라보자 그 목동도 소를 멈추게 하고 피리를 멈추더니 현덕을 빤히 쳐다보았다.

"나으리는 황건적을 무찌른 유현덕이 아니십니까?"
하고 물었다. 현덕이 놀라,

"네가 어떻게 내 이름을 알고 있느냐?"

"주인 어른이 손님들과 자주 얘기를 하셨습니다. 유현덕은 키가 7척 5치요 손이 무릎 아래까지 닿으며, 자기 눈으로 양쪽 귀를 볼 수 있을 만큼 귀가 크다고 하셨습니다. 나으리의 얼굴을 보니 그와 거의 흡사합니다."

"너의 주인은 누구냐?"

玄德遇牧童相引

유현덕은 목동을 만나 인도되다. ≪新鋟全像通俗演義≫ 三國志傳卷之六

"성은 사마(司馬), 이름은 휘(徽), 자는 덕조(德操)라고 합니다. 그렇지만 모두들 수경(水鏡) 선생이라고 부릅니다."

"집은 어디냐?"

"저 숲속에 보이는 집입니다."

"나를 주인에게 안내해주겠느냐?"

소년은 현덕을 그 집으로 안내했다. 현덕이 말에서 내려 대문까지 가니 아름다운 거문고 가락이 들려왔다. 현덕은 가만히 그 소리에 귀를 기울였다. 그러자 거문고 소리가 갑자기 그치더니 웃는 얼굴로 한 노인이 나타나며 말했다.

"이 맑은 가락에 어찌하여 살벌한 울림이 섞이나 했더니 몰래 엿듣는 영웅이 있었군 그래."

"이분이 주인 어른이십니다."

하고 소년이 말했다. 소나무와 같은 기품에 학과 같은 용모가 보통 사람으로는 보이지 않았다.

현덕이 공손히 인사를 올리자 노인은,

"오늘은 다행히 큰 재난에서 벗어났구려."
하고 물었다. 현덕은 깜짝 놀랐다.

노인은 현덕을 객실로 인도했다. 객실 한쪽에는 책이 높이 쌓여 있고, 창 밖에는 소나무와 대나무가 우거지고, 거문고가 바위 위에 놓여 있어 운치가 더할 수 없이 좋았다.

노인은 현덕의 신변에 대해 물었다. 현덕은 양양에서 있었던 일을 이야기했다. 그러자 노인이 또 물었다.

"장군의 이름은 전부터 듣고 있었소. 어째서 이런 곳까지 쫓겨다니고 있소?"

"운이 나빠 역경에서 헤어나지 못하고 있습니다."

"아니, 그럴 리가 없소. 장군의 좌우에 사람이 없기 때문이오."

"나는 부덕하지만, 문(文)에는 손건·미축·간옹이 있고, 무(武)에는 관우·장비·조운이 있습니다."

"관우·장비·조운은 만인을 상대할 장수이지만 그들을 부릴 만한 자가 없소. 손건·미축·간옹은 아직 서생에 지나지 않아 세상을 건질 그릇이 못 되오."

"저도 초야에 묻혀 있는 현인을 찾고 있으나 좀처럼 만날 수가 없습니다."

"지금 천하의 인재가 모두 이 근처에 모여 있소. 잘 찾아보오."

"그 인재는 어디 있는 어떤 인물입니까?"

"복룡(伏龍)과 봉추(鳳雛) 두 사람 중에 한 사람이라도 얻게 되면 천하는 태평해질 것이오."

"복룡과 봉추라니 누구 말씀입니까?"

현덕과 수경 선생은 대화를 나누다. ≪新鋟全像通俗演義≫ 三國志傳卷之六

노인은 손뼉을 치며 크게 웃고 나서 말했다.

"벌써 날이 저물었으니 오늘 밤에는 이곳에서 묵고 내일 또 이야기하도록 하오."

현덕은 그날 밤에 객실에 묵었으나 노인의 말이 마음에 걸려 좀처럼 잠이 오지 않았다. 밤이 깊었는데 갑자기 문을 두드리는 소리가 들려왔다. 노인이 물었다.

"원직(元直)인가, 어디서 오는 길이야?"

현덕이 벌떡 일어나 몰래 엿들으니,

"유표는 선을 좋아하고 악을 멀리하는 인물이라는 말을 듣고 일부러 만나러 갔으나 소문과는 달리 보잘것없는 사나이였습니다. 그래서 돌아왔습니다."

"사람은 골라서 섬겨야 하네. 무엇 때문에 경솔하게 유표와 같은 사람에게 갔는가. 영웅 호걸이 눈앞에 있지 않은가?"

하고 노인이 말했다.

이 말을 듣고 현덕은 크게 기뻐하며 이 사람이야말로 복룡과 봉추 중에 한 사람임에 틀림없다고 생각했다. 날이 밝기를 기다려 노인에게 어젯밤 손님에 대해 묻자 노인이 대답했다.

"친구요, 훌륭한 영주를 찾아서 갔으나 잘못 찾아갔던 거요."

현덕이 그 이름을 물었으나 노인은,

"그래, 그래."

하고 웃기만 했다. 복룡과 봉추가 누구냐고 다시 물었더니 노인은 역시,

"그래, 그래."

하고 말할 뿐이었다.

그래서 현덕은 무릎을 꿇고 수경 선생에게 은둔처에서 나와 한왕실을 위해 힘이 되어 달라고 간청했으나 거절당했다.

"나는 산과 들에 묻혀 사는 한가한 사람으로 세상에 아무 쓸모도 없소. 나보다 열 곱절이나 나은 사람이 장군을 도우러 갈 것이오. 조심스럽게 찾도록 하오."

이때 갑자기 밖에서 사람의 목소리와 말이 우는 소리가 들려왔다. 나가보니 조운이 수백 명의 부하를 이끌고 현덕을 찾으러 왔다.

군사 서서

현덕은 그곳에서 수경 선생과 헤어져 조운과 함께 신야로

향하였다. 도중에 장비와 관우의 군사를 만나 더없이 기뻐하면서 신야에 도착했다.

현덕은 손건을 형주의 유표에게 보내어 양양의 잔치 석상에서 채모가 현덕의 암살을 꾀하고, 현덕의 말이 단계를 뛰어넘어 겨우 목숨을 건진 경위를 상세히 알리게 했다. 유표는 이 사연을 듣고 사죄하는 뜻으로 장남 유기를 보냈다.

유기가 돌아갈 때 성 밖까지 전송한 현덕이 돌아오는 길에, 노래를 흥얼거리며 다가오는 사람이 있었다. 헝겊 두건에 무명 윗옷을 걸치고 검은 띠를 둘렀으며 검은 신을 신고 있었다.

천지가 온통 뒤집어지는데
혼자서 막기는 어렵도다.
당신은 누구를 찾고 있는가.
나에 대해서는 알지도 못한다.

이 노랫소리를 들은 현덕은 이 사람이 복룡 · 봉추가 아닌가 하고 가까운 주점에 안내하여 그 이름을 물었다.

"나는 영천(穎川)에 사는 사람으로 성은 단(單), 이름은 복(福)이라고 합니다. 장군께서 사람을 구한다는 소문을 듣고 찾아뵈려고 했으나 찾아뵐 길이 없어 거리에서 노래를 불러 공의 주목을 끌었습니다."

현덕은 단복과 담소한 끝에 그를 군사(軍師)로 삼고, 군대를 훈련시키도록 했다.

한편 조조는 원씨 일족을 멸망시키고 기주에서 허창으로

단복은 신야에서 유현덕을 만나다. ≪繡像全圖三國演義≫에서

돌아왔으나, 다시 형주를 손에 넣으려는 야심을 품고 있었다. 그래서 조인·이전 등의 장수를 번성에 보내어 형주의 동태를 정탐시킨 결과 현덕이 신야에서 군사를 모집하고 말을 사들인다는 것을 알게 되었다.

조인은 군사 5천을 이끌고 신야로 향했으나 단복의 계략에 걸려 참패를 당하고 말았다.

약이 오른 조인은 기가 죽은 이전을 격려하면서 다시 2만 5천의 기병을 이끌고 백하(白河)를 건너 신야로 쳐들어갔다. 현덕은 대책을 마련해놓고 기다리고 있었다. 높은 언덕에 올라가 바라보니, 조인이 군사를 이끌고 선발대가 되어 진을 치고 있었다.

단복이 현덕에게 말했다.

趙雲出馬李典敗

조자룡이 출전하니 이전은 패하다. ≪新鏤全像通俗演義≫ 三國志傳卷之六

"이것은 팔문금쇄(八門金鎖)의 진(陣)이라고 합니다. 팔
문이란 휴(休)·생(生)·상(傷)·두(杜)·경(景)·사
(死)·경(驚)·개(開)입니다. 생문(生門)·경문(景門)·개
문(開門)에서 공격하는 것은 좋지만, 상문(傷門)·경문(驚
門)·휴문(休門)으로 쳐들어가면 상처를 입고, 두문(杜
門)·사문(死門)으로 쳐들어가면 전멸당합니다. 저 칠문(七
門)은 교묘히 진을 치고 있지만 중앙의 가장 중요한 부분에
힘이 빠져 있습니다. 동남 구석의 생문으로 쳐들어가 서쪽
경문으로 빠져 나오면 저 진지는 흩어질 것입니다."

현덕은 조운에게 명령하여 그대로 공격하니 조인의 군사
는 혼란에 빠져 참패하여 도망쳤다.

조인은 이전이 만류하는 것을 뿌리치고, 그날 밤에 야습을
감행했다. 이것을 미리 계산에 넣고 있던 단복은 조인의 군
사가 접근하자 사방에서 불을 질렀다. 조인이 당황하여 군사
를 후퇴시켜려고 하는 순간 조운이 쳐들어갔다. 백하의 기슭

까지 도망치자 이번에는 장비가 기다리고 있었다. 간신히 강을 건너 번성까지 돌아와보니 이미 관우가 성을 점령하고 있었다. 조인과 이전은 살아 남은 얼마 안 되는 병사를 이끌고 허창으로 도망쳤다.

조조가 말했다.

"승패는 병가의 상례다. 그런데 누가 유비에게 그 작전을 가르쳤을까?"

"돌아오는 길에 사람들이 하는 말에 의하면 단복이라는 장수의 작전이라고 합니다."

하고 조인이 대답했다.

"단복이 어떤 놈이냐?"

옆에 있던 정욱이 웃으면서 말했다.

"단복이란 진짜 이름이 아닙니다. 그 사람은 어렸을 때부터 검술을 좋아해서 중평(中平) 말년에 남의 부탁을 받아 원수를 죽이고 나서 얼굴에 분칠을 하고 머리를 흐트러뜨린 채 도망쳤다가 관원에게 붙잡혔지만 이름을 물어도 대꾸하지 않았습니다. 그래서 관원은 그를 수레에 붙잡아 맨 다음 북을 치고 돌아다니면서 시장에 있는 사람들에게 그의 이름을 아는 사람이 없느냐고 물었습니다. 그 중에는 이름을 아는 사람도 있었으나 아무도 말하지 않았습니다. 오히려 친구가 몰래 밧줄을 풀어주었습니다. 그는 이름을 바꾸고 다른 곳으로 도망쳤습니다. 그 후 분발하여 학문을 익히고, 유명한 선생을 찾아다녔습니다. 사마휘와는 항상 담론을 나누고 있습니다. 그는 영천 사람으로 서서(徐庶)라고 부르며, 자는 원직(元直)이라고 합니다. 단복이란 세상을 속이는 가명입니다."

"서서의 재능은 자네와 비해 어떤가?"

"저의 열 곱절은 될 것입니다."

"아까운 사람을 유비에게 빼앗겼구나. 유비에게 날개를 달아준 셈이야."

"승상께서 그를 필요로 하신다면 그를 끌어들이는 것은 쉬운 일입니다."

"그렇게 할 수 있겠나?"

"서서는 효성이 지극합니다. 부친은 어렸을 때 돌아가시고 노모만 모시고 있습니다. 그 노모를 속여 허창으로 데려오고 나서, 편지를 써보내면 반드시 찾아올 것입니다."

서서의 효성

조조는 크게 기뻐하여 곧 서서의 모친을 데려온 뒤, 아들에게 편지를 쓰게 했다. 그러나 서서의 모친은 유현덕이 훌륭한 인물이며 아들은 주인을 잘 만났다고 생각하고 있었다. 반대로 조조를 한나라의 역적이라고 욕하였다.

조조는 화가 나서 그녀를 죽이려고 했다. 정욱이 말려 서서의 모친을 별채에 모시고 극진히 공양하며, 몰래 그 필적을 본따 가짜 편지를 한 통 만들어 서서에게 보냈다.

서서가 봉투를 열어보니 다음과 같이 씌어 있었다.

"네가 조정에 거역한 죄로 나는 허창에 와 있다. 네가 조조에게 항복하면 살려주겠다고 정욱 장군이 말했다. 이 편지

조조는 서서의 모친을 참수하려 하고 정욱은 이를 말리다. ≪新鋟全像通俗演義≫
三國志傳卷之六

를 보는 즉시 이곳으로 오기 바란다."

서서는 눈물을 글썽이며 현덕에게 가서,

"사실 저는 영천의 서서라는 사람입니다. 모처럼 중용(重用)해주셨으나 늙은 모친이 지금 허창에 감금되어 있습니다. 저는 모친에게 가지 않을 수 없습니다. 언제까지나 장군을 섬겨 은혜에 보답하려고 했으나, 모친의 일이 걱정되어 그것도 뜻대로 되지 않습니다. 그만 작별을 할 수밖에 없습니다. 훗날 다시 뵐 기회가 있을 줄 압니다."

현덕도 크게 한탄하면서,

"부모와 자식의 사이야말로 진정한 사랑으로 맺어져 있소. 원직, 나에 대해서는 걱정 마오. 모친을 뵌 후에 다시 가르침을 받을 기회가 있을 것이오."

손건은 현덕에게 말했다.

"서서는 우리의 실정을 잘 알고 있습니다. 그가 조조의 편에 서서 우리에게 쳐들어오면 크게 위태로워집니다. 그를 붙잡아두면 조조는 틀림없이 모친을 죽일 것입니다. 그렇게 되면 서서는 원수를 갚기 위해 힘껏 조조를 무찌르려고 애를 쓸 것입니다."

"그건 안 된다. 모친을 죽게 해서 그 자식을 부리는 것은 인(仁)이 아니야. 그를 붙잡아두고, 모자의 사이를 멀어지게 하는 것은 의(義)가 아니야. 나는 죽어도 인과 의를 어길 수는 없다."

현덕은 서서와 이별주를 마시면서 밤새 이야기했다. 날이 밝아오자 두 사람은 나란히 말을 몰아 성문을 나섰다. 그리고 성 밖에 마련한 전별 자리에서 다시 한 번 술을 나누고 작별을 애석해 했다. 서서가 드디어 떠나게 되자 현덕은 헤어지기 싫어 말을 타고 십 리 밖까지 전송했다. 다시 십 리를 갔으나 여전히 작별을 아쉬워했다. 서서가 말했다.

"너무 멀리 나오셨습니다. 이제 그만 작별해야겠습니다."

현덕은 말 위에서 서서의 손을 잡고,

"선생이 가고 나면 나는 대체 어떻게 해야 하오!"

하고 눈물을 흘렸다. 서서도 떠나면서 울었다. 그리고 말을 몰았다. 그의 모습이 멀리 숲속으로 사라졌다. 현덕은 그 숲을 말없이 바라보다가 채찍으로 가리키면서 외쳤다.

"저 숲의 나무를 베어버리고 싶다."

"그건 무슨 말입니까?"

"원직의 뒷모습이 보이지 않는 것이 야속하다."

그때 갑자기 서서가 말을 되돌려 달려왔다.

"마음이 삼단처럼 흩어져 한마디 말씀드릴 것을 잊어버렸

서서는 유현덕 곁을 떠나면서 제갈공명을 천거한다. ≪繡像全圖三國演義≫에서

습니다. 이 근처에 훌륭한 인물이 있습니다. 양양성 밖 20리 떨어진 융중(隆中)이라는 곳입니다. 부디 찾아주십시오.”

“그렇다면 그를 데리고 와서 소개해주지 않겠소?”

“그 사람은 불러낼 수가 없습니다. 장군께서 직접 가십시오. 만일 그가 장군을 돕게 되면, 주(周)의 문왕(文王)이 강태공(姜太公)을 얻고, 한(漢)의 고조(高祖)가 장량(張良)을 얻은 것과 같을 것입니다.”

“그렇다면 선생과 비교하면 어느 정도나 될까요?”

“나와 그를 비교하는 것은 망아지를 기린과 견주어보고, 까마귀를 봉황과 견주어보는 것과 같습니다. 그는 자신을 옛

날의 관중(管仲)이나 악의(樂毅)와 비교하지만, 내가 보기
에는 이 두 사람도 그에게는 미치지 못합니다. 실로 천하 제
일의 인물이라고 생각합니다."

현덕은 크게 기뻐하며,

"그분의 이름이 무엇인지 좀 알아둡시다."

낭야군(瑯琊郡) 양도현(陽都縣) 사람으로 성은 제갈(諸
葛), 이름은 양(亮), 자는 공명(孔明)이라 합니다. 한의 사례
교위(司隷校尉)였던 제갈풍(諸葛豊)의 자손입니다. 부친의
이름은 규(珪), 자는 자공(子貢)이라 불렀으나 일찍 세상을
떠나고, 그 후에 숙부 현(玄)의 손에서 자랐습니다. 숙부가
세상을 떠난 후에는 동생 제갈균(諸葛均)과 함께 남양에서
농사를 짓고, 양부가(梁父歌)라는 노래도 지었습니다. 지금
살고 있는 곳에는 와룡강(臥龍岡)이라는 언덕이 있어, 와룡
선생이라고도 부르고 있습니다. 이분이야말로 세상에서 가
장 뛰어난 분입니다. 이분만 얻게 되면 천하를 다스리는 데
아무 걱정도 없을 것입니다."

"전에 수경 선생의 집에서, 복룡과 봉추 두 사람 중에서
한 사람만 얻으면 천하를 평화롭게 할 수 있다고 들었는데,
지금 말한 분이 혹시 그 복룡·봉추가 아닌가요?"

"봉추란 양양의 방통(龐統), 자는 사원(士元)을 말하고,
복룡은 제갈공명을 가리킵니다."

현덕은 뛸 듯이 기뻐하며,

"복룡·봉추의 수수께끼가 비로소 오늘에야 풀렸소. 그처
럼 훌륭한 인물이 눈앞에 있다니 뜻밖이오. 선생의 말을 듣
지 못했으면, 이 유비는 소경이나 다름이 없었을 것이오."

하고 말했다.

서서는 공명에 관한 말을 마치고 현덕과 헤어져 말을 몰아 길을 재촉했다.

서서의 슬픔

서서가 현덕과 헤어진 것은 건안 12년 11월의 일이었다. 서서는 길을 재촉하여 허창에 도착했다. 곧 조조에게 인사를 마치고 그 길로 모친을 찾았다. 모친은 아들을 보자 깜짝 놀라면서,

"아니, 네가 어찌하여 여기 왔느냐?"

"어머니께서 보내신 편지를 보고 달려왔습니다."

모친은 탁자를 치면서 화를 냈다.

"여러 해 객지를 떠돌아다녀 조금은 사물의 이치를 분간하는 줄 알았는데, 옛날의 너만도 못하니 이게 무슨 꼴이냐. 조조는 천하를 속이는 역적이라는 것도 모르고 있었느냐? 유현덕의 인의(仁義)는 천하에 알려져 있다. 모처럼 훌륭한 주인을 섬기게 되어 이 어미는 기뻐했는데, 한 통의 가짜 편지에 속아넘어가 주인을 바꾸다니, 이 얼마나 얼빠진 노릇이냐. 너는 부모의 얼굴에 먹칠을 했구나. 조상 볼 면목이 없다. 세상을 무슨 낯으로 살아간단 말이냐."

모친은 벌떡 일어나 밖으로 나갔다. 서서는 바닥에 엎드려 한참 동안 얼굴을 들지 못했다. 그때 황급히 뛰어오는 사람이 있었다.

"어머니께서 목을 매셨습니다."

서서는 허둥지둥 뛰어갔으나 모친은 이미 숨이 끊겨 있었다.

서서는 비통한 나머지 실신했으나 겨우 정신을 되찾아 모친의 유해를 도성 남쪽에 안장한 다음 그 옆에 움막을 치고 모친을 애도하면서 조조가 보내준 선물은 받지도 않았다.

삼고초려

현덕은 관우·장비와 그 밖의 참모들을 데리고 제갈공명을 찾아 융중으로 향했다. 도중에 산기슭에서 노래를 부르며 밭을 가는 농부를 몇 사람 만나 길을 물었더니 그 산에서 남쪽에 이르는 일대의 언덕이 와룡 언덕이며, 언덕 앞쪽의 숲속에 있는 초가가 와룡 선생의 집이라고 가르쳐주었다. 와룡강 앞에는 맑은 냇물이 흘러 이름 그대로 용이 엎드린 듯한 언덕으로 경치가 아름다웠다.

그 초가 앞까지 온 현덕은 말에서 내려 사립문을 두드렸다. 그러자 한 소년이 나타났다.

"한의 좌장군 의성정후 여주목사 황숙 유비가 선생을 뵙고 싶다고 전해라."

"그처럼 긴 이름은 외기 힘듭니다."

하고 소년이 말했다.

"그럼 유비가 찾아왔다고 전해라."

"선생은 오늘 아침에 외출하셨습니다."

"어디로 가셨느냐?"

"모르겠습니다."

"언제쯤 돌아오신다고 하더냐?"

"그것도 모르겠습니다. 사흘이나 닷새쯤 걸릴 때도 있고 열흘 남짓 걸릴 때도 있습니다."

현덕은 낙심했다. 그러자 장비가 말했다.

"만나지 못하면 돌아가야지요."

"잠깐 기다려라."

"일단 돌아가서 사람을 보내 집에 계신 것을 알아보고 다시 옵시다."

하고 관우도 덧붙였다.

현덕은 고개를 끄덕이고 소년에게,

"선생이 돌아오시면, 유비가 찾아왔다고 전해 다오."

하고 발길을 돌렸다.

몇 리쯤 와서 융중의 수려한 경치를 바라보고 있는데, 호연지기가 넘치는 얼굴에 풍채가 좋고 머리에는 두건을 썼으며 밤색 옷을 걸치고 명아줏대 지팡이를 짚으며 오솔길을 걸어오는 사람이 있었다.

"와룡 선생이 아니십니까?"

현덕이 말에서 내려 묻자 그 사람이 반문했다.

"당신은 누구시오?"

"유비라고 부릅니다."

"나는 공명의 친구 최주평(崔州平)입니다."

"성함은 전부터 들었습니다."

두 사람은 숲속의 바위 위에 앉아 천하의 정치에 대해 여

유비, 관우, 장비는 대설을 무릅쓰고 현자를 방문하다. ≪新鋟全像通俗演義≫ 三國志傳卷之七

러 가지 이야기를 나누었다.

"그런데 공명은 어디 가셨습니까?"

"나도 그를 찾아가는 길입니다. 글쎄 어디 갔을까요?"

현덕 일행은 최주평과 헤어져서 신야로 돌아왔다. 그 후 며칠이 지나, 사자를 보내어 공명의 거취를 알아보게 했더니 선생은 이미 집에 돌아왔다는 것이다.

현덕은 다시 관우·장비를 데리고 찾아갔다. 때는 엄동 설한이라 추위가 심하고 잿빛 구름이 하늘을 덮고 있었다. 얼마 안 가서 북풍이 세차게 불어닥치고 눈발이 흩날리기 시작하더니 산과 들은 밀가루를 뿌린 듯 하얗게 탈바꿈을 했다.

장비가 말했다.

"땅이 꽁꽁 얼어붙는 겨울에는 전쟁도 하지 않는데, 쓸모도 없는 사나이 때문에 이처럼 사나운 눈길을 찾아가다니, 신야로 돌아가 눈이 그친 다음에 가도 늦지 않을 겁니다."

현덕이 말했다.

"이렇게 날씨가 추울 때 찾아가야 공명도 내 심정을 잘 알
게 될 거다. 추우면 너희들은 먼저 돌아가도 좋다."
"목숨을 주고받는 것도 두려워하지 않는 접니다. 추위같
은 건 두려워하지 않습니다. 다만 형님이 헛수고를 하는 것
이 속상할 뿐입니다."
"여러 소리 말고 날 따라라."
공명의 집 가까이 다다랐을 때, 갑자기 길가의 술집에서
노랫소리가 들려왔다. 노래의 가사에 귀를 기울이고 있던 현
덕은, 노래하는 분이 바로 와룡 선생이 틀림없다고 생각하여
말에서 내려 술집에 들어갔다.
두 사나이가 술을 마시고 있었다. 한 사람은 백발 노인으
로 흰 수염을 길게 늘어뜨리고, 또 한 사람은 보기 드문 괴상
한 얼굴을 하고 있었다. 현덕은 두 사람에게 인사를 하고,
"두 분 중에서 어느 분이 와룡 선생입니까?"
"당신은 누구시오? 무엇 때문에 와룡 선생을 찾고 있소?"
하고 수염이 긴 사나이가 물었다. 현덕이 말했다.
"저는 유비입니다. 선생을 뵙고 세상을 건지고 백성을 평
안하게 하는 도리를 배우고 싶습니다."
그러자 수염이 긴 노인이 말했다.
"우리는 와룡 선생의 친구입니다. 나는 영천의 석광원(石
廣元)이고, 이쪽은 여남의 맹공위(孟公威)입니다."
"두 분의 성함은 전부터 들어왔습니다. 뵙게 되어 반갑습
니다. 함께 와룡 선생께 가서 이야기를 나누고 싶습니다."
석광원이 말했다.
"우리는 산과 들에서 사는 게으름뱅이로 나라를 다스리고

백성을 평안하게 하는 방법에 대해서는 아무것도 모릅니다."

그래서 현덕은 두 은자와 헤어져서 말을 몰아 와룡강의 초가를 찾아갔다. 밖에 나온 소년에게,

"오늘은 선생님이 계시냐?"

하고 현덕이 물었다.

"네, 지금 책을 읽고 계십니다."

현덕은 곧 소년의 뒤를 따라 안으로 들어갔다. 문으로 들여다보니, 젊은 사나이가 화롯불을 쬐고 있었다. 현덕이 공손히 절을 하고,

"전일에는 서원직의 말을 듣고 찾아왔더니 계시지 않았습니다. 오늘은 눈보라 속에 찾아온 것이 헛되지 않아 뵙게 되어 무엇보다도 다행으로 생각합니다."

젊은 사나이는 급히 인사를 마치고 말했다.

"장군은 형님을 찾아오신 모양이군요."

"아니, 당신이 와룡 선생이 아닙니까?"

현덕이 물었다.

"나는 동생인 제갈균입니다. 형제가 셋이지요. 큰형은 제갈근(諸葛瑾)으로 지금 강동의 손중모(孫仲謀)에게 얹혀 있고 공명은 작은형입니다."

"어디에 가셨습니까?"

"조각배를 타고 물놀이를 하기도 하고 스님이나 도사(道士)들과 함께 산 속을 다니기도 하고 친구를 찾아가기도 하고 굴 속에서 거문고와 바둑을 즐기기도 하여 가는 곳이 일정하지 않습니다."

"나는 꽤 운이 없구려. 두 번이나 찾아와서도 와룡 선생을
뵙지 못하고 돌아가다니!"

"앉으십시오. 차라도 한 잔 드리겠습니다."
하고 제갈균이 말하자 장비가 재촉했다.

"그 선생이 없다면 형님 그만 돌아갑시다. 눈발이 점점 거
세져가고 있는데……."

현덕은 장비를 책망하고, 벼루와 붓을 빌려 편지를 써놓고
나왔다.

문 밖으로 나와 말에 올라타려고 하는데, 소년이 다가와서
말했다.

"노(老) 선생이 저기 오십니다."

조그마한 다리 건너에서 두건을 쓰고 여우 가죽 옷을 걸친
노인이 노새를 타고, 뒤에는 푸른 옷차림을 한 소년을 데리
고 눈발을 헤치며 다가오고 있었다. 노인은 다리를 건너와
시 한 수를 읊었다. 그것을 듣자 현덕은 이분이야말로 와룡
선생이라고 생각하고, 굴러 떨어지듯 말에서 뛰어내려 인사
를 했다. 노인도 노새에서 내려 답례를 했다.

전송하러 나왔던 제갈균이 말했다.

"저분은 형이 아니라 형의 장인 어른이신 황승언(黃承彦)
이십니다."

"방금 읊으신 시는 매우 청아합니다."
하고 현덕이 황승언에게 말했다.

"이건 사위가 지은 시오. 방금 울타리의 매화를 보고 생각
이 났소."

황승언의 말이었다.

"사위님을 만나보셨습니까?"

"아니오. 나도 지금 만나러 왔소."

현덕은 눈보라 속에 말을 몰아 다시 신야로 돌아왔다.

어느새 해가 바뀌었다. 현덕은 점쟁이에게서 길일을 택하여 사흘 동안 몸을 정하게 씻고, 새 옷으로 갑아입고 세 번째 와룡강으로 공명을 찾아나서려고 했다.

이번에는 관우도 반대했다.

"형님은 두 번이나 그곳을 찾아갔습니다. 사람을 공경해도 지나칩니다. 제갈량은 헛소문만 냈을 뿐, 사실은 속에 든 것이 없어 일부러 형님을 피하고 있는 것이 분명합니다. 무엇 때문에 그런 사나이에게 미혹을 당하고 있습니까?"

장비가 말했다.

"이번에는 형님이 나설 것 없습니다. 그놈이 오지 않겠다고 건방지게 굴면 저도 생각이 있습니다. 밧줄 하나면 묶어서 끌고 올 수 있습니다."

현덕은 장비를 책망하고 말했다.

"옛날 주(周)의 문왕이 강태공을 만났을 때의 일을 알지 못하느냐. 문왕은 이미 그때 천하의 3분의 2를 손에 넣고 있었으나 위수(渭水)에서 낚시질을 하고 있던 강태공이 언제까지나 뒤돌아보지 않으므로 그 뒤에 서서 해가 지도록 떠나려고 하지 않았다. 그제야 비로소 강태공은 문왕과 이야기를 나누고, 그것이 인연이 되어 8백 년에 걸친 주의 천하가 열렸던 거야. 문왕도 이처럼 현인을 공경했는데, 무슨 무례한 말을 하고 있나. 이번엔 너는 가지 마라. 나는 운장만 데리고 가겠다."

“형님들이 가는데 나만 혼자 뒤에 남기는 싫습니다.”
하고 장비가 말했다.

이리하여 세 사람은 융중으로 떠났다. 집에서 5리쯤 떨어
진 곳에 왔을 때, 천천히 걸어오는 제갈균을 만났다.

“형님은 댁에 계십니까?”

“어젯밤에 돌아왔습니다. 오늘은 만날 수 있을 것입니다.”
하더니 제갈균은 뚜벅뚜벅 걸어갔다.

“무례한 놈, 우리를 집으로 안내하지 않고서……”
하고 투덜거리는 장비를 달래어 그 집에 당도하여 문을 두드
리니, 그 소년이 나와서 말했다.

“지금 낮잠을 주무십니다.”

“그럼 잠시 기다리고 있겠다.”

현덕은 관우와 장비를 문어귀에서 기다리게 하고 조용히
안으로 들어갔다. 공명은 침대 위에 반듯이 드러누워 잠들어
있었다. 현덕은 돌계단 아래 손을 마주 잡고 서 있었다.

한 시간쯤 지났으나 그때까지도 잠에서 깨어나지 않았다.
관우와 장비는 문 밖에 서서 기다렸으나 아무 기척도 나지
않자 안에 들어가보았다. 현덕은 아직도 가만히 서 있었다.

장비는 화가 나서,

“이 선생은 무례하기 짝이 없습니다. 형님을 세워둔 채 낮
잠을 자면서 으스대다니……. 내가 뒤로 돌아가 불을 지를
테니, 그래도 잠에서 깨어나지 않나 한번 봅시다.”

관우가 당황하여 말렸다.

공명은 침대에서 몸을 뒤척이고 깨어날 듯했으나, 다시 벽
을 향해 잠들어버렸다. 소년이 손님이 왔다고 말하려고 했으

공명은 침상에 잠들어 있고 유현덕은 삼가 기다리다. ≪新鋟全像通俗演義≫
三國志傳卷之七

나 현덕이 말렸다.

"아니다, 깨우지 마라."

제갈공명을 얻다

그 후 한참 기다리는 동안에 현덕은 온몸이 노곤했으나 꾹
참았다. 그때 공명이 갑자기 잠에서 깨어나 짤막한 시를 읊
조리고 나서 다시 몸을 뒤척이고 소년에게 물었다.

"거 어떤 속인(俗人)이라도 찾아온 게냐?"

"네, 유 황숙께서 오랫동안 기다리고 계십니다."

하고 소년이 대답하자 공명은 얼른 일어나 말했다.

"왜 진작 알리지 않았느냐. 옷을 갈아입어야겠다."

공명은 안방에 들어가 옷을 갈아입고 나왔다. 키가 8척인

데다가 얼굴은 옥 같고 머리에 건을 썼으며 몸에는 하얀 학
창의를 입어 정말로 선인처럼 보였다.

현덕이 공손히 몸을 굽혀 이름을 말하고 인사를 올리자 공
명도 점잖게 인사를 했다. 두 사람은 자리에 앉았다.

공명이 입을 열었다.

"전일에 써놓으신 편지를 보고 장군이 나라를 걱정하고
백성을 생각하는 마음을 잘 알 수 있었습니다. 그렇지만 나
는 아직 나이도 젊고 재능도 부족하여 정치에 나설 처지가
못 됩니다."

현덕이 말했다.

"사마덕조(司馬德操)의 말이나 서원직의 말이 어찌 거짓
일 수 있겠습니까? 여러 모로 가르침을 받고자 합니다."

"덕조와 원직은 두말 할 것 없이 훌륭한 분입니다. 하지만
나는 그저 농부에 지나지 않습니다. 천하의 정치를 논하다니
어림도 없습니다. 그 두 분의 말은 잘못 전해진 것입니다."

"대장부로서 세상을 건질 뛰어난 재질을 갖고 있으면서
헛되어 산 속에서 썩혀서야 되겠습니까? 선생, 천하의 백성
을 불쌍히 여겨 어리석은 저를 인도해주십시오."

공명은 그제서야 비로소 얼굴에 웃음을 띠고,

"그러시다면 먼저 장군의 뜻을 알고 싶습니다."

현덕은 좌우의 사람들을 물러가게 하고 가까이 다가가서
말했다.

"한의 왕실은 이미 기울어지고 간신들이 천명(天命)을 도
적질하고 있습니다. 나는 천하에 대의를 펴려고 하지만, 지
식이 부족한 데다가 이렇다 할 업적도 세우지 못하고 오늘에

융중에서 공명은 현덕에게 천하를 삼분할 계책을 알리다. ≪繡像全圖三國演義≫에서

이르렀습니다. 그러나 아직 뜻은 버리지 않고 있습니다. 선생은 어떻게 하는 것이 좋다고 생각하십니까?"

공명이 말했다.

"동탁이 반란을 일으킨 뒤로 사방에서 호걸들이 도사리고 있습니다. 조조가 원소에 비해 세력이 약했으면서도 원소를 누른 것은, 시운(時運)이 따랐다고도 볼 수 있지만 역시 사람의 지략에 의해서입니다. 조조는 이제 백만 대군을 거느리고 제후들에게 호령하고 있으므로, 그를 상대로 싸울 수는 없습니다. 그리고 손권은 강동을 차지하고 이미 3대째 요새를 장악하여 백성들도 잘 따르고 있습니다. 그의 도움을 받는 것은 무방하지만 대결하는 것은 금물입니다.

형주는 북으로는 한수(漢水)·면수(沔水)가 경계를 이루고, 남쪽은 남해의 끝까지 통상이 열리고, 동쪽은 오군·회계에 연결되고, 서쪽은 파(巴)와 촉(蜀)으로 통하여, 무력을 행사하여 공략할 만한 곳입니다. 웬만한 병력으로는 방어할 수 없습니다. 이곳이야말로 하늘이 장군에게 주려고 한 고장이라고 생각하는데, 마음이 내키지 않습니까?

익주는 험한 산에 에워싸여 있어 천연의 요새입니다. 평지가 사방 천 리이고, 천부(天府)의 나라라고 하여 고조(高祖)께서도 이곳에 발판으로 하여 나라의 토대를 쌓았습니다. 지금의 자사 유장(劉璋)은 어리석어, 땅은 풍요하지만 백성을 다스릴 줄 몰라 유능한 인사들은 명군(明君)을 만나기를 원하고 있습니다. 장군은 천자의 일족이며 신의가 있기로 이름이 널리 알려져 있습니다. 익주 사람들은 영웅호걸 중의 제일인 장군을 애타게 기다리고 있습니다. 만일 장군께서 형주와 익주를 손에 넣어 서와 남의 야만족을 정복하고, 밖으로 손권과 손을 잡고 안으로 밝은 정치에 주력하는 한편, 천하에 변란이 일어났을 때에는 장수들에게 명하여 형주의 군사를 낙양으로 향하게 한 뒤, 장군은 익주의 군사를 이끌고 관중(關中)으로 진격하면, 백성들은 기꺼이 장군을 맞아들일 것입니다. 이렇게 되면 천하 통일의 대업은 성취되어 한나라 황실의 부흥도 이루어질 것입니다."

공명은 소년에게 명하여 큰 두루마리를 펼쳐 방 가운데 걸게 했다.

"이것이 서촉(西蜀) 54주(州)의 지도입니다. 장군이 패권(覇權)을 잡으려면 북방은 조조에게 넘겨주어 천시(天時)를 기다리고, 남방은 손권에게 넘겨주어 지리(地利)를 양보하고, 장군은 인화(人和)를 도모하기 위해 먼저 형주를 손에 넣어 발판을 닦고, 촉을 쳐서 나라를 세워 세발 솥처럼 천하를 삼분하게 되면, 그때는 중앙에 진출할 수 있을 것입니다.”

현덕은 자리에서 일어나 양손을 모아 감사의 말을 했다.

“선생의 가르침에 의해 가슴의 응어리가 단번에 풀렸습니다. 구름과 안개가 개어 푸른 하늘을 쳐다보는 느낌입니다. 그러나 형주의 유표, 익주의 유장은 모두가 한나라 황실의 일족이므로 그 땅을 빼앗을 수는 없습니다.”

“내가 보기에, 유표는 오래 살지 못할 것입니다. 그리고 유장도 큰일을 할 인물이 못 되므로 결국에는 장군의 손에 들어가게 될 것입니다.”

현덕은 공손히 간청했다.

“나는 아직 이름도 알려지지 않았고 덕도 부족합니다. 선생께서 버리지 마시고 산에서 나와 도와주시기 바랍니다.”

“나는 오랫동안 농사일을 즐겨 해왔습니다. 이대로 지내는 것이 편합니다.”

공명은 좀처럼 응낙하지 않았다.

“만일 선생이 나서지 않는다면 천하의 백성은 어떻게 되겠습니까?”

현덕은 이렇게 말하고 눈물을 흘렸다. 공명은 드디어 정성에 감동되어,

“장군께서 버리지 않는다면 부족하나마 힘이 되어드리겠습니다.”

하고 말했다.

공명은 이때 27세였다. 현덕 일행 세 사람과 공명은 함께 신야로 돌아왔다. 현덕은 공명을 스승으로 모시고, 침식을 함께 나누면서 하루 종일 천하의 형세를 의논했다. 공명이 말했다.

"조조는 기주에서 현무지(玄武池)라는 연못을 만들어 수군(水軍)을 훈련시키고 있습니다. 강동을 침략하려는 의도를 갖고 있는 것이 분명합니다. 첩자를 강동에 보내어 형편을 탐지하게 합시다."

──중권으로 이어짐──

삼국지(상)

1984년 7월 30일   초판 1쇄 발행
1993년 3월 10일   초판 8쇄 발행
1993년 8월 10일   2판 1쇄 발행
1999년 1월 10일   2판 3쇄 발행
2002년 3월 15일   3판 1쇄 발행

지은이   나 관 중
옮긴이   최 현
펴낸이   윤 형 두
펴낸데   범 우 사

등 록   1966. 8. 3.   제 10-39호
121-130   서울시 마포구 구수동 21-1호
전 화   717-2121 · 2122/FAX 717-0429

＊ 파본은 교환해 드립니다.   교정 · 편집/오유미 · 김지선
ISBN 89-08-03257-6 04820   (홈페이지) http://www.bumwoosa.co.kr
   89-08-03202-9 (세트)   (E-mail) bumwoosa@chollian.net

서울대 선정도서인 나관중의 '원본 삼국지'

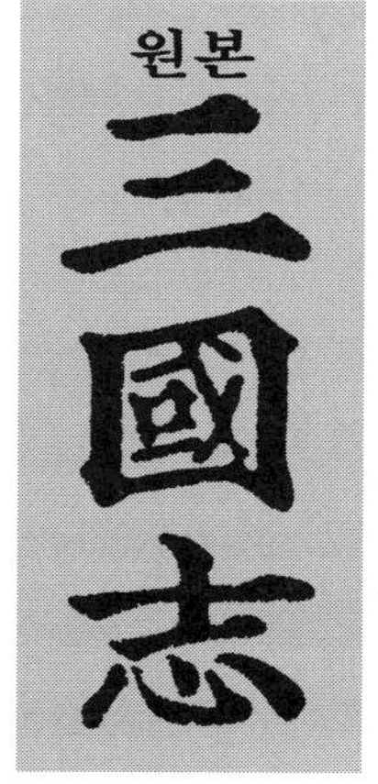

범우비평판세계문학 41-❶❷❸❹❺
나관중 / 중국문학가 황병국 옮김

2000년 **新**개정판

원작의 순수함을 그대로 간직한 삼국지!

원작의 광대함과 박진감을 그대로 담고 있어 독자로 하여금 읽는 즐거움을 느끼게 합니다.
이 책은 편역하거나 윤문한 삼국지가 아니라 중국 삼민서국과 문원서국판을
대본으로 하여 원전에 가장 충실하게 옮긴 '원본 삼국지' 입니다.
한시(漢詩) 원문, 주요 전도(戰圖), 출사표(出師表) 등
각종 부록을 대거 수록한 신개정판.

·작품 해설: 장기근(서울대 명예교수, 한문학 박사) ·전5권/각 500쪽 내외 · 크라운변형판/각권 값 10,000원

중 · 고등학생이 읽는 〈삼국지〉

1985년 중 · 고등학생 독서권장도서(서울시립남산도서관 선정)
최현 옮김 / 사르비아문고 90 · 91 · 92 / 각권 3,000원

국민학생이 보면서 읽는 〈소년 삼국지〉

나관중 / 곽하신 엮음 / 피닉스문고 8 · 9 / 각권 3,000원